STACEY MARIE BROWN

COMO PARTIR UM CORAÇÃO

Traduzido por Samantha Silveira

1ª Edição

2023

Direção Editorial:	**Revisão Final:**
Anastacia Cabo	Equipe The Gift Box
Tradução:	**Arte de Capa:**
Samantha Silveira	Jay Aheer (www.simplydefinedart.com)
Preparação de texto:	**Adaptação de Capa:**
Ligia Rabay	Bianca Santana
Diagramação:	Carol Dias

Copyright © Stacey Marie Brown, 2022
Copyright © The Gift Box, 2023

Todos os direitos reservados.
Nenhuma parte do conteúdo desse livro poderá ser reproduzida em qualquer meio ou forma – impresso, digital, áudio ou visual – sem a expressa autorização da editora sob penas criminais e ações civis.
Esta é uma obra de ficção. Nomes, personagens, lugares e acontecimentos descritos são produtos da imaginação da autora. Qualquer semelhança com nomes, datas ou acontecimentos reais é mera coincidência.

Este livro segue as regras da Nova Ortografia da Língua Portuguesa.

CIP-BRASIL. CATALOGAÇÃO NA PUBLICAÇÃO

B897c

Brown, Stacey Marie
 Como partir um coração / Stacey Marie Brown ; tradução Samantha Silveira. - 1. ed. - Rio de Janeiro : The Gift Box, 2023.
 220 p.

 Tradução de: How the heart breaks
 ISBN 978-65-5636-242-7

 1. Romance americano. I. Silveira, Samantha. II. Título.

 CDD: 813
 CDU: 82-31(73)

Para todos aqueles que tiveram o coração partido...
O álcool foi feito para isso.
Beba até esquecer essa merda.

CAPÍTULO 1

EMERY

— Emery?

Meu nome ecoou lá da sala de estar, seguido por um bufo frustrado.

— Você viu meu tênis de corrida?

— Você quer dizer aquele que você deixou na porta dos fundos? — respondi, sem levantar o olhar para o tênis sujo que eu já sabia que estava atrás de mim. Continuei cortando os tomates suculentos do nosso jardim, colocando-os na salada que estava fazendo.

— Certo. — Meu marido, Ben, entrou na cozinha, seu corpo esguio me pressionando por trás. Ben era apenas alguns centímetros mais alto do que eu e era magro, mas musculoso. — O que eu faria sem você? — Suas mãos apertaram minha cintura, os lábios roçando meu pescoço. — Talvez quando eu voltar consiga aumentar nossos batimentos cardíacos. — Ele deu um beijou suave na curva do meu ombro.

— Vai me fazer cortar o dedo. — Inclinei-me nele, um sorriso brincando na minha boca.

— E isso é novidade? Talvez seja melhor deixar minha mãe preparar a comida. — Ele tirou a faca das minhas mãos, colocando-a no tabuleiro.

— Cala a boca. — Eu o acotovelei sem força, e uma risada escapou dele. Cozinhar não era meu forte. Não era algo que eu achasse divertido ou relaxante. Conseguia fazer uma salada deliciosa, e gostava de cultivar meus próprios vegetais, mas não muito mais que isso. Nos últimos anos, enquanto ele estava estudando para o exame da Ordem, comemos bastante marmitex.

— Sua mãe está cuidando de todo o resto. O mínimo que posso fazer é uma salada.

— Tenho certeza de que ela vai fazer uma mesmo assim.

Sim, a mãe dele era do tipo controladora. Mesmo que eu dissesse que faria a salada, ela ainda traria uma, dando-me uma resposta disfarçadamente cínica, como:

— Eu só queria ter certeza de que não faltaria. E Ben ama minha salada Caesar. — *Mais do que a sua.* Ela deixaria essa parte de fora, mas sou capaz de ouvir em alto e bom som.

Os braços de Ben me abraçaram.

— Não vejo a hora de levá-la lá para cima hoje à noite. Começar nossa família.

— Por que não começarmos agora? — retruco por cima do ombro com uma piscadela. Jogaria minhas obrigações pela janela se ele aceitasse minha oferta. Queria que ele abaixasse meu short e me possuísse, sem nenhuma gentileza, em cima da pia, porque não era capaz de se conter. Eu o amava mais do que a vida, mas ele não era o mais aventureiro ou espontâneo quando se tratava de sexo.

Um murmúrio de satisfação zumbiu em sua garganta. Ben me virou e encostou meu corpo com seus 1,70m no balcão, afastando meu cabelo longo e escuro do rosto.

— Não quero ser o culpado por atrapalhar minha própria festa. — Ele me abraçou com um sorriso feliz. — Portanto, prossiga, doutora.

— Uau, você parece um advogado. — Olhei para o rosto gentil e para os olhos azuis-claros que eu tanto amava. — Já te disse o quanto estou orgulhosa de você?

Ele tinha acabado de passar no exame e já tinha propostas de escritórios respeitáveis da região. Ele conhecia muitos deles do campo de golfe que sua família possuía. Benjamin Roberts era rico, mas queria ter certeza de que conquistaria tudo por mérito próprio, sem aceitar ajuda de seus pais. Embora seus contatos familiares no clube não tenham feito mal em conseguir um emprego para ele, nós dois trabalhamos duro para que ele terminasse a faculdade. Eu era auxiliar de dentista, coisa que eu não posso dizer que amava, mas o ajudou a fazer faculdade de direito e conseguimos essa casa confortável de três quartos, um banheiro e um lavabo, um pequeno jardim só para mim e um belo gramado que me faz sonhar em ter cães adotados correndo nele.

Era uma fantasia, porque Ben é alérgico... a quase *todos* os animais.

— Que tal quando eu voltar da corrida? Você pode me mostrar o quanto está orgulhosa, no chuveiro. Talvez começarmos uma família. — Ele acariciou meu pescoço. — Depois posso ajudar a terminar de arrumar as coisas.

Todos os nossos amigos e familiares estavam vindo para comemorarmos sua vitória com um jantar. Depois de anos de trabalho árduo, a família que queríamos formar e os lugares para os quais queríamos viajar agora eram opções reais. Eu não estava com pressa de ter filhos ainda, queria

COMO PARTIR UM CORAÇÃO

viajar primeiro e conhecer outros lugares além desta cidade, mas Ben estava ansioso para começar agora. Se dependesse dele, eu já estaria grávida.

— Merda. Vocês podem parar de me fazer querer cortar os pulsos? — Uma voz veio da porta lateral. Era minha irmã mais velha entrando como um furacão e com os braços cheios de sacolas do supermercado.

Ben suspirou, beijando-me depressa antes de se afastar.

— Oi, Harper.

— Oi, Ben. — O tom da minha irmã combinava com o dele. Eles até se gostavam, mas não eram grandes fãs um do outro. Ele achava que ela era muito arrogante e teimosa, e ele era muito sem graça e chato na opinião dela.

Harper não tinha direito de julgar. Ela se casou com um homem que conheceu em um bar mal frequentado. Ele deveria ter sido uma aventura de uma noite, mas ela engravidou da minha sobrinha, Addison. Eles se casaram pouco antes de ela nascer, e Harper sofreu quatorze anos um relacionamento conturbado, só para descobrir que ele teve casos com uma série interminável de mulheres durante toda a relação deles.

Eles estavam tentando resolver isso agora, mas estava uma confusão.

Ela seguiu os passos da nossa mãe. Enquanto eu preferia segurança, conforto e confiança, Harper pendia para o perigo e a imprudência. Ben pode ser chato para alguns, mas ele fez eu me sentir segura e acolhida. Algo que eu não tive muito na infância.

— Trouxe mais tequila. — Harper tirou duas garrafas da sacola.

— Sabe como a Emery fica com tequila. — Ben piscou para mim, a sobrancelha arqueando, me fazendo sentir uma pontada de vergonha. Eu tendo a ficar um pouco excitada tomando tequila. Eu o ataquei da última vez, tentando realizar uma das minhas fantasias. Na prática, não foi bem o que eu esperava.

— Foi um dia péssimo. Pede Tequila. — Minha irmã abriu a garrafa.

— Onde está Addison? — perguntei, afastando-me do balcão.

— Na casa de uma amiga. Joe e eu brigamos outra vez. — Harper comprimiu os lábios.

E eu mordi o meu, lutando pela centésima vez para não perguntar por que ela não tinha dado um pé na bunda dele. Parecia que ela sempre o perdoava. Ficarão bem por um tempo antes do ciclo recomeçar. Addison era tudo para minha irmã, mas infelizmente minha sobrinha assistia as brigas de seus pais a vida toda de camarote. Ela tinha apenas quatorze anos, mas já estava se metendo em problemas com os garotos e a escola – outra razão pela qual Ben ficou aborrecido com Harper. Ele criticava a criação que ela dava para a minha sobrinha, e Harper não só sentiu o peso da sua opinião, como também o julgamento de toda a sua família esnobe.

— Ela virá mais tarde. Você sabe que ela não perderia isso. — Harper apontou para Ben. Addy idolatrava Ben, a ponto de vir aqui para ficar mais com ele do que comigo, às vezes. Acho que ela estava desesperada por uma figura paterna sólida, e Ben era o mais próximo disso.

— Devo perguntar por que você e Joe brigaram desta vez? — Esvaziei uma das sacolas.

— Essa é a minha deixa para sair. — Ben calçou os tênis, voltando até mim. — Eu te amo.

— Eu também te amo. — Eu dei um rápido beijo nele antes de ele sair.

— Volte em uma hora! — gritei. — Todos estarão aqui às sete!

— Tá bom, amor. — A brisa quente do verão entrou com a batida da tela se fechando. Eu o vi correr pela nossa calçada, meu coração se enchendo de muito amor. Sentindo-me tão sortuda por ter encontrado o amor da minha vida.

— Onde está Ben? — Alisa, mãe de Ben, perguntou assim que entrou em casa, seu cabelo macio e loiro com mechas mais escuras, e perfeitamente arrumado com laquê. Seu marido, John, em seu típico traje de golfe do clube de campo, sorria atrás dela e segurava uma pilha de pratos de comida nos braços. Enquanto a mãe de Ben era intensa e não me aprovava exatamente, John era muito mais descontraído e me dava os abraços mais calorosos toda vez que me via. Ele nunca agiu como se eu fosse menos do que eles. Ele era como o pai que eu nunca tive, sempre verificando como Ben e eu estávamos.

Ainda bem que Ben puxou a ele.

— Hum. — Olhei para o meu relógio, notando que já havia se passado mais tempo do que ele costumava ficar fora. — Ele foi correr. Deve voltar logo.

Alisa fechou a cara, levando John para a cozinha apressadamente.

— Temos que preparar o bife e as costelas agora. E minha sobremesa precisa ir para a geladeira.

— A churrasqueira está lá atrás. — Fiz um sinal para o quintal.

— Oi, filha. — John se inclinou, beijando minha bochecha. — Que bom te ver.

— Bom te ver também.

— John! — Alisa o chamou.

John revirou os olhos de brincadeira, correndo para a cozinha, sem querer arrumar mais problemas com Alisa.

Espiei minha irmã. Ela estava tentando não mostrar o que sentia pela minha sogra antes de olhar para mim, tomando uma dose de tequila. Harper era seis anos mais velha que eu, mas sempre fomos próximas. Ela me criou quando mamãe ficou doente. Tínhamos a mesma estrutura de corpo e olhos castanho-esverdeados, mas a minha irmã era loira, igual à mamãe, enquanto eu era morena, como o nosso pai. Embora ele tenha estado na minha vida apenas por pouco tempo, minhas memórias desses momentos eram fortes. Nossos pais já tinham morrido.

Por isso, mesmo que Alisa fosse muito autoritária às vezes, eu ainda me apegava a ela e a John como minha família. Ben me deu a estabilidade que eu estava procurando minha vida toda.

Bufando, caminhei até Harper. Ela serviu outra bebida, entregando-a para mim.

— Posso dizer que estou agradecida pela mãe do Joe estar do outro lado do país?

Nós brindamos os copos, virando a dose.

— Tem alguém na porta. — Ela apontou com a cabeça para os amigos de Ben acenando para mim através da porta da tela, carregando um monte de cerveja e salgadinhos.

Por que Ben ainda não voltou? Isso é tão incomum dele.

Senti uma sensação ruim por dentro, e os pelos da minha nuca ficam de pé, mas afastei logo esses sentimentos. Colocando um sorriso no rosto, fiz sinal para que entrassem, dizendo a mesma coisa.

— Ben foi correr. Ele deve voltar logo.

Cadê você, Ben? A irritação fez minhas sobrancelhas franzirem. Isso tudo aqui era para ele. Ele deve voltar logo.

Puxei meu celular do bolso e disquei o número dele. Um toque soou do sofá, meu olhar se voltou para o aparelho dele. Droga. Ele tinha o hábito de deixá-lo para trás, não importava quantas vezes eu pedisse para levá-lo com ele.

A cada convidado que chegava, meu estômago revirava mais. Minha irritação e medo guerreiam um contra o outro. Ben nunca se atrasava, e não se atrasaria hoje. Ele sabia que todos viriam. A festa era para ele.

— Tentou ligar para ele? — Harper apareceu ao meu lado.

— Sim. — Engoli em seco, o nó aumentando na garganta. — Ele esqueceu o telefone.

— Ele voltará logo. — Harper deu um tapinha no meu braço. — Se eu o conheço bem, ele provavelmente parou para pegar mais cerveja e gelo.

Minha cabeça concorda, mas eu não conseguia aliviar o aperto no meu peito. *Por favor, Ben... entre agora.* Podia imaginá-lo entrando pela porta lateral, todo sorridente, o rosto suado, os braços carregando cerveja e gelo, dando oi para todos com cumprimentos barulhentos. Fazendo exatamente o que Harper disse. Era a cara dele esse tipo de coisa. Ele sempre pensava em trazer flores para mim quando eu tinha um dia ruim ou colocava chocolate no carrinho do supermercado se eu estivesse "naqueles" dias.

Quando meus olhos avistaram sua carteira na mesinha de canto ao lado do telefone, fiquei sem ar. O gosto do pânico cobriu minha língua igual a ácido de bateria. Uma reação instintiva do meu passado, a razão pela qual eu procurei estabilidade. Permanência. Amor.

Ben está bem, Em. Ele vai voltar cheio de desculpas, alegando que ficou preso em pensamentos e perdeu a noção do tempo. Às vezes, ele tendia a fazer isso quando ia correr. Era sua válvula de escape para todas as pressões do trabalho e dos estudos.

Ouvi alguém colocar música no quintal, vozes girando ao meu redor em um timbre feliz, a comemoração alegre já começando enquanto meu sorriso parecia cada vez mais forçado.

Ele está bem. Ele está bem. Mas vou matá-lo quando chegar.

Na porta da frente, três golpes sólidos soaram, o baque ecoando pela minha espinha. Minha cabeça virou com tudo para a porta de tela, o instinto fazendo os pulmões pararem quando meu olhar viu quem estava na varanda.

Dois policiais me encararam, os rostos austeros.

Fiquei dormente, meus pés me arrastaram até a porta, minha mente enumerava razões simples que justificavam a presença deles lá.. Sentia os batimentos do meu coração nos ouvidos, meu corpo formigava de calor e frio.

— Posso ajudá-los? — Engoli em seco.

COMO PARTIR UM CORAÇÃO

— Já fizeram uma reclamação de barulho daqui? — Harper riu de algum lugar atrás de mim, mas senti tudo se distanciando cada vez mais.

— Você é a Sra. Roberts? — perguntou um dos policiais.

— Sim. — Eu ouvi o tremor na minha voz.

— Houve um acidente — disse o loiro alto.

— Acidente? — Já fiquei na defensiva.

— Sinto muito, mas seu marido foi levado para o hospital.

— Não. — A palavra saiu da minha boca, minha cabeça tremendo, negando. — Vocês estão enganados.

— O dono da loja de conveniência o identificou como Ben Roberts.

Meus músculos travaram e o pavor que tentei afastar mais cedo voltou aos meus ouvidos como se estivesse me avisando.

— O que quer dizer com acidente? — Harper veio ao meu lado.

A boca do policial estreitou.

— Ele foi encontrado desmaiado perto da conveniência na Union Street. É tudo o que eu sei.

Era o caminho que ele corria todos os dias. Bob, o dono, nos conhecia. Fomos lá muitas vezes. Ele reconheceria Ben.

O ar entrou e saiu dos meus pulmões, minhas pernas querendo falhar.

— Ele está bem?

O policial loiro se mexeu.

— Podemos levá-la ao hospital, Sra. Roberts.

Meu cérebro não pensou em nada além da necessidade de ir até Ben. Saí de casa atrás dos polícias, com os pés descalços.

Harper gritou para as pessoas enquanto Alisa berrava por John. Na minha visão periférica, pude vê-los correndo para o carro conforme Harper pulava no banco de trás ao meu lado.

— Emery? — Ela se inclinou, calçando meus chinelos em mim, pegando minha mão. — Ele vai ficar bem. Ben é jovem, saudável e forte.

Só acenei com a cabeça, minha mente era um turbilhão de pânico e desespero, lágrimas escorriam pelo meu rosto.

— Ben… — pronunciei seu nome como se ele pudesse me sentir chamando. Dizendo que eu estava indo. Olhei fixamente pela janela, tudo parecia passar em câmera lenta. As ruas se estendiam, as luzes vermelhas demoravam mais. Lutei para me controlar, as unhas cortando minhas mãos, quando finalmente paramos na frente da ala de emergência.

Disparando do carro, corri para dentro e fui direto para a recepção.

— Meu marido... — disse apressada, com a voz trêmula. — Ele foi trazido pra cá.

— Senhora, acalme-se — respondeu uma enfermeira, a expressão sem um pingo de preocupação, seu tédio era o oposto da minha angústia.

— Não! — gritei. — Meu marido! Preciso vê-lo. Ele está bem? — Minha voz cresceu, o pânico reivindicava meu corpo e assumia o controle.

— Senhora, quem é seu marido?

— O nome dele é Ben Roberts. — Minha irmã entrou na conversa. — Acabaram de trazê-lo.

A enfermeira digitou no computador sem pressa. Suas sobrancelhas formaram um leve vinco.

— Um médico falará com você em breve.

— Não! — gritei de novo. — Diga-me se ele está bem? — Lágrimas de medo e frustração escorreram pelo meu rosto.

— Por favor, sente-se. Um médico virá em breve — repetiu ela.

Harper me tirou da recepção e me levou para a área de espera, meus braços giravam, querendo brigar com a recepcionista e com minha irmã. Eu precisava ver o Ben. Era um desespero tão profundo que senti o vômito subir pela garganta. Saber que eu não poderia estar ao lado dele acabou comigo. Ele era meu coração.

Meu tudo.

Alisa, John e vários outros amigos que estavam na festa correram para a emergência, mas não pude fazer nada para diminuir seus medos. Harper os informou de tudo que sabíamos.

Não demorou muito para que Alisa se transformasse na exigência em pessoa, ladrando para as enfermeiras que nos deixassem vê-lo, que nos dessem algum tipo de informação. Pela primeira vez, aquilo não me incomodou, eu tinha esperanças de que ela passasse por cima deles e nos permitissem entrar.

A porta da área de cirurgia se abriu, e uma mulher de roupa cirúrgica e jaleco branco saiu com expressão atormentada.

Meus músculos travaram, sabendo que estávamos conseguindo o que exigíamos. A médica estava aqui para falar com a gente.

Seus olhos encontraram os meus, os passos firmes à medida que caminhava.

— Sra. Roberts?

— Sim? — Alisa e eu dissemos em uníssono, sua figura curvada vindo ao meu lado.

COMO PARTIR UM CORAÇÃO

O olhar da médica foi para ela, depois de volta para mim com tristeza. E eu sabia.

Meus ouvidos começaram a zumbir, minha cabeça e alma se separando, era como se eu estivesse deixando meu corpo.

— Sinto muito. — A compaixão estava escrita no rosto dela conforme dava a notícia. — Ben sofreu uma embolia pulmonar. Fizemos tudo o que pudemos...

Eu sei que ela continuou falando, explicando o que aconteceu, mas não ouvi mais nada. Sei que gritei, mas não parecia que o lamento gutural veio de mim. E eu sei que desmaiei, porque podia sentir o azulejo frio no meu rosto.

Vômito queimou minha garganta quando uivos de tristeza irromperam ao meu redor.

Meu cérebro não me deixava absorver a verdade, me protegendo da agonia que desabava sobre mim. Parecia tão estranho que ele estava me beijando apenas algumas horas atrás, falando de começarmos nossa família – nossas vidas inteiras pela frente.

Ele deveria ter voltado de sua corrida, e nós deveríamos estar comemorando agora, cercados por seus amigos e familiares.

Ele devia ser o meu para sempre...

Agora, tudo o que eu sentia era a escuridão eterna.

CAPÍTULO 2

EMERY

— Sinto muito pela sua perda.

— Foi um funeral adorável.

— Ben era uma pessoa maravilhosa. Sentiremos muita falta dele.

— Que triste. Ele era tão jovem com tanta vida pela frente.

Caminhando por entre pessoas que tentavam me confortar, assenti e sorri com suas condolências. Eu me senti tão vazia quanto suas palavras. Sei que não sabiam mais o que dizer a uma viúva enlutada, mas se eu ouvisse "meus pêsames" mais uma vez, eu iria enlouquecer.

— Está com cara de que precisa disso. — Harper me deu uma taça de vinho.

— Obrigada. — Aceitei, sentindo que mesmo uma resposta tão simples como essa era difícil para mim. Só duas semanas tinham se passado desde a morte de Ben, e todos esperavam que eu ficasse aqui igual a um pilar de força, fingindo que meu mundo inteiro não desmoronara sob meus pés. Que o amor da minha vida – meu porto seguro – não tinha acabado de me deixar. Eu me senti perdida, como se estivesse flutuando, sem que nada me segurasse.

— Por favor, coma alguma coisa. — Harper empurrou um prato de queijo e cookies para mim.

Minha mão cobriu a barriga, uma queimação terrível, minha cabeça fez que não. A comida tinha gosto de cinzas.

Braços me abraçaram pela cintura e Addison se inclinou em mim, os olhos vermelhos de lágrimas. Eu retribuí seu abraço sem palavras. Ela estava sofrendo muito com a morte de Ben, como se tivesse perdido seu porto seguro, também.

Addison conheceu a avó antes de ela morrer de câncer, mas era muito nova para se lembrar. Ela nunca conheceu o avô. Antes que eu conhecesse meu pai melhor, ele foi baleado e morto quando eu tinha seis anos. Seu próprio pai era um babaca e nunca estava presente.

E agora ela também perdeu Ben.

COMO PARTIR UM CORAÇÃO

Culpa sua, Ben, por também deixá-la. O brilho de raiva dele se dissolveu rapidamente em culpa e tristeza.

— Onde estão seus pratos de salada? — Alisa se aproximou autoritária, o cabelo e a maquiagem perfeitos, enquanto assumia o controle da minha casa como anfitriã. Ela queria que o funeral fosse em sua grande casa, mas eu me mantive firme. Esta era a casa do Ben. Ele iria querer aqui.

— Eu vou te mostrar. — Harper me deu uma olhada, bebendo mais vinho.

— Obrigada — gesticulei com a boca para ela. Ela tinha seus problemas, mas eu não poderia ter pedido por uma irmã melhor. Ela ficou comigo a cada etapa do processo.

Harper respirou fundo antes de arrastar Alisa de volta para a cozinha.

— Sinto tanta falta dele, tia Emery. — Addison inclinou a cabeça no meu ombro, seu cabelo loiro comprido roçando meu braço.

Encostei a bochecha na cabeça de Addison.

— Eu também — sussurrei, meus olhos embaçaram quando meu olhar pousou em nossa foto de casamento na estante. Parecíamos tão felizes, alheios ao que nos reservava o futuro, e ao pouco tempo que tínhamos. Daria qualquer coisa para voltar àquele dia. Voltar para qualquer dia com ele. Achar que jamais algo assim iria acontecer.

Beijando a cabeça de Addy, eu me afastei, precisando de um momento, o pânico me envolvia por dentro. Enquanto entrava no meu quarto, um soluço me escapou, minhas pernas dobraram conforme eu deslizava atrás da minha porta até estar no chão.

— Você me deixou. Prometeu que estaria sempre ao meu lado. — Meus olhos pararam onde suas roupas estavam penduradas. Seus sapatos estavam alinhados no armário. Uma camiseta dele ainda estava pendurada na cesta de roupas sujas. Eu não tinha tocado em nada porque, no fundo, esperava que tudo isso fosse um pesadelo. Que ele entraria em casa como se nada tivesse acontecido, e a vida continuaria.

— Eu te odeio por me abandonar, Ben — gritei. Mais culpa me fez soluçar e derramar mais lágrimas. Quem morreu foi ele, e eu estava furiosa com ele por estar morto. Era como se eu estivesse me despedaçando, e nada restaria de mim.

A semana anterior foi um borrão; assinando documentos do hospital, com as palavras embolia pulmonar e doação de órgãos, depois indo direto para os arranjos funerários, o que levou à tensão entre Alisa e eu. Ela queria enterrá-lo em um lote perto da casa deles, mas Ben me disse que preferia ser cremado.

Ganhei a discussão só porque John finalmente interveio, apoiando o que seu filho realmente queria. Alisa ainda estava irritada, mas se contentou em pegar as cinzas e as colocar em uma sepultura marcada com o nome dele.

Levantando-me devagar, eu arrisquei ir até o armário, pegando seu moletom favorito e encostando-o no meu nariz. Ainda tinha o cheiro dele. Abraçando-o, caí na cama, me curvando em uma bola. Descansei a cabeça em seu travesseiro, os olhos fechados, fingindo que ele ainda estava em meus braços.

Um lamento profundo veio da minha alma, meu corpo convulsionava quando minha tristeza tomou conta de mim.

Ele deveria ser o pai dos meus filhos. Ele era o meu para sempre.

Agora, nós nunca teríamos filhos. Nunca viajaríamos para a Europa. Nunca mais o sentiria fazendo amor comigo. Jamais ganharia seu primeiro caso como advogado. Ou ouviria sua risada, veria seu sorriso, sentiria seu cheiro de banho recém-tomado, sentiria seu beijo, seus braços ao meu redor.

Nunca mais.

Definitivo. Fim. Acabou.

É exatamente como me senti.

Ben estava morto, mas quem não estava mais viva era eu.

COMO PARTIR UM CORAÇÃO

CAPÍTULO 3

EMERY

Um ano depois

Hoje seria nosso aniversário de casamento.

O mês passado foi o aniversário da morte dele.

Sentei-me na cama segurando nossa foto de casamento, vestindo seu moletom, soluçando copiosamente e sofrendo atrás de portas fechadas.

As pessoas achavam que eu estava melhorando. Viam meu sorriso e ouviam minhas risadas como um sinal de que eu estava seguindo em frente.

Era tudo mentira.

Será que é possível se afogar devagar enquanto todos pensam que você está nadando? Fingir ser uma pessoa viva quando se está morta por dentro?

Todo mundo já tinha superado. Não que não sentissem falta dele, mas superaram e seguiram com suas vidas. E queriam que eu fizesse o mesmo. Eles estavam cansados de serem cuidadosos perto de mim. Eles não queriam estar perto de alguém preso em uma tristeza constante.

Eu estava cansada daquilo. Mas não conseguia sair do buraco. Eu não conseguia respirar. Não conseguia deixá-lo ir.

Estava fazendo terapia, e a terapeuta disse que levaria tempo, mas nada parecia diferente. Outro dia, escondi minha dor e agonia. Fingi que estava bem. *O Dia da Marmota*, um dia interminável fingindo que eu estava viva.

Uma de nossas pacientes da clínica odontológica, uma mulher idosa, me disse pouco depois da morte dele: "Você é jovem e bonita. Não se preocupe, vai conhecer alguém novo."

Uma mulher com quem trabalhei deu a indireta de que seu irmão tinha ficado solteiro recentemente. Ela queria me arrumar um namorado.

Eu me encolhi, olhando para as roupas dele ainda no armário, a navalha ainda na pia, o travesseiro que não tinha mais o seu cheiro.

Eu tinha conserto? Ou eu ficaria assim para sempre?

Havia apenas o vazio da escuridão na minha frente.

CAPÍTULO 4

EMERY

Três anos depois

— Eu disse que você deveria se mudar de casa, não de estado! — Harper veio atrás de mim, seguindo-me até a cozinha, onde eu tinha caixas, fita adesiva e plástico bolha cobrindo cada centímetro dos balcões e do chão. — *Em...* — Ela cruzou os braços. — Você não acha que isso é um pouco exagerado?

— Engraçado, você me acusou de estar estagnada, e de ficar escondida atrás da minha própria tristeza. Agora estou exagerando?

— Eu quis dizer para arrumar um apartamento do outro lado da cidade, não sair do estado! Esta casa está te deixando paralisada. — Ela gesticulou pela casa. — Olhe ao seu redor, *Em...* você não mudou nada. Vive em um túmulo.

A adaga foi bem no alvo, e eu quase assobiei quando me virei.

— Nem adianta negar. Sei que as roupas dele ainda estão penduradas no armário.

— E daí?

— Já faz três anos.

— Ah, me desculpe, eu deveria parar de amá-lo agora? Esquecê-lo?

— Não. — Harper suspirou. — Claro que não vai parar de amá-lo, mas isso não é saudável. Você não pode seguir em frente se está determinada a viver no passado.

Fiquei mexendo em uma caixa, meus dentes rangiam. Ela falou igualzinho à minha terapeuta.

— Tudo isso é por causa do Matt do seu escritório? Sinto muito por ter cancelado com ele. Não me sentia bem — disse, indignada, focada em embrulhar um prato no plástico bolha.

— Não é por causa do Matt, embora ele seja bonito, legal, e realmente goste de você. — Harper colocou uma mecha do cabelo loiro atrás da orelha. Ela estava certa. Ele era bonito e simpático, mas eu não sentia nada por ele. — É por causa de todos os encontros que qualquer um de nós tenta arrumar para você. Você acha uma razão para não ir ou para não gostar deles.

COMO PARTIR UM CORAÇÃO

— Eu continuo dizendo que não estou pronta.

— Tudo bem, mas algum dia precisa estar. — Harper exalou, tentando controlar os comentários bruscos que pude ver crescendo diariamente em seus lábios durante o ano passado. — Não pode viver feito uma viúva velha e enrugada para sempre. — Ela ergueu a mão, parando minha resposta. — Eu sei que você o amava, Emery, mas ele se foi. E ambos sabemos que Ben não iria querer que desperdiçasse sua vida, contando os dias até morrer.

Minha cabeça se curvou, a verdade aprofundando no fundo da garganta.

Ela não era a única que achava que eu deveria seguir com a minha vida. Todos os meus colegas de trabalho tentaram arrumar encontros com seus amigos solteiros. Tem aquele viúvo de quarenta e poucos anos que continuou vindo para fazer uma limpeza nos dentes. Todos me davam cotoveladas, as sobrancelhas arqueando, como se eu devesse aproveitar a chance de sair com ele só porque ambos perdemos nossos cônjuges. Como se fosse o destino ou algo assim. Claramente fomos feitos um para o outro porque agora éramos ambos viúvos e solteiros.

Também não senti nada por ele. Eu era a desolação em pessoa.

Nas poucas vezes em que senti tesão ultimamente, eu fechava os olhos e tentava fingir que o meu vibrador era o Ben. Mas eu não conseguia mais imaginar seu rosto com clareza, apenas o homem sem características que eu tinha em muitas das minhas fantasias até mesmo antes de Ben morrer. O fato de eu não poder mais ver meu marido em cima de mim, senti-lo ao meu redor, dentro de mim, fez com que eu me sentisse mal e uma pessoa horrível. Acabava em lágrimas, enrolada em uma posição fetal, me sentindo pior do que antes.

Tive dois encontros com homens bonitos e agradáveis, e desejei estar em qualquer outro lugar o tempo todo. Assustou-me que ninguém me agitasse por dentro, e eu tinha me esgotado aos trinta anos, como se minha vida já tivesse acabado.

Essa percepção foi o que me fez decidir deixar tudo para trás. Eu não aguentava mais. Precisava de um recomeço. Um lugar onde ninguém conhecia minha história, ninguém me conhecia como esposa — ou viúva — de Ben. Por mais que meus amigos quisessem que eu encontrasse alguém novo, eu sabia que todas as pessoas associadas ao Ben me julgariam secretamente se o fizesse. O fantasma do Ben estaria sempre comigo aqui.

— Por isso decidi me mudar. — Eu me virei, encostado no balcão.

— Mas por que tão longe?

— Porque é onde eu encontrei um emprego. — Isso era verdade. Ninguém nessa região estava contratando auxiliares odontológicos. A oferta de emprego estava só a quatro horas daqui; perto, mas longe o suficiente para me sentir uma verdadeira desconhecida para todos. — Além disso, não é só esta casa. É esta cidade. Todo lugar que vou é uma lembrança do Ben. Onde nos casamos, onde ele me pediu em casamento, onde adorávamos ir jantar. Onde ele morreu. Eu esbarro com seus amigos o tempo todo, com seus pais e todas as pessoas do clube de golfe, que me param todas as vezes para falar dele. Você me diz que eu preciso seguir em frente, mas aqui eu não consigo.

Eu estava com medo de deixá-lo no passado, de sair desta casa, mas, no fundo, eu sabia que iria definhar se não fizesse isso. Nunca seguiria em frente.

Harper esfregou o rosto, seus próprios problemas pesando em seus ombros.

— Não quero que você vá. Eu preciso de você agora, Em.

— Eu sei. — Pisquei para afastar as lágrimas. — Mas só estarei a algumas horas daqui.

— E a Addison?

Soltei um suspiro.

Nos últimos três anos, Addison ficou fora de controle.

Neste último ano, Harper e Joe pediram o divórcio. A coisa foi feia. Por mais que Harper tentasse proteger Addison da vingança mesquinha de Joe, não era capaz de mantê-la longe de tudo aquilo. O pai dela era um verdadeiro filho da mãe.

Addison tinha se revoltado por completo. Ela ficou comigo mais do que na própria casa, alegando que odiava seus pais, ainda mais Harper agora, culpando-a pelo divórcio. Addison era uma adolescente furiosa que passou por muita coisa e não estava lidando muito bem com tudo isso. Ela machucou a mãe porque o pai nunca esteve por perto para sofrer as consequências.

— Ela foi expulsa da escola. De vez. — Harper lutou contra as lágrimas, o rosto se contraindo. Ela não chorava muito, exceto quando se tratava da filha. Harper estava se esforçando muito, mas, quanto mais tentava ajudar Addison, mais sua filha a afastava. — Não sei o que fazer com ela. Estou desesperada. Ela saiu às escondidas de novo uma noite dessas. Está seguindo por um caminho autodestrutivo, e não consigo me aproximar dela.

Passei os braços envolta da minha cintura, uma ideia nascendo.

— E se Addison viesse comigo?

COMO PARTIR UM CORAÇÃO

— Como? — Harper ficou rígida.

— Ela não pode estudar na escola daqui mesmo. Pode ser exatamente o que ela precisa, também. Um recomeço para nós duas. Nova escola, novos amigos — enfatizei, sabendo o quanto Harper odiava a turma que a Addison começou a andar. — Você mesma disse isso outro dia. Queria poder mantê-la longe de toda essa porcaria de divórcio.

— Sim. Mas ela não pode ir com você. — Harper balançou a cabeça.

— Por que não? — retruquei. — Você não quer o seu próprio recomeço? Sem ter que lidar com uma adolescente descontrolada? Sabe que eu sou rigorosa. Ela teria que seguir as minhas regras.

— Ela é minha filha! Problema meu. Não seu. Já basta o que você tem que enfrentar.

— E você sabe que quero o melhor para ela. Honestamente, Harp, quanto mais tenta controlá-la, mais ela reage. Pode ser que essa seja a coisa mais inteligente para a relação de vocês.

Harper encostou desanimada na geladeira, seu rosto parecia que estava prestes a desabar.

— E eu perco você e Addison?

— Não está nos perdendo. Estaremos a quatro horas daqui.

— Talvez eu me mude com vocês.

Inclinei a cabeça. Minha irmã amava seu trabalho, e tinha benefícios muito bons. Ela não podia se dar ao luxo de sair dele agora. Além disso, além de suspeitar que minha irmã já estava saindo com alguém, ela amava demais essa cidade. Nunca quis sair daqui.

Harper fungou, enxugando uma lágrima do rosto.

— Não quero, mas não sei mais o que fazer.

Seu sentimento continuou ecoando na minha cabeça muito depois que ela foi embora, meu coração se partia enquanto eu empacotava minhas coisas, decidindo deixar a maior parte para trás. Já fiquei tempo demais pensando no Ben. Não queria que o lugar novo fosse outro eco de tudo o que eu havia perdido.

Seria um recomeço. Um reinício para Emery Campbell, que parecia uma traição a Ben, como se eu tivesse virado as costas para homem com quem planejei passar o resto da minha vida.

— Eu não quero… — Peguei o velho moletom do Ben, que eu usava todas as noites, segurando-o no peito. — Mas não sei mais o que fazer.

CAPÍTULO 5

EMERY

— Adorei! — gritou Addison, com o rosto iluminado, enquanto saltava pelo quarto novo. Percebi a dor passar pelo rosto de Harper ao ver sua filha tão feliz. Addison parecia animada por se afastar de Harper, mas minha irmã forçou um sorriso no rosto, aproveitando os raros momentos em que Addison sorria.

— Você deve seguir todas as regras que sua tia Emery estabelecer. — Harper apontou o dedo para a filha.

— Sim, claro. — Addison revirou os olhos, voltando para o pequeno, mas adorável quarto em que viveria durante o período escolar.

Minha casa foi vendida depressa, e eu consegui comprar uma pequena casa adorável de dois quartos e dois banheiros perto do meu novo emprego e do colégio novo que Addison começaria na próxima semana. Era pequena e velha, mas tinha um grande jardim/quintal. O casal antes havia construído um sonho de jardim inglês, com flores silvestres, vegetais e caminhos de paralelepípedos. A varanda tinha vista para o impressionante quintal, com churrasqueira e jacuzzi. O quintal foi a razão pela qual comprei esta casa. O interior precisava de reforma, mas o jardim mais do que compensava.

— Não estou brincando, Andy. Uma ligação dizendo que você faltou à escola ou quebrou uma das regras dela e você volta para casa.

Addison exalou um suspiro exagerado.

— Tá bom. Eu. Já. Entendi.

O queixo de Harper ficou rígido com a atitude dela, e ela olhou para mim como se dissesse: *Tem certeza de que quer assumir isso?*

Sorri, confirmando, embora estivesse bem nervosa. Poderia estar piorando as coisas, mas agora já era tarde. Tudo o que eu podia fazer era viver um dia de cada vez com ela.

O humor de Addison mudou de novo com um suspiro. Ela pulou em sua cama de casal enquanto dava um gritinho. O edredom branco e roxo subia e descia.

— Você tem todos os seus livros escolares e coisas que precisa? — perguntou Harper.

COMO PARTIR UM CORAÇÃO

— Sim. — Addy olhou para o relógio. — Oh, merda! Tenho que ir. Os testes para líderes de torcida começam em 15 minutos. — Ela se levantou depressa e correu até à porta.

— Ei? — Harper fez cara feia. — Não vai se despedir? Logo vou embora.

— Tchau, mãe. — Ela abraçou a mãe brevemente antes de se apressar, não parecendo sentir nem um pouco de remorso.

Quando a porta da frente bateu, fui até minha irmã e acariciei seu braço.

— Ela é adolescente.

— E, merda, ela faz questão de me fazer passar pela experiência completa. — Harper esfregou a testa, lutando contra as lágrimas.

— Ela te ama. Precisa se resolver com a raiva e a mágoa. Lembra como você era na idade dela?

— Acho que é por isso que estou sendo punida. — Ela bufou. — A gente colhe o que planta.

Sendo seis anos mais nova, vi Harper passar por sua adolescência rebelde e o que isso fez com nossa mãe. Elas nem eram tão próximas quanto ela e Addy.

— Estou muito feliz que ela esteja tentando ser líder de torcida. Honestamente, estou espantada pela animação toda que ficou quando viu o panfleto na escola. Estou feliz por qualquer coisa que a faça retomar as coisas que ela amava fazer antes. — Harper engoliu em seco, forçando um sorriso nos lábios. — Não importa o quanto doa, acho que estar aqui é a melhor coisa para ela. Ela precisava se afastar do pessoal com quem estava andando e do pai. Talvez aqui ela possa voltar aos eixos.

Concordei, esperando que Addison e eu pudéssemos retomar nossas vidas.

Algumas horas depois que Harper saiu, a casa ficou quieta enquanto eu desfazia as últimas caixas. Meu coração apertou quando peguei o porta-retrato com a foto do dia do meu casamento, meus dedos deslizando pelo rosto sorridente de Ben. Uma onda de ansiedade e pavor subiu pela garganta. Será que eu fiz o certo? Eu me afastei da minha vida, dos meus amigos e da minha família. De tudo o que é dele. Alisa pegou muitos itens de Ben. Seu ressentimento por eu ter ido embora, me afastando do seu filho, jamais foi expresso, mas foi sentido. John era o único que ainda me ligava, que tentou agir como se eu ainda fosse parte de sua família, mas, sem Ben, ambos pareciam ter dificuldades para me manter parte dela. Não havia crianças para nos prender, nada além de memórias do Ben. Ela me via como uma traidora agora, me odiando por ter ido embora, mas se ressentindo ainda mais de mim por estar lá. Uma lembrança do filho que ela não tinha mais.

O que ela não guardou foi para uma casa de caridade. Um estranho usaria seus ternos, andaria pela rua em seus sapatos. A vida de alguém foi colocada em uma caixa e doada a outra pessoa para viver.

Meu olhar baixou para minha mão, a aliança de casamento de diamantes ainda estava no meu dedo. Guardei a dele no meu porta-joias. Também fiquei com as nossas fotos e seu moletom. O resto, eu me obriguei a deixar para trás, e agora uma parte de mim estava se arrependendo.

O luto abriu meu peito quando me inclinei sobre a foto de um momento em que estávamos muito felizes. Chorei, sentindo o pânico de me despedir dele. Por que não implorei que fizesse amor comigo em vez de ir correr? Por que organizar a festa dele era mais importante do que ficar com ele? Ele ainda estaria vivo se não tivesse saído?

A culpa e os "e se" me cercaram, me perseguindo feito demônios ganhando vida.

— Tia Emery! — Um grito animado me assustou, e eu enxuguei os olhos depressa quando Addison entrou no meu quarto. — Adivinha?

— O quê? — Funguei, mostrando um sorriso falso que estava acostumada a usar agora, agindo como se não estivesse prestes a desabar.

O olhar de Addison foi para mim, depois para a foto na minha mão, seus ombros afundando, sua emoção evaporando. Odiava ser capaz de acabar com a alegria dela tão rápido.

— O quê? — Abaixei a foto, minha voz estremecida com a animação que eu não sentia, precisando ver aquele sorriso de volta em seu rosto.

— Entrei para o time de líderes de torcida! — Sua empolgação foi reduzida pela metade da que quando entrou.

— Meu Deus! — exclamei, dando um breve abraço nela. — Que coisa maravilhosa. Estou muito feliz por você.

Seus olhos castanho-claros brilharam com mais entusiasmo.

COMO PARTIR UM CORAÇÃO

— Não consigo acreditar, mas a líder de torcida veio até mim depois, me dizendo que fui a melhor no teste. — Ela pulou sem parar. — Estou tão empolgada. Vou pegar meu uniforme amanhã e os treinos começam no final da semana. Estaremos prontas quando a escola começar na próxima semana.

— Uau. Você precisa ligar e contar para sua mãe. Ela vai ficar tão feliz por você. — Harper era a líder de torcida. Eu tinha sido a menina que lia livros e se voluntariava em centros de resgate animal. Quando tudo estava indo ladeira abaixo com mamãe, encontrei conforto nos animais, e coloquei toda a minha energia em encontrar lares para eles. Se eu pudesse fazer a vida deles feliz e encontrar a família perfeita, isso compensaria a minha vida.

— Sim. — Ela balançou a mão. — Eu vou — respondeu, o que pareceu mais com um *vou ligar, se for necessário*. — Mas… — Outro grito veio dela. Não via a Addison feliz assim há muito tempo.

— Tem mais?

Um rubor cobriu suas bochechas, um leve constrangimento fazendo seus cílios abaixarem.

— A líder de torcida, Elena, bem, ela queria me apresentar ao time de futebol. Já sabe, conhecer os caras para quem a gente vai torcer.

— Ah, claro. — Eu sorri, brincalhona, apesar de sentir um nó por dentro. Quando Addison ficava caidinha por alguém, isso significava problemas. Ela foi pega matando aula, bebendo e fumando. Um menino é a razão pela qual ela se envolveu com a turma errada na última escola que frequentou. Ela botava banca de difícil, mas parecia ser facilmente influenciada.

— E, ah, meu Deus. — Suas bochechas ficaram vermelhas, abanando-se.

— São bonitos?

— O time de futebol? Sim, muitos garotos bonitos, mas não é deles que estou falando. — Ela estremeceu como se fosse desmaiar. — O assistente técnico.

— Addison! — Chamo sua atenção.

— Não! Não! Ele é estudante. Veterano. Ele repetiu um ano, algo assim — explicou depressa. — Elena ficou sabendo que antes de se mudar para cá, há dois anos, ele era um excelente jogador de futebol, muito bom. Mas desistiu por algum motivo. Era tão bom, que o treinador quis que ele ajudasse nos jogos.

Que estranho. Por que um adolescente no auge da sua capacidade desistiria? E ajudar a treinar, ao invés de jogar?

— Meu Deus, tia Emery. Acho que estou apaixonada de verdade. —

Ela enrolou o cabelo comprido na mão, deixando a cabeça cair para trás.
— Mason James... — murmurou. — Ele tem 1,90m, cabelo e olhos escuros. Ele é um dos caras mais gostosos que já vi. Na. Minha. Vida. Ele tem aquele ar sexy e misterioso.

— Você é mesmo filha da sua mãe. — Eu ri, tirando-a do meu quarto.

Durante a escola, eu posso ter tido uma paixonite de longe pelo *bad boy*, mas nunca foi meu tipo. De alguma forma, senti que só me machucariam. Que me deixariam. Partiriam para a próxima garota e arrasariam com o meu coração. Gostava dos caras estilo Ben. Os que eu sabia que estariam comigo no dia seguinte.

— Ele me deu uma olhada sim. Eu tenho certeza. — Ela desfilou pela cozinha. — Nossos olhos se encontraram. Senti da cabeça aos pés.

Murmurei, abrindo a geladeira, embora soubesse que não haveria mais do que resto da comida da noite passada.

— Posso dizer que todas as garotas da equipe o querem. Sophie me disse que ele fica com muitas garotas, mas não namora com nenhuma delas.

— Parece um galanteador. — Já não gostava desse garoto. — Por favor, não seja outra na lista. — Eu me virei para ela. — Você vale muito mais do que isso.

Ela virou os olhos para mim.

— Eu sei.

Esta era a mesmíssima resposta que Harper daria antes de pular de cabeça atrás do garoto, e ter seu coração esmagado. Sabia que podia avisar Addy várias vezes, mas, nessa idade, ela não ouviria. Você queria ser a garota que conquistava o cara difícil de pegar. O que todas queriam, mas ninguém conseguia. Todas as garotas acreditavam que poderiam ser ela, a sortuda.

Por mais que eu quisesse proteger Addison, eu não podia, porque aprendi que até o bom moço poderia quebrar seu coração.

COMO PARTIR UM CORAÇÃO

CAPÍTULO 6

EMERY

— Oi, Emery.

Limpei os farelos da boca e do uniforme, endireitando a postura quando meu chefe entrou na sala.

— Oi, dr. Ramirez.

— Por favor. — Me chame de Daniel. — Ele me deu um sorriso suave a caminho da geladeira; pegou um iogurte e uma maçã enquanto eu pegava meu croissant duro de chocolate. — Esperava te ver. — Seu sorriso era caloroso, mas continha algo que fazia um alarme disparar na minha cabeça. — Queria saber como está indo.

Eu estava aqui há mais ou menos um mês. O pessoal foi acolhedor, e eu já tinha sido convidada para beber com alguns deles na semana que vem. Uma vez por mês eles se reuniam para um *happy hour*.

— Está tudo bem — afirmei.

Dr. Ramirez tinha uma clínica pequena, mas muito bem recomendada. Ele era tudo que um dentista deveria ser. Calmo, gentil e falava com todos os clientes como se fossem importantes. Ele se lembrava dos nomes de todos e perguntava de seus filhos e o que andavam fazendo.

Várias assistentes eram doidas por ele. Ele era solteiro, na casa dos trinta e poucos anos, rosto bonito, pele bronzeada e suaves olhos cor de âmbar. Era só alguns centímetros mais alto do que eu, realmente não estava em forma, mas tinha um corpo até que bom. Ele era do tipo pelo qual eu normalmente teria uma quedinha.

E, de novo, não senti nada, exceto esse pânico estranho de sair da sala dos funcionários, de me afastar da maneira como ele olhava para mim.

— Fico feliz. — Acenou. — Só ouvi elogios a seu respeito até agora. Os pacientes te amam. — Ele girou a colher. — Você se encaixa muito bem com a gente. Fico feliz que tenha vindo trabalhar aqui. Todo mundo já te adora. — Seus olhos acabaram em mim. Não era vulgar, nem sequer flertava, mas me senti muito nervosa, percebi que tinha algo a mais em suas palavras.

— Ah. Bem, são todos gentis. Todos têm sido muito acolhedores.

Ele abaixou a cabeça, colocando iogurte na boca.

— Você vai no coquetel semana que vem?

— Você vai? — Quase engasguei com a minha comida assada.

— Nem sempre eu vou, mas é bom passar um tempo com todo mundo fora daqui, onde não sou o chefe.

Por que cada palavra que ele proferia parecia intensa e com muito mais significado do que o que ele dizia?

— Hum. Sim. — Acho que sim. — Olhei para o relógio na parede. — É melhor eu voltar ao trabalho. Não quero me meter em encrenca com meu chefe.

— Acho que ele deixaria isso passar. — Ele sorriu para mim.

O sorriso que eu aperfeiçoei curvou minha boca antes que eu praticamente fugisse da sala. Ninguém aqui conhecia minha história toda. Não queria olhares de pena e o cumprimento padrão: *sinto muito pela sua perda*. Ou, pior, a mudança no comportamento deles quando soubessem que já tinha mais de três anos que tudo aconteceu. Essa parecia ser a fala dessas pessoas, quando sua compaixão cessava e eles olhavam para mim como se tivesse algo de errado *comigo*.

— Oi, garota. — Marcie bateu as unhas numa pasta, entregando-a para mim. — Sua próxima limpeza chegou. Billy Thomas. — Ela arqueou uma sobrancelha. — Já te aviso, ele morde e chuta.

— Ótimo. — Suspirei.

— Agora, se fosse o pai do Billy, eu iria gostar. Do tipo "Me pega de jeito pelo cabelo". Entende o que quero dizer? — Ela piscou brincando, sua risada a acompanhou conforme se afastava.

Não, não entendia. Ben estava bem longe desse tipo. Ele não foi o primeiro cara com quem dormi, embora poderia muito bem ter sido. O primeiro cara era da faculdade e eu nem me lembrava direito, o segundo era bom, mas não tínhamos nenhuma relação verdadeira. Então teve o Ben. Gentil, devagar, sempre fazendo *amor* comigo.

As palavras de Marcie desenterraram uma fantasia nas profundezas da minha cabeça, uma imagem de alguém fazendo exatamente aquilo. Puxando meu cabelo, entrando em mim por trás. Secretamente, desejei que Ben fizesse isso comigo na noite em que ele morreu. Possuindo-me forte e implacável no balcão da cozinha.

As imagens apareciam de forma rápida e cruel. Podia senti-lo se elevando sobre mim, afundando profundamente dentro de mim, assumindo o comando, me fazendo perder todo o controle enquanto ele me consumia.

COMO PARTIR UM CORAÇÃO

O desejo deixou minhas bochechas vermelhas, um formigamento deslizou entre minhas pernas, latejando pelo meu interior. Arfando, corei de novo por estar extremamente excitada pela primeira vez em anos.

Pela fantasia de um homem que não era meu marido.

— Tia Emery? — A voz de Addison me chamou pela casa, o som de suas bolsas caindo no chão.

— Aqui atrás! — gritei, curtindo os últimos dias do verão. Um clima mais fresco começava a surgir no ar, as folhas mudavam de cor. Minha época favorita do ano.

— Oi! — Ela abriu a tela dos fundos, aparecendo onde eu estava deitada na varanda com uma taça de vinho e um livro.

— Foi tudo bem na escola? — Levantei a cabeça e a vi vestida com seu uniforme de líder de torcida, o rosto todo sorridente. Na escola, Addison mudou completamente. Ela fazia suas lições, tirava notas até boas e parecia dez vezes mais leve e feliz do que há um mês. Ela tinha novos amigos, adorava torcer, e não parava de falar desse garoto, Mason. A cada dia ela ficava mais risonha e mais louca por ele – se bem que eu achava que eles tinham conversado só algumas vezes.

— Foi bom. — Ela se jogou na cadeira em frente a mim. — Temos um jogo esta noite. Vou comer alguma coisa antes de me encontrar com as meninas da torcida.

— Não se esqueça de ligar para sua mãe.

Addy piscou os olhos. Elas falavam ao telefone de poucos em poucos dias, mas a disposição de Addison em relação aos pais era a única coisa que não tinha mudado muito. Apesar que ela não foi capaz de esconder sua felicidade ao contar à mãe sobre seus amigos. Eu sabia que machucava Harper saber que sua filha estava mais feliz aqui do que com ela, mas também sabia que estava aliviada por Addy estar muito melhor.

— Você vem ao jogo hoje à noite? — Ela roubou uma bolacha da tigela que eu tinha ao meu lado, mastigando-a. — Você tem que vir. Vou participar da pirâmide na dança. Elena torceu o tornozelo, então vou ficar no lugar dela hoje.

— Bem, então acho que preciso ir. — Tomei um gole de vinho.

— Você finalmente vai ver Mason. — Ela se mexeu na cadeira. — Ele disse oi no corredor para mim hoje.

— Uau, deve ser amor.

— Cala a boca. — Ela riu, batendo no meu braço. — Sério, estou apaixonada por esse cara. — Ela dobrou os joelhos, subindo as pernas na cadeira, os olhos abaixados, me mostrando sua expressão de filhote de cachorro.

— O quê? — Conhecia esse olhar. Usava só quando ela queria alguma coisa de verdade. A última vez que o vi foi quando ela quis furar as orelhas.

— Você sabe que é a melhor, mais incrível e mais bonita tia do mundo.

— Senhor, mas quanto exagero. O que você quer?

— Deixe-me primeiro dizer, daria muito pouco trabalho…

— Addison.

— Queria saber se posso convidar algumas pessoas para vir aqui depois do jogo? — Ela ergueu as mãos, sem me deixar responder. — Vai ser supertranquilo. Eu e alguns amigos na jacuzzi.

— Quer dar uma festa?

— Não. Nada de álcool ou coisa assim. Só uns amigos.

— Você quer dizer Mason. — Arqueei uma sobrancelha.

— Espero que sim. — Ela mordeu as unhas. — Por favor, por favor, por favor, por favor.

Tinha dificuldade em dizer não à minha sobrinha.

— Seguindo todas as regras, nada de álcool, sem drogas, e todos vão embora à meia-noite.

Sua cabeça assentiu, sabendo que já havia vencido.

— Devo ter enlouquecido.

— Ahhhh! — Ela pulou, me abraçando. — Obrigada, obrigada. Você é a melhor!

— Eu sei. Já tenho a caneca de melhor tia do mundo para provar isso.

CAPÍTULO 7

EMERY

Addison viu quando me sentei na arquibancada, ergueu a mão e me mostrou para sua amiga, Sophie, antes de correr até mim.

— Você veio!

— Eu disse que viria. — Ainda que eu tivesse bebido outra taça de vinho antes de vir para cá. Futebol nunca foi a minha praia. Esse era o mundo de Harper no ensino médio, enquanto eu estava ocupada fazendo planos para o meu futuro centro de adoção de animais. Ainda era um daqueles sonhos que eu tinha guardado quando a vida atropelou tudo... quando a necessidade de pagar pela comida, aluguel e a estabilidade vieram em primeiro lugar.

— Então... alguns jogadores do time e as líderes de torcida vão em casa depois — disparou a falar. — Ainda não vi o Mason para chamá-lo, mas falarei com ele depois do jogo. — Ela olhou por cima do ombro. — Ele ainda não apareceu. Mas eu aviso quando chegar.

— Tudo bem. — Será que eles serviam álcool nessas coisas? Provavelmente não.

Ela voltou a ficar perto das líderes para animar os torcedores. O locutor começou a falar quando os jogadores de futebol de ambos os times entraram em campo.

— Tia Emery. — Addy gesticulou com a boca, a mão tentando apontar, discretamente, para o outro lado do campo atrás dos pompons. — É ele!

Meu olhar se ergueu para onde ela fez o sinal, deslizando pelo homem mais velho até o rapaz ao lado dele.

Ofeguei; uma sensação estranha descia pelo meu peito conforme meu olhar travava nele. Ela me disse que ele era alto e encorpado, mas minha cabeça ainda imaginou um adolescente, igual a todos os outros aqui. Um garoto arrogante do ensino médio que as meninas ficavam babando.

Não havia nada de colegial nele. Sua estrutura se elevava sobre quase todos os garotos, incluindo o treinador.

Usando jeans escuros, camiseta preta – coisa que seus ombros largos preenchiam muito bem – um boné de beisebol e botas pretas, ele não parecia nem um pouco com um assistente de técnico ou um aluno daqui. Sob seu boné, pude ver seu cabelo e olhos castanho-escuros, a barba rala alinhando sua mandíbula esculpida. E, puta merda, nem eu estava assim tão morta. A beleza dele era do tipo que transformava pessoas inteligentes em bobas.

Sem chance de esse cara ter a idade da Addison. Tudo nele gritava perigo. Problema. Confiança sexual. Anos mais velho do que qualquer outro garoto aqui. E era isso que fazia com que os outros parecessem ser apenas... garotos.

Forçando meu olhar de volta para Addy, ela deu um tapinha em seu coração, suspirando antes de se virar para encarar o campo, e começar sua rotina de torcida.

Puta que pariu. Ele não ia tocar na minha sobrinha. Era velho demais, mesmo que não fosse em anos. Ele era muito "experiente" para Addison.

Incapaz de resistir à atração, minha atenção disparou de volta para ele. Observei sua boca se mover enquanto conversava com o treinador e a maneira como seu corpo se movia. Ele falava com total confiança. O treinador concordou com suas instruções como se fosse Mason quem tomasse as decisões.

Dominante. Seguro de si.

O calor cobriu minha pele sob a jaqueta, e franzi a testa enquanto a tirava. A noite estava anormalmente quente, e eu bebi duas taças de vinho antes de sair. Tinha que ser por causa disso.

Olhando propositadamente para todos os outros lugares, minha atenção continuava voltando para ele, como um ímã.

Os olhos dele se ergueram e juro que encontraram os meus do outro lado do campo, e eu parei de respirar. Pude senti-los em mim, desnudando a minha alma.

Logo abaixo de mim, vi Addison acenar para ele, o sorriso dela ficando mais largo.

Meu Deus, que idiota. Ele estava olhando para Addison. Balancei a cabeça; raiva e nojo subindo na garganta. Minha pele ainda formigava como se seus olhos estivessem em mim, mas me recusei a olhar de volta e ver se ele estava olhando. *Mas que merda você tem na cabeça? Você é uma mulher de trinta anos*, eu me repreendi, enojada comigo mesma.

Coloquei toda a minha atenção na Addison e no jogo; eu ainda não tinha ideia de quem estava ganhando. Tentei ignorar o fato de que estava

COMO PARTIR UM CORAÇÃO

lutando para manter a atenção longe dele, exagerando para animar Addy e agindo como se eu estivesse superatenta ao jogo, enquanto eu só queria que acabasse logo.

— Vencemos! — Addison pulou para mim.

— Finalmente — murmurei, levantando e me inclinando sobre a grade para falar com a minha sobrinha. — Você foi incrível, Addy.

— Obrigada! — Ela saltitava. — Ainda está tudo certo para hoje à noite?

— Claro.

— Ótimo. Vou chamar o Mason agora mesmo. — Ela se afastou antes que eu pudesse responder, meu olhar a seguindo conforme pulava animada pelo campo até Mason.

Ele não mostrou reação à presença dela, enquanto ela explodia de euforia ao redor dele, farfalhando os pompons e sacudindo o rabo de cavalo. A cabeça dela acenou de volta para mim, e fiquei sem ar quando seus olhos acompanharam o gesto, parando em mim.

Meu coração acelerou no peito, minha pele esquentou e meu âmago latejou. *Meu. Deus. Do Céu.* O calor se transformou instantaneamente em gelo. Nojo absoluto e a vergonha me afastaram deles, descendo as escadas e saindo do estádio. Qual é o meu problema?

Pegando meu celular, mandei uma mensagem para Addy.

> Te vejo em casa.

Eu sabia que ela vinha de carona com Elena e Sophie, mesmo que fosse só alguns quarteirões.

Meu corpo estremeceu, mas continuei sem a jaqueta, me açoitando mentalmente. Eu nunca tive esse tipo de reação com ninguém antes, nem sequer com Ben. Isso me aterrorizou, e fez com que eu me sentisse ainda mais desorientada, como se nada mais fizesse sentido.

— Ben — sussurrei o nome dele em voz alta. — Saudades de você. — Senti falta da sensação de segurança e felicidade. Como era fácil. Como fazia sentido.

Minha mente se acalmou com as lembranças de Ben, aconchegantes como um banho quente. Ele me segurando. Me amando. Era seguro. Meu porto seguro. Afastei qualquer pensamento além dele.

Qualquer coisa que eu tenha sentido foi um acaso. Uma reação induzida por vinho a algo que meu corpo precisava, ou talvez um desequilíbrio químico nos meus hormônios.

Nada mais.

Caminhei para casa, ignorando o fato de que, pela primeira vez em mais de três anos, um homem fez meus mamilos enrijecerem dolorosamente contra a camisa.

Ouvi as risadas que vinham da varanda, junto com a música e a água que espirrava da jacuzzi. Os garotos estavam todos relaxados e felizes, pensando que os dramas do ensino médio é que eram terríveis, sem desconfiar que a vida ainda não havia chegado nem perto de ferrá-los.

Cortando uma outra fatia de queijo, algo para beliscarem, me senti ainda mais longe da juventude lá fora.

Mais de uma dúzia de jovens havia aparecido, sobretudo líderes de torcida e jogadores de futebol, provavelmente fazendo daqui o "esquenta" antes de irem para a verdadeira festa, na qual não teriam alguém de olho neles. Não faz muito tempo que era eu quem ia a festas curtir e beber.

Sabia que era assim. É o que se faz na idade deles. Mas não debaixo do meu teto. Eu não seria responsável por alguém ficar bêbado ou se machucar.

— Cara, aquele seu lance de hoje à noite foi foda — gritou a voz de um garoto.

— Foi, né? — outro respondeu.

— Santo Deus! Ele chegou. — Ouvi Addison gritar, correndo para dentro de casa, com o celular na mão. Seus olhos encontraram os meus na cozinha, fazendo uma dancinha feliz um pouco antes de correr para a porta da frente.

Voltei minha atenção para o queijo, cortando a peça inteira. Mas será que adolescentes comiam queijo suíço?

— Estou tão feliz que você veio. Entre.

— Obrigado — uma voz profunda retumbou, quase inaudível de onde eu estava, mas senti penetrar na minha pele.

— Venha para os fundos. Estão todos lá fora. Trouxe sunga de banho?

— Não.

— Tudo bem. Também não estou com vontade de entrar na jacuzzi.

— Ainda que ela estivesse vestindo biquíni por baixo de um vestidinho curto e leve. Seus pés descalços pararam na porta dos fundos. — Ah, esta é minha tia Emery.

Minha cabeça se virou para eles; meu sorriso já estava preparado. Mas ficou preso quando seus olhos encontraram os meus. Seu rosto não mostrava sentimento, mas o olhar penetrante e intenso travou no meu como se ele pudesse ver dentro de mim, descobrir todos os meus segredos mais sombrios, sem deixar nada de fora.

Pare agora mesmo. Aja como a porra de um adulto.

— Prazer em conhecê-lo. É Mason, certo?

Ele abaixou a cabeça, mantendo seu olhar em mim. — Prazer em conhecê-la, também, *tia* Emery. — A maneira como ele proferiu as duas últimas palavras soou totalmente pecaminosa. Sua voz grave acertou algo dentro de mim, fazendo uma gota de suor descer nas costas.

— Vão! Divirtam-se. — Eu fiz sinal para a porta. — Não reparem na senhora na cozinha.

Addy franziu a testa para mim como se tivesse perdido a cabeça, conduzindo-o para fora, seus olhos escuros voltaram-se para mim antes de sair, insinuando um leve sorriso na boca.

Suspirando alto, mortificada, abaixei a cabeça. Queria me matar. Primeiro: pareci uma idiota. Segundo: por que senti essa necessidade de ter certeza de que ele sabia que eu era muito mais velha do que ele?

— Mason! — O eco do quintal todo comemorou sua chegada, as vozes das meninas subindo um tom tentando chamar sua atenção e as dos garotos diminuindo, como se quisessem imitar e/ou competir com ele. Eu já pude perceber que todos seguiam Mason. Queriam estar onde ele estava.

Depois de levar os pratos de queijo, cookies, batatas fritas e alguns refrigerantes, não saí mais da cozinha. Deixei Addy ter sua privacidade, não queria atrapalhar.

Ou queria evitá-lo? Uma voz soou na minha cabeça, fazendo minhas mãos se fecharem, tensas.

— Onde quer que eu ponha isso?

— Merda! — Quase morri de susto, meu corpo inteiro travou e ergui a cabeça com tudo ao ouvir a voz dele.

— Assustei você? — Mason entrou na cozinha, as mãos cheias de pratos vazios, seu corpo grande preencheu toda a entrada da cozinha. Seu boné estava cobrindo os olhos, mas eu ainda os senti em mim.

— Ah. Hum. Um pouco — murmurei, levantando-me da cadeira. —

Pode colocar na pia. A máquina de lavar louça está quebrada, assim como muitas coisas nesta casa.

Sua língua deslizou sobre o lábio inferior, a atenção indo para a máquina de lavar louça ao colocar os pratos dentro da pia.

— Obrigada. Não precisava trazê-los.

— Minha avó me criou assim. — Ele se virou para mim, seu corpo se sobressaía no ambiente, fazendo com que eu me sentisse minúscula. Um sorriso esticou um lado de sua boca.

— Então sua avó te criou direito. — Minha voz saiu mais ofegante do que eu pretendia, sentia minha pulsação nas costelas. — Bem, obrigada. — Fiz um gesto para que ele saísse, precisava dele fora daqui. E, definitivamente, sem sorrir para mim daquele jeito.

— Posso consertar sua lava-louças.

— Ah. — Minha boca parou de funcionar. — Hum. Tudo bem. Já ia chamar alguém para consertar isso logo de uma vez.

— Por que pagar? Posso consertar de graça. É só comprar as peças.

— Você nem sabe qual é o problema nela.

— Neste modelo, provavelmente deve ser problema de motor. O acúmulo de detergente pode queimá-lo.

Pisquei para ele.

— Tive que me tornar um marido de aluguel em casa. — Ele se recostou na pia ao meu lado, levantando um ombro, o meio sorriso de *bad boy* voltando a atacar minha cabeça.

— Agradeço, mas vou chamar...

— Mason? — gritou Addison, de fora. Notei que ela trocou de roupa, agora estava de vestido preto curto e sandálias, a cabeça virou para nós na cozinha. Minha reação imediata foi me afastar dele. A atenção dela foi dele para os pratos na pia. — Nossa, você trouxe os pratos sujos? — Ela caminhou em direção a ele. — Mas que cavalheiro.

Mason se afastou do balcão, a voz baixa, apenas para eu ouvir.

— Nem de longe.

Alheia ao que acontecia, Addy sorriu para ele, apertando seu braço.

— Vamos, todo mundo quer ir para a casa de Alex. Você vai. — Ela puxou seu braço como se ele não tivesse escolha.

— Addison? — Inclinei a cabeça.

— Por favor? — Ela correu para mim, as mãos juntas em um apelo. — Prometo que estarei em casa à uma. E não vou beber.

COMO PARTIR UM CORAÇÃO

Sei. Quantas vezes eu já tinha dito isso?

— Vou ficar de olho nela. — Os olhos quase negros de Mason se fixaram nos meus, minha respiração parou na garganta.

Era uma promessa. Uma garantia. Então por que pareceu mais do que isso?

— Por favorzinho — implorou Addy.

— Tudo bem, mas esteja em casa à uma — respondi, mas acabei voltando minha atenção para ele, como se estivéssemos nos comunicando silenciosamente.

Ele confirmou com a cabeça, enquanto me observava. Então ele se virou e seguiu com seus amigos para fora de casa.

Addy mordeu seu lábio, tentando segurar um grito de animação, e olhou para mim como se disse: *quer me matar de vergonha?*

— Obrigada! — Ela beijou meu rosto. — Juro que estarei em casa à uma. — Ela foi para a porta, depois se virou, apontando para ele e murmurando. — Ele não é um gostoso?

Ele não olhou para trás quando todos saíam, a porta se fechou atrás deles, deixando a casa vazia e quieta.

Meus ombros cederam, o mal-estar que senti mais cedo voltou enquanto meu coração batia forte. A pele formigava e eu queria sair do meu corpo, me sentindo inquieta e errada.

Era como se eu tivesse acordado depois de anos em coma.

CAPÍTULO 8

MASON

O baixo reverberava nos alto-falantes, vibrando as janelas. O pulso constante me irritava, e fazia com que eu me sentisse mais velho do que eu era de verdade. Nunca mais fui a festas, e me sentia mais confortável na garagem, consertando meu carro, um GTO 1964, ouvindo rock dos anos 70 na estação de rádio que meu avô ouvia.

Suspirando, encostei na parede, bebendo a cerveja quente que estava segurando há uma hora. Eu mais fingia do que bebia, e fazia de conta que estava me divertindo quando não estava. Mantive o rosto inexpressivo, coisa que eu tinha ficado bom em fazer.

Cabelo loiro jogado por cima do ombro, olhos castanho-claros deslizando para mim conforme Addison balançava o corpo ao ritmo da música com as amigas, dando-me todos os sinais de que me queria.

Addison Lewis não era sutil. Ela estava de olho em mim desde o primeiro dia, sem esconder que queria ser a próxima na minha lista. Não era assim um segredo na escola; garotas falam demais para ela não saber que eu já peguei a maioria das meninas da turma.

Por um tempo, isso me distraiu de todas as merdas pelas quais passei, me fazendo acreditar que eu era um adolescente normal. Depois, aquilo era mais como um hábito, até eu perceber que estava entediado e que ficar com meu avô na garagem era onde eu preferia estar. Garotas dessa idade querem tanto agradar, estão tão dispostas a estar ou fazer qualquer coisa para chamar a atenção do cara popular e inalcançável, que todas se tornam iguais. Pensam que bancar a tímida fazia com que elas fossem diferentes da última garota, tentando ser muito sensuais e prestativas, mas elas não tinham ideia de quem eram ou o que queriam. Não sabiam o que estavam fazendo, na verdade. Elas se misturaram em uma névoa sem rosto e se tornavam esquecíveis.

Eu nunca menti para elas. Sabiam onde estavam se metendo, mas ainda assim ficavam grudentas depois. É por isso que eu nunca ficava com a mesma garota duas vezes. Já tinha sentido o desespero da Addison em ser desejada. Ser amada.

Tomando outro pequeno gole, meu olhar passou pela sala. Todos estavam dançando, jogando *beer pong*, sentados à beira da piscina, curtindo no sofá ou subindo para os quartos. Todos pareciam felizes por estarem aqui.

Eu sentia que era o único que estava fora de lugar.

Não me sentia apenas um ano mais velho do que todos aqui; eu me sentia cinquenta anos mais velho, meu passado me envelhecia mais rápido do qualquer um deles. Muito mais do que um cara de 19 anos na faculdade.

— Mason? — Addison se aproximou, pegando minha mão e a puxando. Ela tentou parecer sexy, mas saiu um choramingo. — Venha dançar.

— Nem pensar — bufei.

Ela fez beicinho.

— Por favor? Por mim?

Meus olhos se estreitaram, tentando lembrar quando foi que eu passei a impressão de que estava a fim dela. Quero dizer, ela era bonita e nem um pouco desafiadora, e era exatamente por isso que eu não estava interessado. Vim aqui porque prometi que cuidaria dela.

A imagem de Emery surgiu na minha cabeça antes que eu pudesse impedir, endurecendo meu pau na hora. Seus longos cabelos castanho-escuros e sedosos, a dor e a compreensão em seus olhos castanho-esverdeados, em como seu peito estufou e as bochechas coraram quando fiquei ao lado dela. Eu a vi conversando com Addison no jogo, e assim que olhei para ela, senti uma estranha atração, meus olhos continuavam voltando para ela.

Ela era *maravilhosa*.

Não consegui mais me concentrar no jogo, e quando a Addison me convidou para ir à sua casa, não recusei. Procurei qualquer desculpa para entrar na cozinha onde Emery estava escondida... e, no minuto seguinte, estava prometendo ficar de olho em Addison. *Por ela*. Eu nem queria estar nessa maldita festa.

— Mason? — Addison tentou de novo, a boca curvada para baixo, aborrecida.

— Não danço. — Eu me afastei da parede. — Mas acho que Mateo ficaria feliz em dançar. — Apontei com a cabeça para o meu amigo, que não conseguia parar de olhar para ela. O treinador gritou com ele no treino por ficar olhando o tempo todo para as líderes de torcida. Mas a gente sabia que ele estava olhando para uma em especial.

Passei por ela e saí da casa, precisava me afastar de todos eles. A noite fria relaxou meus ombros. Tudo em mim queria ir embora, mas eu não podia. Não até Addison ir para casa. Por alguma razão, eu precisava manter minha palavra. Para que uma mulher que eu não conhecia e com quem nem deveria me importar, confiasse em mim.

Por que é que eu me importava se a tia de uma garota qualquer me achava babaca ou não? Eu *era* um babaca. Embora eu tenha sentido um alívio quando Addy a apresentou como sua tia e não como sua mãe. De toda forma, não tinha nem como ser. Ela era mais velha, mas não o suficiente para ter tido a Addison.

A questão não é essa, idiota. Ela ainda é muito velha para você.

Suspirando, eu me joguei em uma poltrona, olhando para o céu. A vida era muito curta, e eu me ressentia por desperdiçá-la aqui. Mas era culpa minha. Tudo que eu queria era tirar meu diploma e acabar com isso, mas sabia que meus avós queriam ver eu me formar. Algumas vezes, minha avó disse que queria que eu experimentasse todas as coisas que eu poderia ter perdido. Que era um ano muito crucial e emocionante para uma pessoa.

Meu pai nunca se formou no ensino médio; desistiu logo depois do primeiro ano, e eu sei que, no fundo, isso sempre os incomodou. A escola era muito importante para o meu avô. Essa era a minha maneira de retribuir. Dar algo a eles o que perderam com meu pai.

Eu devia tudo aos meus avós. Eles ficaram comigo no meu pior momento, estavam ao meu lado, e até se mudaram da casa que amavam para esta cidade há dois anos por minha causa.

Recomeçar do zero. Um lugar onde ninguém me conhecia. Ou sabia do meu passado.

Onde eu poderia ser normal.

A não ser esta noite que, mais uma vez, me mostrou que eu não era.

COMO PARTIR UM CORAÇÃO

CAPÍTULO 9

EMERY

— Droga! — Chutei a máquina de lavar, meus sapatos estavam encharcados da água que ainda vazava, enchendo a garagem. Era o resultado da compra da casinha de um casal de idosos que provavelmente não trocavam seus eletrodomésticos desde que se casaram nos anos 70.

A maior parte do meu dinheiro tinha sido gasto com a mudança, então eu não tinha muito dinheiro para gastar na troca desses utensílios. O problema da morte é que ninguém te diz como ela é cara. Estava grata porque os Roberts pagaram muitas coisas, mas ainda foram tantos detalhes inesperados, que acabaram com as minhas reservas. E eu jamais pediria dinheiro a Alisa e John.

Outra coisa que as pessoas não entendem é que até você ganhar casos e se tornar um grande advogado de uma empresa, o que era bem difícil de acontecer – diferente do que a TV queria que acreditassem -, você era pobre. Ben estava trabalhando de graça há um tempo, vivendo do meu salário, e não queria a ajuda de seus pais. Só porque o Ben tinha família rica não significava que éramos ricos também.

— Idiota. — Chutei a máquina de novo, pensando em qual cartão de crédito conseguiria comprar uma nova máquina de lavar e de secar, sem ficar zerada de limite.

— Espero que esteja falando com a máquina. — Uma voz profunda me fez parar de respirar, e eu me virei para a porta da garagem, que eu tinha aberto para tirar um pouco da água.

— Merda. — Coloquei a mão no peito. Minha respiração disparou, e as bochechas coraram na hora.

Mason James estava na minha garagem, com toda a aparência que não deveria ter. O corpo de 1,90m, usando jeans, camiseta, boné e botas, como na outra noite.

— Você me assustou.

— Desculpe — respondeu. Uma palavra dita sem nenhuma intenção, mas eu a senti em todos os lugares. Rangi os dentes, odiando o fato de não

STACEY MARIE BROWN

conseguir controlar como eu reagia a ele. Era errado. — Addison não está aqui. Ela está no treino de torcida.

— Eu sei. — Mais uma vez, ele não disse de forma lasciva ou com duplo sentido, apenas constatou um fato, mas eu ainda senti um calor escorrer por meus ombros. Isso me irritou. — Eu vim consertar a máquina de lavar louça, mas parece que também preciso acrescentar a máquina de lavar roupas à lista. — Ele estava segurando uma caixa de ferramentas e peças, seu olhar intenso encontrou o meu sob a aba do boné, fazendo com que eu sentisse que a legging e o top esportivo no meu corpo não passassem de roupas íntimas.

— Ah, não precisa se incomodar. Posso chamar alguém. Ou comprar novos. — Embora não pudesse trocá-los agora. — Acho que são de quando a casa foi construída.

Ele me observou mais um pouco, e eu juro que vi seu olhar ir para a aliança de casamento na minha mão, o que me fez querer explicar ou escondê-la. Ele caminhou em direção à lavadora, seu corpo roçando o meu. Saí depressa da sua frente, ouvindo minha própria respiração ficar ofegante.

— Deixe-me dar uma olhada antes. — Ele levantou a tampa, flexionando o músculo dos braços. Suas mãos eram grossas, como se ele trabalhasse muito com elas. Segurariam fácil uma bola de futebol... *ou a minha bunda*. Esse pensamento me ocorreu tão rápido que recuei.

Pisquei os olhos com raiva e vergonha e me afastei ainda mais, tentando apagar isso da cabeça. *Sério, o que tem de errado comigo?* A irritação tomou conta de mim por cair no estereótipo de uma coroa vulgar. Ele fazia com que eu me sentisse nervosa e desequilibrada, porque ele não parecia um garoto comum do colegial.

Mas ele é, Emery. *Ele está no ensino médio.*

— Está tudo bem. Já vou resolver isso — eu praticamente gritei. — Você não deveria estar no treino também ou algo assim?

Por favor, saia.

Mason inclinou a cabeça para mim, seus olhos sempre tão intensos.

— Deveria. — Ele pegou uma chave da caixa de ferramentas. — Tem um monte de coisas que eu deveria estar fazendo.

Cruzei os braços.

— O que você quer dizer?

— Passamos a maior parte de nossas vidas fazendo o que devemos e não o que realmente queremos.

COMO PARTIR UM CORAÇÃO

Sua percepção me atingiu em cheio, agitando todos aqueles sonhos e ideias que deixei de lado, me enchendo de vergonha, como se eu tivesse sido descoberta.

— Quando você crescer e viver no mundo real, aprenderá que a vida não é tão simples assim — retruquei. Inclinando-me, peguei uma cesta e juntei todas as roupas molhadas que ainda estavam na lavadora. — Não dá para viver a vida fazendo só o que se quer.

— Por que não? — respondeu baixo, sem se mexer enquanto eu pegava as roupas. Seu corpo estava tão perto do meu que cruzava a linha invisível de intimidade que a sociedade traçava sem palavras.

— Porque se todos fizessem o que quisessem, teríamos um mundo muito egoísta e perigoso.

— Mesmo se não lhe restasse muito tempo? — Ele olhou para mim.

Meu corpo paralisou, todos os músculos enrijeceram. Ele acabou com todas as defesas que eu tinha, arrancando essa pergunta do fundo da minha alma.

O que eu teria mudado se eu soubesse que Ben e eu não teríamos tanto tempo assim? Como teríamos vivido? Eu o teria levado para a cama em vez de deixá-lo sair para correr? Tenho certeza de que eu teria sido mais atrevida no sexo – mais ousada e espontânea. Provavelmente não teria trabalhado tantas horas em um lugar que eu realmente não gostava.

Mas isso era fantasia. Não era o mundo real.

— Eu tento viver a vida ao máximo, mas não de forma egoísta.

— Não disse nada sobre ser *egoísta* — respondeu, seus olhos escuros travados nos meus. Eu sentia a intensidade daquele olhar queimar a minha pele, e apertar minhas coxas apenas com a ideia do que alguém como ele poderia fazer comigo.

Emery, pare!

— É por isso que não está no treino? Consertar minha lavadora é viver a vida ao máximo?

Seus lábios se curvaram, uma risada retumbando dele.

— Talvez.

Engolindo em seco, desviei o olhar.

— Ouvi dizer que jogava futebol. Por que desistiu e virou treinador?

Notei os tendões em seus braços flexionando e apertando, sua expressão continuou completamente inexpressiva.

— Não podia mais jogar... e meu avô achou que ajudar me manteria envolvido com um esporte que eu amava.

— Mas você não quer ser treinador. — Minha fala saiu como uma observação, não como pergunta.

Foi tão sutil, mas sua boca se apertou, a garganta engoliu seco. Demorou vários instantes até que ele respondesse.

— Não.

— Faz isso pelo seu avô. — De novo, não era uma pergunta.

— Devo tudo aos dois.

— Então você vive sua vida com base no que eles querem? — Um sorriso malicioso dançou na minha boca, a sobrancelha arqueada.

— Como eu falei, nunca disse que era egoísta. — Seu olhar deslizou para o meu, a palavra irrelevante acendeu todos os nervos do meu corpo, o oxigênio diminuiu nos meus pulmões e, enquanto eu segurava seu olhar, minha cabeça começou a ficar tonta.

— Mason? — A voz de Addison soou da calçada, seus olhos estavam semicerrados por causa do sol quando ela olhou para dentro da garagem. Dei um pulo, colocando uma grande distância entre nós, coisa que deveria ter feito o tempo todo, meu peito se encheu de vergonha. Eu era a adulta aqui. Eu precisava demarcar os limites.

— Nossa! — Addison sorriu de orelha a orelha, correndo para dentro da garagem, a mochila batendo em suas costas. — O que está fazendo aqui?

Por um segundo, seus olhos viraram para mim, mas voltaram para ela. Completamente impassível. Ele não mostrou sinal de que estava feliz por ela estar aqui, mas também não mostrou irritação.

— Prometi a sua tia que consertaria a máquina de lavar louça.

— Agora, a lavadora também. — Prendi o sorriso falso nos lábios, indicando a poça de água no chão.

Os olhos de Addison se arregalaram, brilhando com completa adoração.

— Nossa, é tão gentil. Sério, Mason, isso é muito legal da sua parte.

Sua boca se fechou sem dar qualquer resposta.

— Posso te ajudar — ela se ofereceu, jogando a mochila na secadora e ajeitando o rabo de cavalo como se estivesse se preparando para soltar um grito de torcida.

— Certo, vou pendurar as roupas no varal. — Peguei a cesta da lavanderia. — E não se preocupe se não conseguir arrumar. Não deve ter mais conserto mesmo — soltei com um tom indiferente, e saí tranquila.

— Gosto de consertar coisas *mais velhas* e quebradas — seu tom rouco e profundo alcançou minhas costas quando entrei na casa. Ao fechar

COMO PARTIR UM CORAÇÃO

a porta, minha respiração estava ofegante, sentia o latejar entre as pernas.

Fechei os olhos, os dedos apertando a cesta até ouvi-la estalar. Eu podia ouvir a risada de Addison; ela não conseguia disfarçar a euforia por encontrá-lo aqui. Eu não tinha dúvidas de que ela achava que ele tinha vindo por causa dela.

Ela era minha prioridade. Ele era para ser a paixonite dela. Não importa se eu previ que ele a faria sofrer, ela tinha o direito de flertar com ele. Vai saber se eles não acabariam se tornando um casal?

Negando a sensação dolorida em meu coração, fui para o quintal, deixando a cesta na grama perto do varal, os raios do final da tarde faziam meu anel de diamante brilhar.

Olhei para ele, sentindo-me oca, quebrada, perdida.

Queria tanto sentir os abraços de Ben, seu nariz roçando a minha orelha, me fazendo sentir segura, feliz e contente.

Agora eu não era nenhuma dessas coisas. Eu era um milhão de pedaços quebrados, e não importa quanta cola houvesse, jamais voltaria a ser inteira.

Eu não tinha conserto.

CAPÍTULO 10

EMERY

— Garota, meus pés estão gritando por uma massagem. — Marcie recostou-se em uma cadeira, colocando os pés na outra. A sala dos funcionários estava vazia, exceto por nós duas. — Só preciso de um jovem gostoso fazendo uma massagem nos meus pés. — Agitou os pés, cantarolando como se estivesse imaginando essa fantasia. — Com uma taça de vinho e um orgasmo de ver estrelas que me faça apagar.

— Parece bom. — Tomei um gole do meu café, torcendo para que a cafeína fizesse efeito logo. Eu não tinha dormido bem ontem à noite, virei e revirei na cama, minha cabeça não me deixou descansar. Porque eu o via toda vez que cochilava, e isso me deixava excitada, suada e agitada. A sensação pareceu me acompanhar durante o dia.

Marcie me lançou um olhar, sua atenção indo para o anel na minha mão. Todos sabiam que eu era viúva, mas nada mais.

— Parece que você também precisa disso.

A ideia de um jovem gostoso me fazendo gozar fez com que eu me mexesse na cadeira e tomasse mais café, porque agora aquele cara da minha fantasia tinha rosto.

— Há quanto tempo usa isso? — Ela acenou com a cabeça para a minha aliança. — Depois da morte dele?

Minha atenção foi para o diamante, toquei o anel instintivamente. — Três anos. — Limpei a garganta, sentindo minha própria crítica e defesa aumentando.

Marcie acenou. — Quer meu conselho?

— Parece que vou receber um de qualquer jeito.

— É como se você já me conhecesse muito bem — bufou, sentando de frente para mim. — Sabe que fui casada uma vez. — Ela gesticulou com a mão. — Muitos anos atrás. Ele me traiu desde o começo.

— Parece a história da minha irmã.

— Infelizmente, é a história de muitas mulheres — Marcie ajeitou o cabelo naturalmente crespo, que estava saindo do grampo. — Cada vez que ele ia embora, eu continuava com a aliança no dedo, dando chance atrás de chance para ele. Pensando que eu era uma santa abnegada por aturar as merdas dele.

— Agora, você acabou de plagiar a história da minha irmã.

— Sabe por que você, sua irmã, eu e tantas outras continuamos usando nossa aliança, mesmo sabendo que acabou há muito tempo? — Era uma pergunta retórica, então fiquei quieta. — Não é sacrífico próprio. É medo. A aliança, boa ou ruim, simboliza proteção. Segurança. Comprometimento. Que você está indisponível. Que você é de alguém que te ama. E quando perdemos isso, continuamos a usá-la como um símbolo, por todas as razões erradas. Para nos proteger do compromisso, do amor. Continuamos indisponíveis. Alguém ainda nos tem porque estamos com muito medo de tentar de novo.

Olhei fixamente para a mesa, seu discurso fez com que lágrimas brotassem nos meus olhos.

— Não estou dizendo quando deve estar pronta para seguir com sua vida, embora eu ache que tem um certo doutor por aí muito bonito que espera que esteja. Só estou dizendo para não perder tanto tempo no passado, se escondendo do futuro. Queria não ter permitido que Darrell roubasse um pedaço tão grande da minha vida. — Ela se levantou e arrumou o uniforme roxo. — Sei que nossas situações são diferentes. Seu marido morreu. Mas, no final, depende de nós o quanto deixamos nossos medos ditarem o resto de nossas vidas. — Ela pegou o celular e caminhou até a porta. — Reflita. Certo, agora vamos voltar a sugar saliva, raspar placas e abrir dentes. Puxa vida. — Suspirou, saindo da sala.

Marcie deixou um silêncio ensurdecedor na sala, o ruído das luzes fluorescentes zumbiam em meus ouvidos parecendo mosquitos, meu coração batia num ritmo acelerado e o anel no meu dedo gritava cada insegurança e verdade que ela disse.

Tirá-la significava que eu estava pronta para seguir em frente. Eu, de alguma forma, aceitei a morte do Ben, e estava bem sem ele. Parecia errado estar bem. Querer seguir com a minha vida... me apaixonar por outra pessoa.

Era para ele ser o único. O amor da minha vida. A vida foi arrancada de mim, e a questão era, eu admitiria o pavor que sentia e daria um passo à frente no futuro? Ou ficaria nas sombras e memórias do passado, onde era seguro?

— Emery. — Ouvir meu nome me fez olhar para a porta. Dr. Ramirez entrou, um sorriso caloroso tomou conta de seu rosto, iluminando seus olhos.

— Dr. Ramirez. — Eu me levantei, sentindo um aperto por dentro.

— Daniel, por favor — falou, gentil.

Acenei, peguei meu café e lanche e os joguei no lixo, caminhando para a saída.

— Ah, não precisa sair. — Uma leve decepção apareceu levemente em seu timbre, seus olhos me observavam.

— Acabou o intervalo. Tenho mais um paciente ainda. — Dei de ombros, minha mão girava o anel em volta do dedo, chamando sua atenção para ele.

Sua boca se estreitou, olhando para o meu anel.

— Entendi — Seu queixo baixou um pouco, os ombros também. — É claro. Bem, se eu não te vir mais, tenha uma boa noite.

— Você também — respondi, saindo.

Parei alguns metros no corredor, minha mão apertando a barriga.

Marcie estava certa. Estava usando o anel para me manter segura. Para me manter protegida da vida. De sentir dor e perda outra vez.

Mas ao pensar em Daniel me convidando para sair...

Não sentia frio na barriga ou nervoso.

Apenas medo.

— Addy, trouxe pizza! — gritei, entrando em casa e tirando meus sapatos. Trouxe para casa uma pizza grande de marguerita, pensando nas sobras para o nosso almoço de amanhã. A pizza estava se tornando o alimento principal nesta casa. Eu realmente precisava cozinhar às vezes.

A voz risonha e feminina que ela nunca usava perto de mim, a menos que se tratasse de um garoto, ressoou da cozinha. Um arrepio desceu pela minha espinha, a intuição transformou minha barriga em uma geladeira.

Engolindo em seco, atravessei a aconchegante sala e entrei na cozinha, onde meus olhos pousaram em uma bunda curvada sob os jeans, na máquina de lavar louça. Puta merda, a bunda dele era redonda e firme. Uma coisa que gostaria de ver nua para poder apreciar por completo. Venerar. A camisa de Mason subiu, exibindo a parte inferior das costas largas e tão musculosas que parecia que ele malhava todos os dias. Para um cara que não jogava mais, ele realmente dava a impressão de que ainda treinava.

Percebendo que eu fiquei ali olhando para ele com a boca aberta, me afastei, limpando a garganta.

— Oi, tia Emery. — Addy estava sentada no balcão perto dele, as pernas balançando. — Mason veio ver a máquina de lavar louça.

— Estou vendo. — Minha voz soou grosseira? Limpando a garganta de novo, mantive os olhos longe dele enquanto entrava na cozinha, colocando a pizza no balcão.

Mason se sentou, limpando uma linha de suor da testa com o braço, a atenção voltada para mim. Sua camiseta estava um pouco molhada em alguns pontos, colada em seu abdômen esculpido.

Eu me vi o encarando de novo. Foi a primeira vez que o vi sem boné. Seu cabelo preto e macio estava amarrotado de um jeito assustadoramente sexy, como se tivesse acabado de sair da cama depois de passar a noite acompanhado. Era longo a ponto de você querer passar os dedos por ele.

Suspirei por entre dentes, virando de costas para os dois, ocupando-me com a correspondência que eu coloquei em cima da caixa de pizza.

— Bem como eu pensei, precisa de um motor novo. Acho que consegui fazer funcionar por mais um tempo.

Meus dentes rangem ao som de sua voz.

— Obrigada — soltei, ríspida.

Precisava que ele saísse. E que não voltasse.

— Mason disse que a lavadora também estava queimada — explicou Addy como se Mason fosse o guru dos eletrodomésticos.

— Falou? — Folheei as contas, sem olhar para trás, mas pude sentir o olhar dele em mim, ordenando que eu me virasse. Exigindo minha atenção.

— Posso conseguir as peças, mas este modelo é tão velho que vai ficar mais barato comprar uma nova.

— Ótimo — respondi bruscamente, virando e indo para o meu quarto. — Vou me trocar.

Meus pés me levaram pelo corredor curto, suas vozes me acompanharam.

— Ela é enfermeira? — O timbre profundo de Mason murmurou.

— Não. Ela trabalha como assistente odontológica para o dr. Ramirez.

— Ah, a clínica na rua principal ao lado da farmácia?

Entrei no quarto, fechando a porta, certa de que Addy respondeu que sim.

Por que ele saber onde trabalho me fez sentir vulnerável? Parecia que quanto mais ele sabia a meu respeito, mais eu me tornava uma pessoa de verdade. Não a tia ou a viúva de alguém, mas uma pessoa de carne e osso.

— *Só preciso de um homem jovem gostoso fazendo uma massagem nos pés… com uma taça de vinho e um orgasmo de ver estrelas que me faça apagar.*

Arranquei meu uniforme e o joguei no cesto de roupa suja, vesti uma calça de moletom e regata, tentando não notar como meus mamilos estavam duros ou o tanto que meus seios e boceta estavam sensíveis. Talvez tudo isso fosse porque meu corpo precisava de sexo. Para se sentir vivo outra vez. Sentindo muito desejo depois de tanto tempo, estava ficando confusa e atrapalhada, olhando para qualquer homem com atitude como um possível pretendente. Não tem nada a ver com ele.

No entanto, quando tentei ver dr. Ramirez dessa forma… não senti nada.

Uma batida soou na minha porta antes de Addy entrar, pulando na minha cama, o rosto iluminado pela alegria.

— Mason pode ficar para o jantar?

Não.

— Por favor?

De jeito nenhum.

— Hum. Claro. Pode ser — gaguejei baixo.

— Meu. Deus. — Ela agarrou meu braço, tentando manter o grito baixo. — Acho que ele gosta de mim. Quero dizer, ele nunca foi a nenhuma casa das garotas e consertou a máquina de lavar louça.

— Deve ser porque elas não têm eletrodomésticos dos anos 70.

Ela revirou os olhos, cheia de esperança, e eu senti a necessidade de abrir os olhos dela um pouco.

— Não crie esperanças de algo que pode não existir. — Eu me odiava, mas sabia que ela precisava não ser iludida por uma fantasia. — Como garotas, temos a tendência de complicar e analisar demais as coisas quando a realidade não é bem assim.

— Por que mais ele estaria aqui? — Ela apontou para a porta, sussurrando. — Ele é o garoto mais popular da nossa escola, e garotas de todas as regiões próximas o querem. Ele só foi embora da festa quando eu saí.

— *Porque ele me prometeu que ficaria de olho em você.* — E ele veio nos últimos dois dias para "consertar" alguma coisa. — Ela fez aspas no ar, como se tivesse outro significado. *A primeira vez que ele veio sabia que você não estava aqui.*

Eu me odiava mais por pensar em um argumento para cada explicação dela. Quem era eu para afastá-la dele? Poderia ser tudo só da minha cabeça, e ele realmente *estava* aqui por causa dela.

COMO PARTIR UM CORAÇÃO

Eu tinha que encontrar um homem da minha idade, transar, e parar o que estava acontecendo comigo. Calar a boca, recuar e deixá-los em paz.

— Por que você e Mason não levam a pizza lá fora e se divertem? Vou assistir TV aqui e descansar. — Beber vinho. Esquecer de tudo.

— Sério? — Ela pulou, me abraçando. — Obrigada. Obrigada. Obrigada!

Ela estava tão bem aqui. Suas notas e comportamento tinham mudado completamente. Queria mostrar que confiava nela, dar espaço para ela ser adolescente.

Ela saiu do meu quarto saltitante, chamando por Mason.

Bufando, rastejei sob o edredom, e fui mandar mensagens para minha irmã.

> Eu: Ser tia é difícil.

> Harper: Nem me fale. Tente ser mãe de uma adolescente. É uma merda. Não recomendo.

Dei risada da mensagem de Harper, sabendo que ela sentia exatamente o oposto.

> Harper: Ela está bem?

> Eu: Sim.

Eu queria contar a ela que Addison estava com um garoto aqui em casa agora, mas não consegui. Tinha algo em Mason. Sentia essa estranha necessidade de ficar calada. Se Addy quisesse contar para ela a respeito dele, ela contaria.

Ouvi passos caminhando pelo corredor, pesados demais para serem de Addison, provavelmente indo na direção do banheiro.

Minha respiração oscilou, o coração disparou quando eles pararam.

Bem na frente da minha porta.

Eu não me movi ou respirei, como se ele fosse capaz de sentir se eu fizesse um dos dois. Pude senti-lo, e eu sabia que, de alguma forma, ele também me sentia. Ouvi as batidas do seu coração, o calor de seu corpo deslizar sob a porta, envolvendo-me. Sentia cada respiração dele. O tempo pareceu parar. Parar as respirações.

Então os passos retomaram seu caminho, a porta do banheiro se fechou.

Soltando um longo suspiro, desabei na cama, sentindo uma mistura de alívio, nervoso e um sentimento que eu não queria reconhecer: decepção.

Se ele tivesse aberto minha porta e entrado, eu não sabia como eu teria respondido. E isso era um *problema* para mim.

Eu era a adulta aqui, e precisava dar um fim ao que quer que isso fosse. Mesmo que existisse só na minha cabeça.

Ele era da Addison.

Era isso.

CAPÍTULO 11

MASON

O ar fresco entrava na garagem, misturando o cheiro de óleo, gasolina e sabão em pó de lavanda da vovó. Olhei para o motor que estava reconstruindo do zero, e meus pensamentos viajavam para a casa no final da rua, como tinha feito durante toda a porra da tarde.

— Droga — baixei o capô, sabendo que não ia conseguir fazer nada, e me sentindo ainda pior porque faltei ao treino de futebol de novo, incapaz de encontrar vontade de ir. Odiava que contassem comigo e ter pessoas dependendo de mim quando provavelmente eu as decepcionaria.

— Seu carro fez alguma coisa com você, filho? — Meu avô saiu arrastando os pés pela porta, segurando firme o andador.

— Não — esfreguei a mão no rosto, tentando afastar a frustração. — Acho que não estou a fim de lidar com isso hoje.

— Hum — Meu avô bufou daquele jeito que não falava nada, mas dizia tudo.

— O quê? — Olhei para ele. Pelas fotos na prateleira, Neal James tinha sido um homem muito bonito um dia. Ele foi da Força Aérea e, quando se aposentou, descobriu que reconstruir carros antigos era um bom hobby. O homem consertava tudo na casa, mesmo que tivesse 50 anos.

— Ainda está bom — Ele defendia. — Por que comprar um novo quando dá para consertar o velho?

— Por que consertar o velho quando se pode comprar o novo? — Eu costumava brincar.

— Sua geração joga tudo fora com muita facilidade. Desperdício. Além disso, o material velho tem passado. Uma história. Só porque está quebrado não significa que não tem valor.

Aquele era meu avô. Ele não dava os mesmos abraços que a minha avó, mas demonstrava amor nas coisas do dia a dia nas horas que passava ao meu lado, explicando como consertar alguma coisa, me deixando arrumar, errar e tentar de novo. Nunca era impaciente, e respondia a todas as minhas perguntas. Ele me ensinou tudo o que eu sabia sobre restauração e reparos. Exceto a mim.

STACEY MARIE BROWN

— Como está a escola? — Vovô rolou o andador para mais perto. — Está tirando notas altas? O treinador precisa que mantenha um bom histórico.

— Estou bem.

— Você não foi no treino de futebol? — Ele conferiu meu GTO com um fio de decepção em sua voz. Vovô também era um grande fã de futebol. Não fui só eu que me decepcionei quando tive que parar de jogar. Ele costumava vir a todos os meus jogos. Agora ele me observava ajudar fora do campo, do conforto de sua cadeira. Foi ele quem entrou em contato com o treinador quando nos mudamos para cá, e me ajudou a conseguir o emprego de assistente.

— Não. — A culpa marcou meus olhos, odiando decepcioná-lo.

— Você não pode ignorar suas obrigações. Disse a eles que estaria lá. Precisa cumprir o que disse. — Ele queria manter sua palavra, a honra de um homem.

— Eu sei.

— Hmmm. — O som estava cheio de significado também.

— Você tem passado muito tempo no final da rua. — Ele gesticulou com o queixo. — Deve ser uma garota te distraindo, não é?

Uma risada sardônica me escapou, e voltei a esfregar o rosto.

— Quem dera — Não, vovô, não é uma menina. É uma *mulher* adulta, super sexy.

Como seria mais fácil se fosse Addison. Naquela noite, enquanto comia pizza na sua varanda, tentei me fazer acreditar que ela era a razão de eu estar ali, ou que, pelo menos, poderia ser. Desejei que fosse essa estudante loira que estava me deixando excitado, não a mulher de cabelos castanho--escuros escondida em seu quarto. Quando Addison me disse que seríamos só nós dois no jantar, fiquei muito desapontado. Quero dizer, claro, Emery era gostosa – sexy demais. Mas eu gostava de conversar com ela. E a química quando estávamos perto um do outro era *intensa*. Normalmente, eu conseguia ignorar esse tipo de merda. Nunca senti nada tão profundo assim por uma garota, só atração física.

Pode ser que seja aí que está o meu erro. Emery não era uma *garota*.

Não conseguia parar de pensar – e se eu entrasse no quarto dela, a empurrasse contra a parede e a beijasse pra valer?

Juro que a senti do outro lado da porta, ouvindo seus batimentos em sintonia com os meus. Sentindo essa coisa de querer e, ao mesmo tempo,

COMO PARTIR UM CORAÇÃO

não querer que eu entrasse. Tive que me masturbar duas vezes naquela noite, e em nenhuma delas foi em Addison que pensei.

Nos últimos dias, fiquei longe, sabendo que Addison estava interpretando de forma errada as minhas ações, se comportando na escola cada vez mais como se eu já fosse dela. Eu me afastei para garantir que ela entendesse que não estava acontecendo nada, embora ela não estivesse entendendo a indireta.

— Acho que vou correr.

Vovô olhou para mim com uma carranca.

— Sim, terei cuidado. E estou com meu telefone.

Sua mandíbula ficou tensa, mas a cabeça concordou. Era nesses pequenos momentos, naquele olhar, que eu sabia que meu avô me amava mais do que tudo.

— Tudo bem. Quando voltar, sua avó precisa que olhe embaixo da pia de novo. Parece que está começando a entupir, e não consigo me abaixar como antes.

Soltei um suspiro. A pia estava sempre entupindo. A coisa era bem velha. Toda semana, eu rastejava abaixo da pia, sabendo exatamente o que fazer, enquanto meu avô ficava perto de mim, bancando o encanador assistente.

— Tá bom. — Peguei meus tênis de corrida perto da porta e os calcei. — Volto para jantar.

— Hoje tem almôndegas — gritou depois que saí, como se eu não soubesse. Tínhamos o mesmo horário de refeições todas as semanas. Quarta-feira era a noite das almôndegas, e eu comia todas as vezes, pedindo para repetir.

Minhas pernas me levaram pela calçada em direção à casa dela. Esta era a minha rota de costume, nenhuma outra razão. Eu passava por lá toda vez que saía para correr. Tentei manter meus olhos para frente, sem olhar de propósito enquanto corria.

— Caramba! Que merda! — Um grito seguido por um forte estrondo de metal me fez ir para a garagem. Meus pés pararam, a boca formando um sorriso, tentando não rir ao observar Emery se debater e chutar a máquina de lavar, o chão coberto de água com sabão de novo. — Que lixo!

— Ei, ei… isso não é jeito de falar. — Eu me aproximei, estalando a língua para ela. Ela se virou, seus olhos se arregalaram um pouco antes de ela fechar a cara. Meu pau reagiu ao ver sua bunda na calça jeans justa e com a vontade de passar as mãos por seus longos cabelos soltos, que iam até a metade das costas. — Não me admira que ela não queira trabalhar para você.

— Não funciona porque é velharia.

— Eu disse que estava praticamente morta.

Sua boca se estreitou.

— Torcia para que funcionasse um pouco mais. — Ela encostou o quadril na máquina, olhando para ela. — Pelo menos até o dia do pagamento.

— Posso trocar uma peça, vai funcionar até lá.

Ela negou com a cabeça.

— Você não precisa fazer isso. Já ajudou bastante.

— Não tem problema. — Olhei para ela, percebendo mais uma vez que estávamos só um centímetro longe um do outro. Gravitava em sua direção como se ela fosse a porra do sol.

Suas narinas dilataram, seu corpo ficou imóvel enquanto nos olhávamos. Parecia ser a coisa mais natural do mundo, inclinar-me e beijá-la como se ela fosse minha. Jogá-la em cima da máquina e fodê-la com força, deixando a porta da garagem aberta para que todos pudessem ouvir seus gritos.

O impulso me atingiu com tudo. Prendendo a respiração, dei um passo para trás. Seu rosto corou quando desviou o olhar, como se tivesse sentido a mesma coisa, o ar denso pela energia.

— Posso trazer a peça amanhã, se der certo. — Minha voz estava mais baixa do que o normal, e quase não saiu da boca.

— Sim, tudo bem. Obrigada… — concordou. Um sorriso falso surgiu em sua boca, parecendo estar errado nela. — Tenho certeza de que quer voltar à sua corrida.

— Sim… — Não queria, no entanto. Eu não queria ir embora. — Eu deveria ir para casa.

— Você mora perto?

— Sim, alguns quarteirões abaixo. A casa bege com a bandeira da Força Aérea pendurada na frente e o GTO 1967 quebrado na garagem.

— GTO de 1967? — ela ergueu a cabeça de supetão. — Meu pai teve um desses antes de morrer. Eu era bem pequena, mas lembro que ele adorava aquele carro. Me fez amá-lo também.

— Pode aparecer para visitar quando quiser.

Ela sorriu. Desta vez foi genuíno, e a cara dela.

— Você mora com seus avós?

— Sim, mas porque quero.

COMO PARTIR UM CORAÇÃO

Suas sobrancelhas arquearam.

— Tenho 19. Faço 20 em dezembro. Fico com eles porque precisam de mim. — Dei de ombros. — Eles estão ficando velhos e teimosos demais para ficarem sozinhos.

— Você tem 19 anos?

— Repeti um ano. — Minha garganta começou a se fechar. Estava começando a tocar num assunto que eu não gostava de falar.

— Você não conseguiu nota para passar? Se formar com seus amigos?

— Precisaria tê-los primeiro. Amigos do tipo que ao menos ficariam por perto. — O que ela tinha de especial? Eu estava revelando muito mais do que fiz com qualquer outra pessoa. — A escola é muito importante para meus avós e acho que não quero decepcioná-los. Minha avó acha que vivenciar meu último ano é crucial; bailes da escola, viagem no último ano, formatura. Não ligo para nada disso, mas quero fazer isso por eles.

— Assim como o futebol.

Meus ombros se mexeram. Emery parecia me ver de verdade, o que me deixou muito desconfortável. A maioria das pessoas não se dava ao trabalho.

— Eles nunca me pressionaram, mas sei que é algo que eles querem. Eu devo isso a eles.

— Por que sente que deve a eles? — Seu olhar castanho-esverdeado me atraiu para ela de novo, e pude sentir a profundidade neles, a dor, como se ela tivesse vivido várias vidas em alguns anos, como eu. Olhei para ela abertamente, e ela não se afastou. Seu olhar procurou o meu como se fosse capaz de tirar qualquer resposta de mim, mesmo que eu tentasse enterrá-las profundamente.

— É melhor eu ir pedir a peça. — As palavras saíram ásperas da garganta. — A loja pode entregar amanhã. Não quero que ande por aí sem nada para vestir.

Uma risada baixa escapou pelo seu nariz, seus olhos finalmente se afastaram e a cabeça balançou.

Dei um passo para trás, sorrindo como se não fosse muito diferente de um completo bobo.

— Olha só, acho que não sei seu sobrenome. Para pedir a peça, sabe. — Que mentira. Eu não precisava disso.

— Ah. — Eu a vi olhar distraída para baixo, o dedo girando o anel em sua mão direita. — Campbell — respondeu, como se finalmente tivesse tomado uma decisão.

— Bem, sra. Campbell. Te vejo amanhã.

— Já que não sou lá uma Mrs. Robinson — murmurou para si mesma.

— Quem?

— Nada. — Ela começou a me dispensar. — Obrigada, sr. James. Agradeço pelo que está fazendo.

Abafando o gemido que queria sair pelo jeito como aquilo soou e precisando acabar com isso, corri de sua garagem. Voltei para minha casa, sabendo que estava muito ferrado, porque nunca que algo iria acontecer, mas ela era tudo que eu queria.

CAPÍTULO 12

EMERY

Olhando fixo para o meu armário, passei por todas as minhas blusas, sem que nenhuma chamasse minha atenção. Passava a maior parte dos meus dias de uniforme ou legging. Quando Ben estava vivo, trabalhávamos tanto que só nos arrumávamos em ocasiões especiais, o que geralmente era um evento que Alisa e John nos faziam participar. Nos últimos três anos, qualquer motivo para se vestir além do trabalho ou de ficar em casa foram quase escassos.

Marcie me fez prometer que apareceria para beber hoje à noite. Íamos nos encontrar em um barzinho próximo para um *happy hour*. Era uma saída tranquila, mas parecia muito para mim. O primeiro passeio verdadeiro como solteira.

Eu tinha marcado alguns encontros antes, mas esse parecia diferente. Talvez agora eu estivesse pronta. Eu estava aceitando meu status de solteira, coisa que eu não tinha feito antes.

Sentada na cama, respirei fundo, sentindo o pânico começar a surgir, o desejo de rastejar para debaixo das cobertas e nunca mais sair.

Uma batida soou na porta da frente, e me levantei sem pressa, sem pensar enquanto caminhava, sentindo o suor da ansiedade.

Abri a porta e arfei bruscamente.

Mason estava do outro lado, com cara de problema em cada centímetro dele, seu boné puxado para baixo, atraindo o foco para a mandíbula forte e lábios perfeitos. Ele era um relâmpago no meu peito.

— O que foi? — Seu olhar desceu pelo meu corpo.

— Nada — respondi, colocando um sorriso no rosto e dando um passo para trás.

Ele entrou e parou na minha frente, seu interesse intenso mais uma vez derrubava as minhas defesas.

— Não me mostre esse sorriso falso. O que foi?

— Você não me conhece. — Como um mecanismo de defesa, uma explosão de raiva sacudiu meus ombros, ergui a cabeça pelo descaramento, e me ergui para olhar fixamente para ele. Eu me senti vista. Ninguém nunca me enfrentou assim. — E meu sorriso não foi falso. Esse é o meu sorriso.

— Não, não é — falou baixo, uma desculpa para se aproximar. — O que aconteceu?

— Eu disse que estava tudo bem. — Cruzei os braços.

Ele inclinou a cabeça e continuou.

— É mentira.

Um sentimento forte se formou nos meus olhos, me senti nua e vulnerável, e eu estava puta. Um cara de dezenove anos parecia ver minha alma.

Olhei para os meus sapatos, a cabeça balançando.

— Não é nada... vou em um barzinho com os amigos e... — *Cale a boca, Em.* Não pode dizer a ele como sente falta do seu marido. Que está com medo de voltar à turma dos solteiros. Era errado falar com Mason assim. — Deixa pra lá. Não é nada. — Eu me virei, desesperada para me afastar do calor de seu corpo, do jeito que ele me observava. Do jeito que eu desejava que ele me abraçasse, seu corpo engolindo o meu.

— Obrigado de novo por consertar a lavadora. — Acenei a cabeça para as ferramentas e a peça que ele carregava. — Me diz quanto eu te devo.

Ele não respondeu, só me observou, tentando atravessar a barreira que eu tentava manter em pé.

— Pegue o que quiser na cozinha. Addison deve chegar em uma hora. Vou me arrumar. — Não esperei ele responder. Corri para o meu quarto. As paredes me protegeram de seu olhar.

Dele.

Coloquei um jeans, uma blusa bonita e saltos, deixei o cabelo solto e passei uma maquiagem simples antes de sair do quarto.

Ruídos e batidas vinham da garagem, me atraindo para ele. Dizendo a mim mesma que estava só querendo conferir como o trabalho estava indo, peguei uma jaqueta leve, bolsa e as chaves, e entrei na garagem.

— Está tudo certo por aí?

Mason virou a cabeça para mim. Seus olhos negros passaram por cada centímetro do meu corpo, como se fossem dedos acariciando minha pele. Sua expressão permaneceu impassível, mas notei suas narinas dilatarem e a garganta engolindo seco.

— Sim.

Um calor intenso me envolveu e pulsou entre as minhas coxas com uma vibração forte. Meus dentes afundaram no meu lábio. Tentando aumentar as minhas defesas, minha própria expressão se tornou inexpressiva.

COMO PARTIR UM CORAÇÃO

— Bom — concordei com um tom hostil. — Quanto eu te devo?

Seu foco em mim não cedeu quando ele se levantou, sua camisa estava grudada nele, marcando seu torso musculoso. Ele não se parecia em nada com um estudante de ensino médio. Os outros garotos com quem Addison andava pareciam crianças para mim. Garotinhos pretenciosos e arrogantes brincando de adultos. Tentando agir feito homens.

Mason era o que todos fingiam ser. Ele fazia homens da minha idade parecerem jovens imaturos.

— É por minha conta.

— Não. — Balançando a cabeça, meu cabelo fez cócegas em meus braços. — Você pagou pela peça. Me deixa te reembolsar, pelo menos.

— Não quero o seu dinheiro.

— E você quer o quê, então? — Assim que a pergunta saiu pela minha língua, eu quis trazê-la de volta para dentro da boca. Pude ouvir a implicação, a insinuação, como se eu realmente fosse a própria *Mrs. Robinson* da música de *Simon and Garfunkel*, dando em cima de um homem mais jovem.

Sua mandíbula se contraiu, o olhar ficou ainda mais penetrante. Por uma fração de segundo antes da sanidade assumir o controle novamente, me permiti imaginá-lo caminhando até mim, me empurrando na secadora, me beijando com ferocidade. Sentindo-o entrar em mim, me mostrando o verdadeiro prazer. Não era gentil ou amoroso. Era áspero, brutal, apaixonado e intenso.

Desviando o olhar, fiquei vermelha de desejo e vergonha completa, porque Mason se encaixava perfeitamente no homem sem rosto da minha fantasia. Não tive dúvidas de que Mason percebeu algo; o ar na garagem ficou denso e excitante.

— Aqui está. — Tirei algumas notas da bolsa e bati o dinheiro na secadora, tentando não imaginar que minha bunda nua estava em cima dela enquanto ele afundava em mim. Droga, seria gostoso. Passei a mão de leve na testa próximo à linha dos meus cabelos, cheia de gotas de suor. Estava quente esta noite.

Mason caminhou, enrolou o dinheiro no dedo, o boné cobria metade de seu rosto.

— Se estiver faltando, me fale. Se acabou, use para pagar o jantar para você e Addison. — Eu mencionei o nome dela de propósito, lembrando a mim e a ele que ele deveria estar aqui por ela. Era ela que ele deveria estar namorando.

Embora a ideia de Mason namorar Addy não combinava. Eu gostaria de protegê-la de caras como ele. Ele era experiente demais. Eu a amava mais do que tudo, mas ela ainda era imatura e muito desesperada por afeto. Alguém igual a ele a destruiria.

— Tudo bem. Estou indo. Tenha uma boa noite. — Limpei a garganta, passando por ele na direção do meu carro.

— Você vai beber? — Seu timbre parou meus passos, e me virei para ele.

— Sim. Tenho *idade suficiente* para beber. — A patada saiu mais forte do que eu queria, mas ele precisava ficar no seu devido lugar, e eu precisava me lembrar quão jovem ele era.

— E vai dirigir? — Ele cruzou os braços, encostado na secadora, os antebraços se movendo com a ação simples.

— Vou beber um drink. — Meus olhos se estreitaram e voltei para onde ele estava, e parei a um palmo de distância. — Não me julgue, jovem. Sou maior de idade.

A boca de dele se contraiu, como se estivesse me achando engraçada.

— Boa noite, Mason. — Eu me virei, irritada por ter me envolvido nessa conversa.

Um braço me alcançou, arrancando as chaves da minha mão.

— Que merda é essa? — Girei para ele. — Devolva minhas chaves.

— Eu te levo.

— Não. — Tentei pegar as chaves. Ele as enfiou bem fundo no bolso da frente. — Mason… — A irritação exalou pelo meu nariz.

— Vai ser Uber ou eu te levo.

— Quem você pensa que é, caramba?! — exclamei. — Esta é a minha casa. O meu carro.

Ele ficou em silêncio, os braços ainda cruzados.

— Mason. — A raiva aumentou. — Me dê as malditas chaves.

Sem resposta.

Eu o observei por um instante, a cabeça balançando ao colocar uma mecha de cabelo atrás da orelha.

— Vai ficar com joguinho? — Cobri minhas palavras com um tom de desafio. — Você esqueceu. — Eu me aproximei um pouco mais, o peito dele flexionando com a proximidade.

— O quê?

— Não sou uma dessas garotinhas que desmaia quando você passa, tímida demais para ir atrás do que quer. — Eu sabia que estava passando dos limites, mas não consegui parar. Minha mão deslizou em seu bolso da frente, seu corpo inteiro ficou rígido enquanto eu pegava as chaves, meus dedos roçando seu pau. Era impossível evitar.

Seu pau estava duro e realmente enorme. Humilhação e desejo me atravessaram. Tentei engolir minha respiração ofegante ao pegar as chaves, e me virei depressa, agindo como se não estivesse nem um pouco abalada com aquilo.

— Meu pai foi morto por um motorista bêbado.

A declaração de Mason me deteve, e eu o encarei de novo.

— O quê?

Ele olhou para o lado, seu corpo ficou tenso, como se ele não tivesse tido a intenção de deixar isso escapar.

— Eu tinha nove anos.

Abaixei a cabeça, percebendo que tudo isso não se tratava de ele tentar ser difícil ou até mesmo arrogante. Era sobre um garotinho que perdeu o pai.

Algo que eu entendia.

— Sinto muito.

Ele bufou com ironia, e eu sabia exatamente quanto aquela frase era banal, não importava se a intenção de quem dizia era mesmo boa. As palavras se tornavam vazias e sem sentido.

— Eu sei como é perder alguém. — Na verdade, sabia como era perder muitas pessoas.

— Eu sei que sabe. — Seu olhar disparou de volta para mim, mirando o anel que eu ainda usava, e depois para o meu rosto.

Presumi que Addison deve ter contado uma parte da minha história. O suficiente para ele saber que eu era viúva.

O silêncio pairou entre nós, mas não parecia desconfortável. Às vezes, não dizer nada era o melhor apoio. Basta ficar ao lado da pessoa, dizendo com ações que podem contar com você.

Por fim, minha curiosidade abriu minha boca.

— Você mora com seus avós. E a sua mãe?

— Vai saber onde ela está. Ela fugiu depois que eu nasci. — Ele se afastou da máquina dando de ombros, caminhando até mim e forçando minha cabeça a se inclinar para trás. — Deixe-me levá-la.

Sentimentos e carência sacudiram meu corpo todo, meu coração sofria por ele. Precisei me segurar com todas as minhas forças para não ficar na ponta dos pés e beijá-lo. Era imoral, eu sabia, mas o desejo quase me deixou sem ar. Forçando-me a recuar, concordei.

Ele pegou as chaves comigo e foi até o meu carro. Eu o segui e entrei no banco do passageiro. Ele dominou o espaço dentro do meu CR-V, e me deixou extremamente consciente de cada centímetro que ele ocupou. Ele dirigia com arrogância. Comparado com seu GTO, este carro era provavelmente mamão com açúcar. Qualquer um que passasse por nós pensaria que éramos um casal, sem imaginar que mais de dez anos nos separavam.

Mordendo o lábio, mantive a atenção na janela lateral, e foquei nas folhas secas caídas no chão. A única vez que falei foi para dizer aonde me deixar. O trajeto de carro foi silencioso e estranhamente tenso, mas curiosamente confortável também.

— Obrigada — minha voz saiu trêmula quando ele parou na frente do bar. — Vou pegar um Uber na volta.

Ele assentiu, a bochecha se contraiu e o olhar foi para alguns homens que se dirigiam para o bar.

Soltando o cinto de segurança, desci e respirei fundo. Senti muita vontade de voltar e dizer a ele para nos levar para casa, onde pudéssemos assistir filmes e comer pipoca.

A porta se abriu e vi Marcie e alguns outros colegas lá dentro.

Você consegue fazer isso.

— Obrigada, mais uma vez. — Segurei a porta, falando com Mason. — E, por favor, peguem uma pizza ou o que quiserem para jantar.

Sua mandíbula estremeceu de novo e ele me olhou, parecendo tudo menos feliz.

— Tenha uma boa noite.

— Você, também. — Bati a porta, os saltos clicando na entrada do bar, enquanto ouvia meu carro se afastar.

Eu vi as luzes traseiras desaparecerem, e meu coração afundou no peito.

— Chega, Emery. — Eu me repreendi enquanto entrava no bar movimentado e barulhento. Ouvi Marcie gritar por mim, e senti que estava fazendo o que *deveria*, não o que *queria*.

COMO PARTIR UM CORAÇÃO

CAPÍTULO 13

MASON

Minha mão bombeou meu pau, que doía conforme eu apertava mais forte, enquanto a água caía nas minhas costas. Um gemido saiu por entre meus dentes ao imaginar o corpo da Emery de costas arqueadas, e seus gritos altos enquanto eu entrava nela com força, fazendo a máquina de lavar bater na parede, abrindo um buraco.

— Porra. — Bombeei com mais força, minha coluna queimou quando gozei, porra jorrava, e meus quadris continuaram a se mover conforme meu orgasmo continuava, mesmo que isso não aliviasse a tensão no meu corpo. Meu pau entendeu que não era real. Ele não estava bem fundo dentro dela. Com um suspiro, recostei-me no azulejo, insatisfeito.

Um roçar de dedos quando ela pegou as chaves, mal encostando no meu pau, mas eu ainda podia sentir seu toque, como se ela tivesse marcado a minha pele com brasa.

Depois, ficar ali e vê-la entrar no bar com aquele jeans apertado, uma blusa sexy decotada e o salto alto provocante, e saber que todos os homens estariam olhando para ela, se aproximando, comprando bebidas, paquerando, tentando levá-la para cama.

Uma risada me escapou e eu esfreguei o rosto. *E você é diferente, babaca?* A única coisa diferente é que eu era novo demais para pagar uma bebida para ela.

Esfreguei o rosto com mais força.

Pensar em qualquer cara a tocando, beijando, fazendo-a gritar me fez querer destruir tudo. Emery Campbell era o tipo de beleza que fazia os homens enlouquecerem, mas era mais do que isso para mim. A química entre nós foi instantânea e tão palpável que chegava a doer. Uma conexão que não conseguia explicar, mas que me atraiu até ela. Não é que eu *queria* estar perto dela; eu *precisava* estar, ainda mais quando ela me desafiava, me provocava. Precisei de todas as forças para não beijá-la esta noite. Tê-la nua ali na garagem, fodendo-a até que ela não conseguisse mais andar.

Fechei a torneira e peguei uma toalha. A irritação não diminuiu, mesmo depois de me masturbar duas vezes. Torturar a mim mesmo quando nada poderia acontecer era tipo aquelas porcarias de sadomasoquismo. No entanto, era exatamente nisso que eu estava metido.

Quando voltei para a casa dela, fiquei na frente da lavadora, o reparo estava quase pronto. E o que eu fiz? Quebrei a peça de reposição. Eu era um idiota, mas isso me dava uma razão para voltar aqui de novo. Caso contrário, por que eu viria? Não era tão idiota assim para usar a Addison. Não ia negar que pensei nisso, mas ela ficaria ainda mais grudenta. Uma garota meiga que, infelizmente, não me interessava.

Meu telefone tocou no balcão, e eu atendi.

— Mateo.

— Ei, *Mas*. Só liguei para saber se queria ir a uma festa. Eu sei que sempre diz não...

— Sim — minha boca pronunciou antes mesmo de eu raciocinar.

— O quê? Sério? — O choque do Mateo com a minha resposta era óbvio. — Caramba. Tá legal, cara. Legal.

Eu precisava sair, aliviar a tensão. Encontrar uma garota bonita que chupasse o meu pau e me fizesse esquecer de tudo. Como o fato de eu ter contado a Emery sobre meu pai. A verdade a respeito da minha mãe. Ninguém aqui sabia disso. Nem meus supostos amigos sabiam nada sobre mim, exceto que joguei futebol há alguns anos e era muito bom. Porque ninguém no colégio liga. Tudo é superficial. Contanto que você seja gostoso, popular e se faça de difícil, as garotas querem você, e os caras querem estar por perto para poderem pegar as sobras.

É duro, mas é verdade. O ensino médio era uma versão mais cruel e primitiva do reino animal. E eu não ligava para nada disso. Esta noite eu precisava parar de sentir, escapar do passado e fugir do futuro. Ser um cara normal de 19 anos que vai a uma festa para encher a cara e transar.

Não foi bem uma escolha, porque, se eu não fosse, acabaria no *Main Street Pub*, invadiria o bar e a reivindicaria, mesmo sabendo que a rejeição viria como um tapa brutal na minha cara e um golpe no meu ego.

Precisava fazer qualquer coisa para parar o desejo que eu tinha pela mulher que eu nunca poderia ter.

A música batia forte na minha cabeça enquanto pancadas vibravam na porta do banheiro. Alguém queria entrar. Minha cabeça girou, a visão não conseguiu firmar em nada.

Porra, eu estava bêbado. Nunca tinha ficado tão bêbado assim antes.

Podia sentir a decepção dos meus avós, dizendo que eu não deveria estar bebendo. Por uma noite, não quis agir como eu deveria. Só que também não era isso que eu queria fazer.

— Mason… — Uma garota respirou fundo, seus lábios envolvendo meu pau, chupando com mais força. — Queria fazer isso há tanto tempo. — Minhas mãos envolveram o cabelo dela, empurrando mais fundo em sua garganta, tentando manter o foco em seu cabelo preto, sentir o que ela estava fazendo comigo, fingindo que era outra pessoa. Mas não dava. Ela era toda errada, a voz, o corpo, sua conversa de garotinha.

— Porra — disse entre dentes, tentando recuar. — Pare.

— Não! — Ela continuou. — Eu quero isso. Me diga o que quer. Posso melhorar.

Não eram as palavras dela. Era a súplica em seu tom. O seu desespero para eu me lembrar dela. De me satisfazer. De ser alguém que eu me gabasse para os outros. Dar um tapinha na cabeça dela e dizer que se saiu bem.

Eu me sentia ainda mais enojado.

— Não — disse com a voz enrolada, me afastando. Saí tropeçando pela porta, fechando o zíper, já sem lembrar do rosto dela. Comportamento escroto? Sim. Mas eu estava em modo cretino esta noite.

Tudo estava me irritando. E, por mais que eu não pudesse ter ficado em casa esta noite, assistindo a programas de perguntas e respostas na TV, eu também não deveria ter vindo aqui. Estava irritado. Perdido. Senti que não me encaixava em lugar nenhum.

Cambaleando e atravessando pelo corredor, tentei bloquear a única clareza no meu estado embriagado e confuso, que não desaparecia com o álcool.

Ela era a única coisa que me acalmava completamente. Não no sentido normal – nossa tensão louca era tudo, menos pacífica ou gentil –, mas eu me sentia confortável. Em casa. Não havia outro lugar no mundo onde eu quisesse estar.

Eu pertencia àquele lugar. Com ela.

Isso fodeu com a minha cabeça porque era tudo uma mentira.

Tropecei em alguma coisa e caí de cara em um sofá. Não me mexi, só queria dormir e esquecer. Deixei meus pensamentos voarem.

— Mason? Ei, cara... — Alguém me virou. — Acorde. — A polícia está vindo. Precisamos ir embora.

Eu murmurei, mas nem eu tinha ideia do que estava tentando dizer.

— Temos que ir, Mateo. Consegue levantá-lo? — A voz de uma garota perguntou, uma garota que eu conhecia, porque ela falava sem parar quando eu aparecia na sua casa.

Minhas pálpebras se abriram. Vi os cabelos loiros e um formato de rosto semelhante ao da tia.

— Levanta ele. — Addison insistiu com Mateo, agarrando meu outro braço.

Mateo gemeu, tentando me levantar.

— Vai, ajuda a gente. — Acho que tentei, mas tudo parecia tão mole e sem controle. — Este filho da puta é, pelo menos, três vezes maior que eu. — Mateo me levantou e Addison colocou o ombro debaixo do meu outro braço, me levando para fora e me empurrando dentro do Honda Civic de Mateo. Meu corpo teve que quase se dobrar na metade para eu caber no banco de trás.

Mateo acelerou e minha cabeça girou até que fui obrigado a fechar os olhos para não vomitar. Ouvi ele e Addison murmurando entre si, a facilidade com que conversavam era nítida e me embalou num sono... mas mesmo no sono eu não conseguia encontrar paz.

Porque ela também estava esperando por mim lá.

A luz do dia atravessou minhas pálpebras, fazendo minha cabeça explodir de dor. Gemendo, tentei me esconder debaixo dos cobertores, mas ele parecia diferente. Meu corpo estava duro e dolorido, como se eu não tivesse me mexido a noite toda. Senti um gosto horrível na boca.

— Finalmente acordou.

Dei um pulo com a voz dela, abrindo meus olhos.

Emery estava no braço do sofá vestindo calça de pijama, regata e um cardigan, a mão segurava uma caneca de café. Seu rosto estava sem maquiagem, os cabelos um pouco bagunçados, como se ela tivesse acabado de acordar.

Mesmo de ressaca, meu pau ficou duro. Ela era linda. *Era assim que eu a veria todas as manhãs se acordasse ao lado dela.*

Espere.

Pisquei, meu cérebro começando a acordar. Meus olhos contornaram a sala e percebi que não estava em casa. A acolhedora sala me disse que eu estava no sofá de Emery, fedendo a bebida, usando minha camiseta e cueca boxer, só com um cobertor cobrindo minha ereção.

— O que estou fazendo aqui? — murmurei com a voz seca, cada sílaba me fazendo estremecer. Eu não conseguia me lembrar de nada além de chegar à festa e alguém me dar várias doses triplas de alguma coisa.

— Parece que Addison e Mateo tentaram te levar para casa. — Ela retorceu os lábios como se estivesse escondendo algo. — Mas você não ia. Eles te colocaram aqui, onde você desmaiou.

Ainda confuso, olhei para o relógio. Eram 09h43.

— Merda, meus avós. — Eu me sentei.

— Eu liguei para eles. — Ela batucou os dedos na caneca. — Sabem que você está bem.

Afundei na almofada, aliviado, com meus dedos apertando meu nariz.

— Obrigado.

Emery tomou um gole de café. Podia senti-la... cada respiração dela, seus batimentos cardíacos, as palavras que ela queria dizer na ponta da língua.

— O que foi?— Eu abri um olho.

— Estou achando divertido. — Sua sobrancelha castanha arqueou. — O cara que me criticou ontem à noite por beber é o mesmo que desmaiou bêbado no meu sofá. Sem calça. — Seu olhar passou pelo jeans, jaqueta e botas espalhadas pelo chão.

— Te incomoda? — Permaneci firme.

— Que um adolescente de 19 anos está de ressaca no meu sofá?

— Não. Que estou sem calça?

Por alguns segundos, sua atenção foi para o cobertor que me cobria muito pouco, sem esconder a minha ereção, antes de virar a cabeça, saindo do braço do sofá.

— Você deveria ir para a escola. — Seu tom era de alguém reservado, tipo uma mãe tentando estabelecer limites, me colocando no lugar dos filhos.

— Espera. — Levantei e fui atrás dela. Minha mão envolveu seu pulso, o toque pareceu um choque direto no meu coração e pau. Emery estremeceu, seus olhos disparando para onde eu a toquei. Ficamos paralisados por uns segundos, em uma redoma de compreensão. Sabia que ela sentia o mesmo que eu, minha respiração estava pesada e ela olhava fixo para os meus dedos.

Meu pau virou aço, latejando ao ritmo da sua pulsação. Seu olhar baixou, uma cor rosada pintou suas bochechas quando percebeu minha reação a ela.

O momento significou muito mais do que deveria, e deixou a minha cabeça, já dolorida e zonza, prestes a perder o equilíbrio. Soltei a minha mão e me distanciei, passando as mãos no cabelo bagunçado.

— Você precisa ir para a escola. — Ela cruzou os braços, como se estivesse me mandando embora. Seus olhos iam para todos os lugares, exceto para mim, enquanto os meus pareciam incapazes de deixá-la. A última coisa que eu queria era ir para a escola. Sair desta casa.

— Bem, você sabe, nenhum *adolescente* deve ir para a escola com o estômago vazio.

CAPÍTULO 14

EMERY

Adolescente.

Senti vontade de rir. Tudo nele desafiava essa palavra. Rasgava em pedacinhos e ainda zombava de mim.

Mason James não era só fisicamente mais maduro, mas era de cabeça também. A cada momento que passava perto dele, ele ficava ainda mais distante dos seus colegas ou dos homens que chegaram em mim ontem à noite no bar. E seu corpo não era, nem de perto, o de um adolescente.

Minha respiração parou, o corpo respondendo ao toque dele. Minha pele pegou fogo, os seios incharam, minha boceta apertou quando meu olhar desceu para o seu pau, duro e grosso, por baixo da cueca boxer. Estava parecendo um balão cheio de ar quente. Todo pensamento e lógica pareciam evaporar. A única coisa que eu conseguia ouvir era o latejar do meu pulso, o ar entrando e saindo do meu nariz.

Ele precisava ir embora. Sair da minha casa e ficar longe de mim. A atração por ele era forte demais. O fio entre nós zumbia com uma energia que eu não conseguia explicar, provando que meu desejo sexual não estava morto, e meu corpo não havia se fechado quando Ben morreu. Agora, eu queria que tivesse. Precisava de uma desculpa para não me interessar por nenhum dos homens bonitos que se aproximaram de mim ontem à noite ou quando o Dr. Ramirez tentava falar comigo. Mas foi só o Mason que provocou essa reação em mim.

A verdade estava ali a noite toda. Sempre que eu falava com alguém, ficava de olho na porta, decepcionada quando alguém entrava porque não era quem eu queria. Não saberia dizer quantas vezes olhei para o meu telefone, prestes a chamar um Uber, porque tudo naquela noite parecia errado e desconfortável.

Eu estava bebendo para esquecer a necessidade pura e desesperada de ir para casa porque o que eu desejava estava na minha garagem e, por causa disso, eu me obriguei a ficar. Dar risadas e sorrir. Fingir que estava ouvindo e me divertindo.

O tempo todo eu tentava me convencer de que estava passando por um surto interno, uma reação natural por estar solteira de novo e me apegava a algo que me fazia sentir mais confortável, e tudo era perfeitamente inocente.

Mas, quando entrei em casa, todos esses pensamentos desmoronaram.

Mason estava esparramado de costas no meu sofá, a calça e os sapatos no chão. O cobertor felpudo deslizou de cima dele, exibindo seu corpo. Ele ainda estava de camiseta, mas ela estava meio levantada, o que mostrava seu abdômen trincado e a linha esculpida em V que se aprofundava em sua boxer preta.

A atração sexual que implorei sentir por qualquer cara no bar a noite toda, incluindo Daniel, disparou pelas minhas costas, apertando minhas coxas.

Meus olhos observaram o que meus dedos mal roçaram mais cedo. Como um iceberg, a extensão de seu tamanho estava escondida sob o jeans. Agora, dava para ver o contorno maciço dele.

O desejo me atravessou com violência. O impulso de subir no sofá e montá-lo, tirar sua boxer e me sentar nele, e ouvir a nós dois gemendo de puro prazer.

— Não fique brava. — Addison saiu correndo do quarto, vestida de pijamas. Por um momento, ciúmes e raiva travaram meus músculos. Eles estavam se pegando?

— O que está acontecendo? — Raiva. Exigência.

— Teve uma festa na casa do Noel. Foi supertranquilo. — Mentira. Pude ouvir o mesmo tom que Harper usou com a mamãe quando ela foi pega entrando de fininho em casa. — Eram só uns amigos. — Ela ergueu as mãos. — Mateo não estava bebendo.

— E você?

— Tomei *um* copo. Juro.

— O que Mason está fazendo aqui?

Ela puxou seu rabo de cavalo bagunçado, nervosa.

— Ele ficou bêbado. Não sei o que deu nele. Já chegou lá irritado. Bebeu um shot atrás do outro.

Senti um mal-estar, uma sensação de remorso, tentando imaginar se eu tinha sido a causa. *Não seja burra. Não teve nada a ver com você.*

— Mateo nos trouxe para casa, mas Mason não saía do carro, e murmurava que precisava consertar nossa máquina de lavar, algo assim. Ele só saiu do carro quando paramos aqui.

O remorso se transformou em algo real.

COMO PARTIR UM CORAÇÃO

— Precisou de nós dois para conseguir fazer com que ele se acalmasse e entrasse, e aí ele capotou.

— E as roupas dele?

— Foi tudo culpa dele. — Ela ergueu as mãos na defensiva. — Eu fui para a cama. Ele deve ter tirado depois.

Eu a encarei, sem ver mentiras em seu rosto.

— Juro, tia Emery. Não aconteceu nada. Acredite em mim, ele passou a noite sendo um chato.

Eu bufei, esfregando as têmporas sentindo a dor de cabeça se formando.

— Tudo bem. — Acenei, acreditando nela. — Vá para a cama. Vou avisar os avós dele que ele está aqui. Conversaremos sobre essa festa amanhã. Mas você vai se levantar e ir para a escola cedo. Sem um pio.

— Tem jogo amanhã. Não posso mesmo faltar. — Acenou ansiosa e me deu um rápido abraço. — O olhar dela foi para ele, as bochechas avermelhadas, e eu sabia exatamente o que estava olhando.

— *Boa noite*, Addison. — Fiz sinal para o quarto.

Ela sorriu, a paixonite ainda aparecendo em seu rosto enquanto saltitava para o quarto, fazendo juras de amor por Mason James.

Quando a porta dela se fechou, um suspiro enorme me escapou. Olhei para o rapaz desmaiado no meu sofá, cobrindo-o até o peito.

— Emery... — Ainda dormindo, meu nome saiu da boca dele como um sussurro. Meus músculos congelaram, o resto do meu corpo respondeu à rouquidão com que ele dizia meu nome. O poder que tinha sobre mim, o desejo que infligia descontrolado. Minhas intenções eram muito mais indecentes. Nada puro ou romântico.

Agora, eu o via entrar na cozinha, ainda vestido só de camiseta e boxer, com o cabelo bagunçado. Se alguém nos visse, olhasse para o meu pijama e o cabelo despenteado, chegaria apenas a *uma* conclusão. E eu não os culparia. Não parecia apenas ruim. *Era* ruim.

Mesmo que eu explicasse, o fato de ele estar andando quase pelado e eu não estar botando ordem por aqui falaria ainda mais alto.

— Acho que você deve ir — eu disse, mais baixo do que pretendia.

Mason abriu minha geladeira, as sobrancelhas franziram vendo que ela estava praticamente vazia, e me ignorou.

— Mason? — Limpei a garganta, apertando com força meu cardigã em volta do meu peito sem sutiã. — Isso é… hum… — Minha voz vacilou, cerrando os lábios. — Inapropriado.

— Inapropriado é o que tem na sua geladeira. — Ele pegou um tomate murcho, um dos últimos que colhi do jardim. — Você come comida de verdade?

— Não fiz compras esta semana — retruquei. — Estava ocupada.

— Você tem um tomate maduro, três ovos, um pedaço de queijo com validade questionável, mostarda e resto de comida chinesa de uma semana. — Ele pegou a dita comida, cheirando-a e recuando antes de jogá-la no lixo. — Agora não tem mais a comida. — Ele pegou o resto dos ingredientes, a cabeça balançando, e os levou para o balcão.

— Addison e eu compramos bastante comida fora. — Eu me sentia na defensiva, meus olhos vendo a facilidade com que ele andava pela minha cozinha, abrindo gavetas, pegando panelas, uma tábua de cortar e facas como se morasse aqui. Admirada, observei quando ele começou a cozinhar, a confiança em suas ações revelando algo lá no fundo que eu não queria reconhecer.

— Você sabe cozinhar?

Ele deu de ombros.

— Teve uma época que eu ficava muito em casa, não podia fazer muita coisa. Entediado, comecei a observar minha avó cozinhar. E, aos poucos, de me ver observar ela passou a me ensinar. — Ele cortou o tomate, juntando os pedaços antes de pegar o queijo. — Na verdade, eu gosto. Parece estranho, mas me acalma. Mantém minha mente longe das coisas.

— Você gosta de trabalho movimentado, como consertar coisas e cozinhar — acrescentei, encostada no batente da porta.

Ele virou seus olhos castanho-escuros para mim, o lábio subindo um pouco antes de voltar a olhar o que estava fazendo.

— É, acho que sim. Me faz relaxar um pouco, e, nesse tempo, vivo o momento. Sem passado, sem futuro. Só o presente.

Suas palavras acertam algo em mim, e me comoveram. Desencostei da parede e fui pegar a jarra de café.

— Quer um pouco?

COMO PARTIR UM CORAÇÃO

— Sim. Puro. — Ele quebrou os ovos na panela, acenando com a cabeça.

Eu servi o café, colocando-o na frente dele.

— Obrigado.

— É o mínimo que posso fazer. — Apontei com o queixo para o café da manhã que ele estava preparando. — Não sou do tipo que gosta de cozinhar, na verdade. Meus interesses são outros. Se bem que eu faço uma salada muito boa.

— Que bom. — Ele despejou o tomate e o queijo na panela, colocando no fogão. — Porque saladas não são o meu forte. — Seu olhar intenso veio para mim, como se estivéssemos tentando ver quão compatíveis nós éramos. Ver onde nossas vidas se misturariam.

Minha atenção se virou para o jardim, sem querer entender o que aquilo queria dizer.

— Então, o que você gosta de fazer? — Ele mexeu os ovos, o cheiro de queijo derretido encheu a minha cozinha. — Deixa eu adivinhar… você adora limpar os dentes das pessoas — brincou.

Uma risada me escapou.

— De jeito nenhum. — Voltei a rir. — Era só um modo de sobreviver. Pagar as contas enquanto Ben estava na faculdade de direito.

Mason não reagiu, seu rosto continuou impassível ao mexer os ovos. Imaginei que soubesse de Ben, mas foi a primeira vez que mencionei meu marido na frente dele, e isso me fez sentir de um jeito estranho, desconfortável.

— Meu sonho era abrir meu próprio abrigo para adoção de animais. Encontrar a casa perfeita para cada um. — Eu me recostei no balcão, tentando não olhar para a bunda firme dele. — Enquanto minha irmã Harper era a líder de torcida popular, eu era a garota que se voluntariava em abrigos de animais e passeava com cães nos finais de semana.

— Por que desistiu? — Ele olhou para mim.

— Vida. — Ergui um ombro. — Responsabilidades. Contas. Não era viável naquela época. Além disso, Ben era extremamente alérgico.

— Tá, mas e agora? — Ele desligou o fogão, trazendo a panela para a mesa da cozinha, e eu pude ouvir o silencioso: *Mas Ben não está mais aqui, então o que está te impedindo?*

— Vida. Contas. Responsabilidades. — Peguei pratos e garfos, levando-os até a mesa.

— Quer ser assistente odontológica?

— Não é tão fácil assim — respondi, ríspida, sentindo o julgamento me deixar ansiosa. Não o julgamento dele, mas o meu próprio. Eu tinha me questionado tudo isso antes, mas continuei a não fazer nada. Deixei a vida passar, fazendo o suficiente para sobreviver, agindo com cautela, mas sem fazer nada que eu amasse.

— Bem, ser voluntária num abrigo seria, pelo menos, um começo. Trabalhar com animais de novo...

— Sim — concordei. Mason colocou a omelete no meu prato, sentando-se como se tomássemos café da manhã juntos todas as manhãs.

— Estou surpreso por não ter um cachorro.

— Ando muito ocupada, acho. — Espetei minha comida. — E você? — Enfiei um pedaço de omelete na boca. — Oh meu Deus... isso está incrível. — Pisquei, surpresa. Não é que eu nunca tivesse comido ovos, mas essa omelete estava muito boa.

— Tempero secreto.

— Eu tenho isso?

Mason gargalhou. O poder da sua risada me fez estremecer, curvando os dedos dos meus pés.

— Um pouco de leite, sal e pimenta. — Um sorriso esticou um dos lados de sua boca, fazendo a minha respiração vacilar.

Olhando para o meu prato, concentrei-me na refeição.

— E você, o que quer fazer quando crescer?

O clima na cozinha mudou na hora e a tristeza levou embora o sorriso de seu rosto.

— Não sei. — Ele se recostou. — Não importa.

— O que quer dizer? Você não tem planos? Pelo menos ir para a faculdade? Gandaiar, ficar com as estudantes gostosonas? Não é isso que caras da sua idade devem fazer?

Seu olhar disparou para mim, o olhar semicerrado como se eu o tivesse insultado.

— Ahh — zombou. — Cair na gandaia. Beber. Trepar.

Um suspiro profundo saiu do fundo da minha garganta. A maneira como ele disse aquilo me deixou molhada como se sua língua perversa tivesse me lambido de verdade.

— Tenho tudo planejado. — Ele jogou o garfo no prato com a cara fechada. — Gastar dinheiro num diploma que nunca vou usar, ter um emprego que me faz infeliz. Parece uma vida ótima e plena.

COMO PARTIR UM CORAÇÃO

— Mason… — comecei a dizer, sem saber de onde vinha sua raiva.

— Quer saber? Você está certa. — Ele levantou puto da vida e a cadeira foi para trás. — É o que eu deveria fazer com a minha vida. Ir para baladas e trepar com todas. Não é como se houvesse muito mais para mim além disso. — Ele se levantou. — Obrigado por me deixar dormir no seu sofá. — E foi até a sala.

— Mason? — chamei, um pavor doentio envolveu minhas costelas, revirando meu estômago. Tudo em mim gritava para ele não ir. — Espere.

Ele vestiu seu jeans, pegou suas botas e jaqueta e caminhou para a porta.

— Mason! — Corri atrás dele, agarrando seu braço enquanto abria a porta. — O que está acontecendo? Falei alguma coisa errada?

Ele parou na minha frente, com tristeza nos olhos. Meu coração estava acelerado com a necessidade desesperada de abraçá-lo.

— Não. — Negou com a cabeça, a mandíbula tensa. — Isso me deixou bem consciente de que eu nunca vou ter o que as outras pessoas têm.

— O quê?

— Um futuro. — O ressentimento fervia em seu rosto. — A propósito, sua lavadora quebrou de novo. É melhor chamar alguém para consertá-la. — Ele se virou, batendo a porta e me deixando confusa e abalada, frustrada e vazia.

A sensação era de que, quando saiu, levou algo junto com ele.

CAPÍTULO 15

EMERY

— Alguém pisou no seu calo hoje? — Marcie entrou na sala de descanso, a sobrancelha perfeitamente feita arqueando quando ela me viu. — Você não bebeu tanto assim ontem à noite para estar de ressaca.

— Não — respondi. — Só estou cansada. — Porque não consigo dormir há duas noites. O peso no meu peito, a queimação no estômago, a inquietação no meu corpo não passava. Grudou em mim parecendo um fantasma, me seguindo por toda parte. Eu tinha medo que nunca mais fosse embora porque eu não estava disposta a admitir o que me fazia sentir assim.

Marcie pegou um chá da geladeira, olhando para as batatas fritas que deixei intocadas na minha frente.

— Toda sua. — Eu as empurrei na direção dela, desabando de volta na cadeira.

— Tem certeza?

— Sim. — O gosto de tudo era ruim. Estava tudo sem vida e sem graça.

— Minha mãe me ensinou a não desperdiçar comida. É errado. Então, eu vou te fazer esse favor. — Ela puxou as batatas na direção dela, engolindo duas.

— Obrigada. — Dobrei os joelhos para cima, os dedos brincavam com o rótulo da minha bebida.

— Desembucha. O que está acontecendo? — Marcie besuntou a batata frita de ketchup, seus dedos gesticulavam para mim, como se dissessem *comece a falar*.

— Nada. Estou cansada. — Não dormi noite passada.

— Não dormiu porque um homem do passado está mantendo você acordada. Ou seria um novo?

— Ambos.

Os olhos de Marcie se arregalaram. — O quê?

Merda.

— Não! Não — neguei. — Não existe nenhum homem novo.

— Porque eu fiquei pensando… a menos que tenha saído com um

COMO PARTIR UM CORAÇÃO

79

daqueles gostosos do bar… — Ela apontou uma unha vermelha para mim.

— Porque, para sua informação, eu saí.

— O quê? — Fiquei boquiaberta, admirada. — Qual deles?

— O loiro alto — murmurou, meio que cantarolando. — Você sabe que eu gosto de um novinho.

Uma risada me escapou.

— Minha nossa. Eu te amo. — Sacudi a cabeça. — Posso ser você quando crescer?

— O mundo não aguentaria outro eu. — Ela bateu as mãos. — Agora me diga, o que está acontecendo?

Reclinando para trás, tirei o cabelo do rosto, amarrando-o em um rabo de cavalo de novo.

— Não sei. Eu me sinto meio perdida. Parece que estou tendo uma crise de meia-idade ou algo assim.

— Disposta a deixá-lo ir, mas, na verdade, com muito medo de deixá-lo, bem no meio do caminho — disse ela, mencionando algo que estava pesando meu peito. — Não consigo imaginar como é para você.

Porque Ben e eu não terminamos, não pude falar com ele ou tentar colocar um ponto final na relação. Ele morreu. Não teve fim.

Afirmei com a cabeça, apertando os lábios.

— Além disso, ando pensando no que eu queria fazer da vida, sabe, antes da responsabilidade chegar e estragar tudo.

— Quer dizer o sonho que tive de me casar com um príncipe árabe que me cobrisse de joias e riquezas, e me concedesse cem jovens sem camisa para ficarem à minha disposição?

— Sim, exatamente isso — bufei.

— Então, você é minha mini cópia. — Ela colocou outra batata frita na boca com um sorriso.

— Sei lá… eu costumava querer ser mais. Não que aqui não seja um bom trabalho. E talvez seja por isso que é tão fácil ficar e não me esforçar. É seguro, confortável e me paga um bom salário e benefícios.

— E tem crianças que mordem seus dedos, chutam e cospem na sua cara — acrescentou.

Billy vomitou em mim da última vez. O reflexo de vômito dele era sensível demais.

— Queria abrir um abrigo para animais à espera de adoção.

— Parece terrível para mim, mas se é o que você quer, então vá atrás.

— Você faz parecer tão fácil. — E eu realmente não sabia se eu ainda queria ter um desses. A pressão de gerenciar um negócio não parecia tão atraente quanto costumava ser. Ainda queria viajar, algo que Ben e eu nunca fizemos.

— E você está dificultando demais. — Ela se inclinou, dando tapinhas nas minhas mãos. — Como precisou aprender brutalmente, você tem uma vida para viver. Não a desperdice por medo. Quando você olhar para trás um dia, sempre se arrependerá do que deixou de fazer, não do que fez. — Ela se levantou, limpando as mãos em um guardanapo. — É por isso que vou deitar e rolar essa noite. Hummm-Hummm... — Ela deu uma sacudida nos ombros. — Ele me levou ao céu. Várias vezes.

Pressionei minha testa nos joelhos, rindo quando Marcie ergueu as mãos para o alto, agradecida, e saiu da sala.

Suas palavras continuaram aparecendo na minha cabeça, fazendo-me sentir corajosa. Peguei meu telefone, digitei "abrigo de animais" e encontrei um na cidade. Ficava a alguns quarteirões, descendo a avenida, em uma rua paralela dali.

Podia, ao menos, passar por ele no caminho para casa.

— Parece que o Pateta encontrou uma amiga. — Uma mulher franzina e mais velha usando um avental do abrigo sorriu para mim. Meus dedos deslizaram através do pelo grosso e áspero, a língua do cachorro lambia minha mão pelas barras da gaiola. Sorri feliz ao ver uma placa sendo presa em sua gaiola, indicando que ele estava sendo adotado.

— Ele é um docinho. — Eu o cocei atrás da orelha.

— Nick me disse que está querendo se voluntariar? — Ela apontou o cara na recepção. — Eu sou Anita, a propósito.

— Emery — Eu me levantei, apertando a mão dela. — Já trabalhei em um abrigo há muito tempo. Coisas surgiram, mas agora... — divaguei. Meu marido tinha uma alergia mortal, por isso, não dava para me envolver. Mas agora que ele está morto, não tenho mais uma razão para não fazer.

— Ótimo. É sempre muito mais fácil se já tiver um pouco de experiência. — Anita fez um gesto para que eu a seguisse, o corpo pequeno se moveu com rapidez até uma mesa, e ela me entregou uma prancheta com papéis para preencher. — Pode preencher estes papeis, e podemos começar o processo. Precisará fazer treinamento e exigimos um compromisso semanal. Um turno de duas horas por seis meses consecutivos.

— Posso fazer isso. — Peguei a prancheta e me sentei em uma cadeira.

— Será que pode começar imediatamente? — perguntou Anita. — Fica movimentado durante as férias, e seria bom ter todos preparados e prontos para ajudar.

— Com certeza.

Anita sorriu.

— Acho que você vai dar muito certo aqui. Fico feliz que tenha vindo.

Parei um instante. Um sorriso genuíno se formou na minha boca.

— Eu também.

— Tia Emery, não tenho nada limpo para vestir. — Addison entrou na cozinha, onde eu estava tentando preparar uma refeição de verdade. Meu bom humor de antes me fazia acreditar que, de repente, eu seria capaz de me tornar uma *chef* de cozinha também. — Meu uniforme está sujo, e estou ficando sem calcinha. Precisamos consertar a máquina de lavar.

— Já liguei para a assistência. Só tem horário na semana que vem.

— O que acha de comprar uma nova? Pode comprar pela internet e eles entregam em casa.

Sim. Era o que que deveria fazer. Estava na hora, mas, por algum motivo, eu não tinha chegado a uma decisão.

— Pelo menos me deixa mandar uma mensagem para o Mason. — Fiquei tensa com a menção de seu nome, minha atenção permaneceu nos hambúrgueres que eu estava fazendo. — E ver se ele consegue deixá-la funcionando até comprarmos uma nova. Sério, preciso lavar meu uniforme antes de amanhã.

— Não podemos chamá-lo sempre que algo quebra — disse, irritada, prensando os hambúrgueres.

— Por que não? — Os dedos dela já estavam deslizando na tela do celular. — Além disso, tipo, quero arrumar uma desculpa para vê-lo.

— Ah. — disse, imparcial. Eu não ligava.

— Ele tem estado bastante reservado desde aquela noite que passou aqui. Não o vi no treino de futebol a semana toda.

— Sério? — Eu me virei para Addy sentindo a minha imparcialidade desmoronar.

— Nem Mateo sabe o que está acontecendo com ele. — Ela parou de digitar. — Bem, mandei a mensagem para ele.

— Ah. — A palavra saiu de novo, soando muito diferente. Voltei-me para a carne, terminando de moldá-la em círculos e colocá-la na grelha. — Temos salada e hambúrgueres para o jantar.

— Olha só você, Rachel Ray. — Addy riu. — Voluntariando-se no abrigo e agora fazendo uma verdadeira janta. O que deu em você?

Antes que eu pudesse responder, uma batida soou na porta e fiquei nervosa no mesmo instante.

Ela gritou, correndo para atender.

O que deu em mim? Fiquei com medo que a resposta tivesse entrado pela porta.

Ocupando-me com o jantar, não queria pensar por que ele me fazia sentir tão confusa e superconsciente. Foi ele quem saiu daqui bravo e não tinha voltado, e por, mais que isso me deixasse louca, foi para o bem. Precisávamos redefinir os limites, acabar com qualquer coisa estranha que existisse entre nós, e nos mantermos cada um nos seus devidos lugares.

Ele era amigo da Addy.

Eu era uma viúva de trinta anos que não tinha desculpa ou razão para olhar ou falar com um garoto da idade dele.

— Estou tão feliz por ter vindo. — Addison bateu palmas, falando a mil por hora de novo. — Por favor, se puder consertar para funcionar só mais um pouco. Preciso do meu uniforme de torcida para amanhã.

Eu não me virei, mas minha pele se arrepiou, senti seu olhar na nuca, meu corpo ciente de cada molécula que ele se apossou quando entrou na cozinha. Exigindo cada respiração. Puxando aquele fio de atração que eu não conseguia cortar.

— Tia Emery, Mason está aqui para nos salvar.

— Agradecemos sua ajuda. — Com o rosto impassível, olhei por cima do ombro. Não deveria ter olhado.

Tudo aquilo a que eu estava me segurando, a distância durante esta última semana que eu achei que ajudaria, foi tudo pelos ares assim que

COMO PARTIR UM CORAÇÃO

ele olhou para mim, me deixando quase sem fôlego. Seus cabelos escuros eram ondulados, o corpo amplo dominava a sala, as grandes coxas musculosas e firmes dentro da calça de moletom cinza, delineando tudo.

Puta que pariu. Puta que pariu. Puta que pariu.

Respirei pelo nariz, meu corpo se acendendo igual a um fósforo. Ele não deveria ter permissão de andar em público desse jeito. O jeito que o moletom se encaixava em seu corpo beirava a indecência. A maneira intensa com que ele olhou para mim quebrava todas as regras que eu estava estabelecendo entre nós.

Voltei meu olhar rapidamente para a salada, e tentei recuperar o autocontrole.

— Obrigada por vir arrumar a máquina. Outra vez.

— Sem problema — A voz gutural dele deslizou entre minhas coxas, fazendo meus olhos se contraírem.

Por que ele me afetava tanto? Por que não conseguia me recompor e superar isso?

— Vem. — Addy acenou para que ele a seguisse até a garagem. Eu mantive minhas costas viradas, sem olhar enquanto ele passava. Nem uma única peça de roupa me tocou, mas a eletricidade disparou através das minhas terminações nervosas, minha mão apertou a faca que eu segurava até sentir a pele querendo se dividir.

— Pare com isso — rosnei baixinho, demorando vários segundos para recuperar o controle.

Os sons dele trabalhando ecoavam da garagem, junto com o tagarelar de Addison conforme tentava envolvê-lo em uma conversa. Mesmo que nada funcionasse, ela continuava a preencher o espaço vazio.

Coloquei a mesa e olhei os hambúrgueres.

— Eu disse que ele podia ficar para o jantar. — Addison entrou saltitante na cozinha.

— Ah. — Engoli. — Tenho certeza de que os avós dele estão esperando por ele.

— Eles estão no bingo hoje à noite — respondeu Mason, vindo atrás de Addison. — Mas não se preocupem. Tenho uma coisa para fazer em casa.

— Ah, por favor, esta é uma ocasião especial. — Addy estendeu as mãos, exibindo a mesa. — A tia Emery cozinhou esta noite.

Seus olhos castanho-escuros deslizaram para mim com curiosidade, e senti cada camada de minhas defesas sendo derrubada.

— Sim, e mais cedo ela até se inscreveu como voluntária no abrigo de animais.

Desta vez, seu olhar me queimou, exigindo que eu olhasse para cima. O poder que ele detinha era um campo de força, e era difícil de desobedecer. Ele sabia que tinha inspirado as minhas ações; o que disse me levou a ir até o fim dessa vez.

Com medo de não conseguir esconder o que desejava, forcei meu olhar para longe dele, sabendo que ele veria algo que eu mesma não conseguiria enfrentar dentro de mim.

O temporizador da grelha disparou, e eu fui até lá, aliviada.

Addison pegou outro prato, perguntando o que ele queria beber, se mostrando uma anfitriã atenciosa.

Os olhos dele não me deixaram uma vez sequer.

Coloquei um hambúrguer no prato dele.

— Conseguiu consertar a máquina de lavar?

— Vou ter que trazer uma peça.

— Como? — reclamou Addison. — Mas e o meu uniforme?

— Vou lavá-lo na mão e pendurá-lo perto do fogo para secar durante a noite — sugeri, o que a fez franzir o nariz, mas ela aceitou.

— Voltarei amanhã.

Minha cabeça virou de supetão para ele. Foi a primeira vez que encontrei o seu olhar.

— Não pode. Temos jogo amanhã à noite — respondeu Addison, pegando o ketchup.

— Parei de treinar.

— O quê? — A voz de Addison soou alta, a expressão cheia de decepção, sabendo que era a única coisa que tinham em comum. O tempo que ela podia ver e falar com ele. — Por quê?

A atenção de Mason estava totalmente em mim, seu dedo brincando com um garfo.

— Porque se tornou algo que eu deveria fazer, mas não o que eu queria fazer.

Calcei meus sapatos, ajeitando o cabelo e querendo que Marcie não tivesse me convencido a encontrá-la no bar para beber. Seu rolo, Tim, estava levando um amigo, Sean. Uma armação conveniente e não tão sutil.

Ouvindo a batida na porta, fiquei um pouco nervosa. Havia outra razão pela qual aceitei o encontro.

Endireitando a coluna, ergui minhas defesas, e caminhei até a porta da frente. Meu jeans era justo, a blusa quase toda com as costas de fora e o sapato de salto era vermelho. Eu me senti uma fraude, não queria nada, só acender a lareira, me enrolar no sofá com uma taça de vinho e assistir alguma série.

Esta roupa estava tentando transmitir a todos ali que eu era uma mulher adulta que podia ir a bares e flertar com homens. Enquanto a mulher por baixo disso se sentia o completo oposto.

Abri a porta e mantive meu olhar bem longe de Mason, sabendo que ele passaria aqui. Addison estava fora em um jogo, depois ia passar a noite na casa de Elena, e foi por isso que eu aceitei o convite da Marcie tão depressa.

Não poderia ficar sozinha com ele.

— Mais uma vez, obrigado por fazer isso. — Caminhei até o aparador, peguei minha bolsa e tirei quarenta dólares. — Toma. — Eu o encarei, segurando o dinheiro. — Não falou quanto custou a peça.

— Não vou aceitar seu dinheiro. — Suas narinas se dilataram, o queixo rígido. Ele usava jaqueta preta e boné preto, úmidos por causa da chuva. Parecia ter saído de um catálogo de cabanas de inverno das montanhas. Exceto pelo fato de que ele seria o vilão sombrio na história. Aquele que destruiria o seu mundo.

Agitei a mão.

— Pegue.

Ele ignorou o dinheiro, seu olhar desceu pelo meu corpo.

— Está saindo?

— Sim. — Ergui o queixo. — Posso sair. — Por que isso pareceu quase como uma pergunta?

Um ligeiro sorriso esticou seus lábios. Caminhando até mim, ele parou a apenas um centímetro de distância.

— Nunca disse que não podia. Mas você quer minha *permissão*? — Sua voz roçou meu ouvido, cheia de cada fantasia secreta e pecaminosa que minha cabeça tentou bloquear.

Senti um nó no peito quando ele se afastou. Suas mãos estavam cheias de ferramentas, e ele foi para a garagem. Senti meus mamilos endurecerem com o rubor que ele podia facilmente causar no meu rosto. Mas que maldito. Ele não tinha esse direito. Senti a raiva me dominando, e fui atrás dele.

— Quem você pensa que é? — Entrei na garagem, a emoção tomou conta de mim e não permitiu que meu cérebro interviesse.

Ele se curvou ligeiramente, deixando cair as ferramentas na máquina.

— Como é que é?

— Você... — Apontei, me aproximando. — Você é um *garoto* de 19 anos. Não tem direito de falar comigo assim — gritei. — É inapropriado.

— Inapropriado? — retrucou, o fogo acendeu seus olhos escuros.

— Sim — esbravejei. — Você frequenta a mesma escola que a minha sobrinha. Está no ensino médio! Eu sou uma mulher de trinta anos.

Ele resmungou e se aproximou de mim, me fazendo recuar.

— Acha que eu não sei disso? — Ele se inclinou para mais perto, seu corpo roçando o meu. Seu olhar caiu na minha boca, um nervo em sua mandíbula pulava, como se estivesse tentando se conter. Parei de respirar, meus olhos indo para os dele, incapazes de parar a reação. Notei como seu lábio inferior era carnudo. Como deveria ser a sensação de afundar meus dentes nele, sentir a sua boca na minha?

A tensão adensou o ar, nossas respirações se misturavam, nossos corpos quase se tocavam. Estávamos na corda bamba. Um precipício que enunciava a morte se você saltasse. Não podia negar o quanto eu queria saltar de uma vez. A vida bombeava em minhas veias enquanto pulávamos. Pura felicidade, até que a gente aterrissasse.

Seu olhar ia e voltava entre meus olhos, seus olhos escuros pareciam famintos. Violentos. Prometendo destruir meu mundo, completamente. E eu queria que ele fizesse isso.

Bi-bi! Bi-bi!

Uma buzina de carro soou da frente de casa, fazendo-me pular de susto, estilhaçando o momento em mil pedaços. A clareza do que eu estava prestes a fazer, o limite que quase ultrapassei, me atingiu com horror.

Meu. Deus. Do. Céu.

— O que você está fazendo? — Empurrando-o, eu me afastei, transformando minha vergonha em fúria, direcionando-a para ele. — Isso é inapropriado demais. — Eu fui para perto da porta, usando meu tom de autoridade. — Você é um *adolescente*. — A palavra pareceu uma chicotada. Propositadamente cruel, desenrolando-se da língua, querendo marcá-lo, machucá-lo. Não era verdade, mas funcionou. Ele recuou com o peito erguido. — E, embora, eu seja grata pelo que fez aqui. — Minha garganta se fechou, lutando com a última parte. — Será melhor se não voltar mais.

Não esperei que ele respondesse antes de sair. Voltei para dentro e saí pela porta da frente, onde o motorista do Uber me esperava. Tremendo, eu queria chorar, porque não importava o que minha cabeça dissesse, meu coração estava me chamando de volta para aquela garagem.

CAPÍTULO 16

MASON

Saindo de debaixo do GTO, eu me levantei para pegar um pano e limpar as mãos sujas de graxa. A porta da garagem estava aberta, deixando o tempo frio entrar. Um sol coberto já estava descendo no horizonte.

O carro estava ficando pronto mais rápido do que eu pensava, porque, a cada momento que eu não estava na escola ou ajudando em casa, eu estava aqui. O desespero para manter a cabeça ocupada o tempo todo estava atingindo níveis obsessivos.

Por fora, eu agia como se tudo estivesse bem, enquanto, na minha mente, eu estava enlouquecendo. Nunca parei de pensar naquele dia na garagem com a Emery. Vendo seus lábios se afastarem, sabendo sem sombra de dúvida que ela sentia a mesma coisa que eu. Ela tentou esconder, mas o desejo aqueceu seu corpo, envolvendo meu pau como se ela o possuísse. Eu estava prestes a beijá-la até que o babaca do Uber nos interrompeu. Não conseguia parar de pensar no que poderia ter acontecido se ele não tivesse se intrometido. Ela teria me beijado de volta?

Aquilo estava me enlouquecendo. E o mês e meio que tinha se passado desde aquela noite não diminuiu meu desejo por ela. Na verdade, senti que aumentava, quase como se pudesse ouvi-la me chamando.

No dia seguinte, depois que ela me expulsou, vi um caminhão entregando em sua casa uma lavadora e secadora novinha, deixando sua posição muito clara para ela ou para mim. Não tinha mais desculpas para aparecer de novo.

— Mason? — Minha avó abriu a porta da garagem, carregando alguma coisa na mão e com o cabelo cheio e penteado – um sinal de que havia ido ao cabeleireiro hoje. Grace James tinha 1,58m de altura, mas o amor e a determinação de um gigante. Ela era o alicerce desta família, e vê-la se esforçando para descer os degraus fez meu coração sentir medo e tristeza.

— Deixa eu ajudar a senhora. — Fui até ela, ajudando-a a descer os três degraus.

— Obrigada. — Ela deu um tapinha no meu braço. — Vi que ainda não tomou. — Ela abriu minha mão, colocando vitaminas e outros comprimidos gigantes na minha palma.

Acenando com a cabeça, joguei-os na boca, peguei a garrafa de água que eu tinha no banco e os engoli.

— Obrigado, acho que esqueci.

— Você não pode esquecer, Mason. — Ela franziu a testa para mim, fazendo cara feia pela reação indiferente. — O que está acontecendo com você? Anda meio distraído, ultimamente.

Eu me afastei, colocando a água no banco, não estava preparado para um sermão.

— Seu avô me disse que você largou o futebol. — Deveria ser uma afirmação, uma verdade que ela já sabia, mas as camadas que existiam naquela simples pergunta deixava claro o que ela realmente queria saber. Por quê? Por que eu deixaria algo que supostamente amava? Por que desistiria de ser técnico de futebol?

— Eu sei que ele está decepcionado…

— Pare já aí, meu jovem. — Ela levantou o dedo para mim. — Seu avô e eu nunca ficaríamos decepcionados com *você*. Estamos confusos porque não sabemos o motivo de ter saído. Por que deixaria de fazer algo que amava. Só não queremos que perca as coisas. Que se arrependa mais tarde. Seu pai se arrependeu de deixar a escola e não se formar com os amigos. Não queremos que cometa os mesmos erros. — Ela veio até mim, forçando-me a olhar para ela. — Nós te amamos tanto, Mason. O que você passou… ninguém deveria ter que experimentar, ainda mais alguém tão jovem. Mas tudo o que pode fazer é tirar o melhor que puder disso de agora em diante.

Minha garganta subiu e desceu, engolindo as emoções conflitantes que ela estava trazendo à tona. Não amava mais treinar. Na verdade, me incomodava mais do que me fazia feliz, mas também me deixava triste saber que nunca mais estaria no campo de novo.

— E se treinar não é o que você quer fazer, estamos bem com isso. Mas encontre algo que lhe dê alegria. Algo que faça você terminar todos os seus dias se sentindo realizado. Caso contrário, de que adiantou? Tudo aquilo pelo que você lutou, se for para simplesmente deixar tudo escapar? Teria sido em vão. Não desperdice essa segunda chance. Não desista das coisas que ama.

Minha cabeça abaixou, a sensibilidade dela doía no meu peito.

— Você é um presente, Mason. — A mão dela tocou minha bochecha. — Não trate meu presente como se fosse lixo.

Fechei os olhos apertado e engoli as lágrimas. Não as deixava cair há muito tempo. Achei que não merecia mais mostrar tristeza. Não tinha o direito.

Ela deu um tapinha leve no meu rosto.

— E você precisa se barbear.

Uma risada escapou pela minha garganta. Ela sempre me importunava para me barbear, querendo que eu mostrasse meu "rosto bonito", que era uma coisa que eu tendia a ignorar. A barba estava aqui para ficar.

— Quando terminar e se limpar, pode dar uma olhada na pia de novo? Está entupindo. — Ela voltou devagar para a porta.

— A senhora sabe que podemos trocá-la por uma nova, sem muita dificuldade. — Eu sorri, já sabendo o que ela diria.

— Por quê? — resmungou, subindo os degraus. — Ainda funciona bem. — Ela parou na metade do caminho, colocou a mão no peito e respirou fundo.

— A senhora está bem?

— Claro — assentiu, acenando para mim, voltando para dentro da casa.

Recostando-me na bancada com um suspiro profundo, esfreguei a nuca. Ela estava certa. Precisava encontrar algo que me fizesse feliz. Ultimamente, eu passava meus dias dormente, como se estivesse em estado de espera.

A vida não esperava, continuava seguindo seu curso. Você tinha que decidir interagir ou não com ela.

Encontrar o que me dava direção ainda parecia intangível. Gostava de malhar, restaurar carros e consertar coisas, mas não posso dizer que nada disso me fazia querer levantar de manhã. O futebol havia perdido o brilho quando parei de jogar.

Então, o que me fazia feliz?

Um movimento na calçada do outro lado da rua atraiu meus olhos para cima, o sol que se punha atrás da casa dificultava ver as características específicas.

Mas eu sabia.

Mesmo se estivesse a um milhão de quilômetros de distância, juro que seria capaz de senti-la, percebê-la, vivenciar a atração que animava e deixava meu corpo consciente.

Usando o avental do abrigo, o cabelo em um rabo de cavalo, ela caminhava com alguns cães pela rua. Ela não olhou, mas, de alguma forma, eu sabia que ela percebia que eu estava ali, e cada pedaço dela estava tão ciente da minha presença quanto eu da dela.

Ela se afastou, e tudo o que eu pude fazer foi observá-la de longe.

Sentindo como se a minha felicidade tivesse acabado de passar.

COMO PARTIR UM CORAÇÃO

CAPÍTULO 17

EMERY

— Addison, já está pronta? — Harper gritou para a filha do sofá da sala.

— Quase! — respondeu a voz de Addy.

— Porra, ela está voltando para uma casa que está cheia de roupas dela, e ainda está fazendo as malas como se fosse para o meio do nada por um mês. — Minha irmã penteou o cabelo loiro para trás.

— Bem, isso me dá tempo com você. — Bebi meu vinho, apertando a mão da minha irmã. — Senti sua falta.

— Eu também senti a sua — Harper respondeu. — Não é a mesma coisa sem você. Sinto falta de poder passar na sua casa e dizer um oi. Na verdade, algumas vezes, eu me peguei indo para sua casa de carro e só então me lembrava que você não estava mais lá.

Minha casa. Aquela que dividi com Ben.

Olhei para a árvore de Natal no canto da sala. A lareira estava acesa, um filme de Natal passava na TV, e minha vida com Ben começava a parecer cada vez mais distante de mim. A casa em que morávamos não era mais minha casa.

— Preciso da minha jaqueta grossa? — gritou Addison do quarto.

— Addy, estamos a quatro horas de distância. Um lugar onde passou a vida toda — disse Harper, exasperada e balançando a cabeça. — Será que eu esqueci que adolescentes eram desmiolados?

Dei risada, me aconchegando no sofá.

Era feriado de Natal, e Harper estava levando Addison para passar as férias com ela. Nunca liguei para o silêncio antes, mas fiquei um pouco nauseada ao pensar em não ter Addison por perto. A conversa e barulho constantes distraíam minha cabeça para que ela não vagasse para muito longe.

Como, por exemplo, para o fim do quarteirão.

Ela falava do Mason, mas a paixão parecia ter diminuído um pouco com sua ausência. Ainda tinha um olhar diferente quando falava dele, e provavelmente ficava toda alegrinha quando esbarrava com ele na escola. Felizmente, ele levou meu pedido a sério. Ficou longe dessa casa e de mim,

STACEY MARIE BROWN

e manteve uma boa distância de Addison também. Ela falava com Mateo o tempo todo, embora alegasse que eram apenas amigos.

— Posso dizer de novo o quanto estou agradecida? O que fez pela Addy? — Harper olhou para a filha. — Ela está tão feliz. Vibrante. Ela me mostrou que tirou B nas provas.

— Ela está indo muito bem. Ser líder de torcida ajuda. Elas têm que manter a média, e Addy ama demais a equipe para correr o risco de perder.

— Por que sinto que falhei? — Harper piscou, os olhos lacrimejando. — Que sou péssima como mãe?

— Não. — Agarrei a mão da Harper. — Você é uma ótima mãe. É tão altruísta que, em vez de mantê-la com você, fez o que era certo para ela. — Inclinei a cabeça, sentindo compaixão. — Harp, ela precisava se afastar do Joe. De todas as besteiras que ele estava fazendo vocês passarem.

— Outro fracasso da minha parte. Nunca deveria ter ficado tanto tempo com ele. Eu sabia… mas estava com muito medo de me separar. Eu pensei que as coisas seriam piores se eu estivesse sozinha mas, na verdade, foi pior ficar com ele.

Olhando para minha irmã, pude ver a mudança nela. O amadurecimento que ela foi forçada a ter durante este tempo.

— Somos todos seres humanos. Nós vamos tentar e falhar, e às vezes, cair. Você fez o melhor pela Addison. E olhe para ela. — Gesticulei para a garota correndo de seu quarto para o banheiro. — Ela está melhor. Você está melhor. E eu acho que esse tempo que passaram separadas vai ajudar na sua relação com ela.

Harper recostou a cabeça em uma almofada, tentando não chorar.

— Muito obrigada.

— Honestamente, acho que a presença da Addison aqui me ajudou a me curar. Não acredito que eu estaria bem assim sem ela.

— Você parece mais feliz. — Ela concordou. — Falando nisso, tem alguém especial colocando esse sorriso no seu rosto?

Foi instantâneo, sem escolha. Meu cérebro foi direto para ele, como se estivesse programado para isso. E, na mesma hora, veio a vergonha.

— Uh… não… na verdade, não. — Eu me mexi no lugar, apertando o copo com mais força. — O dr. Ramirez da clínica está sempre expressando interesse.

— Oh. — Os olhos de Harper se iluminaram. — E você o chama de Dr. Ramirez? — A voz dela entrou numa conversa sexy. — Ah, Dr. Ramirez, mas que belo pretendente você tem.

COMO PARTIR UM CORAÇÃO

93

— Pare! — Bati no braço da minha irmã. — Argh.

— Qual o nome dele?

— Daniel.

— Daniel Ramirez. Tem cara de ser gostoso.

— Ele é bonito. Gentil. Um cara muito legal.

Os olhos de Harper se estreitaram.

— No passado, isso seria bom para ele. Por que eu sinto que desta vez parece ser algo negativo?

Dei de ombros.

— Ele não é o tipo de homem que me empurra contra a secadora e me come pra valer. — Tomei um grande gole de vinho, tentando expulsar a imagem, o calor e o receio me atravessando, e o medo de deixar algo escapar.

Os olhos de Harper se arregalaram e a boca dela se abriu. Ela não estava acostumada a me ouvir falar assim.

— E você? — Virei a conversa para ela, sem querer que ela se aprofundasse mais, porque senti que a verdade estava bem ali, para qualquer um ver. — Você não estava saindo com alguém quando nos mudamos? Ainda estão juntos?

As bochechas de Harper coraram.

— Na verdade, sim.

— Puta merda, você ficou vermelha de verdade?! — exclamei.

— Shhhh. — Ela olhou na direção do quarto da Addy. — Estamos tentando manter as coisas mais casuais. Levar um dia de cada vez. Ele saiu de uma relação recentemente, e eu também, mas...

— Você gosta mesmo dele?

Ela assentiu com vigor.

— Tem mais uma coisa. — Ela mordeu a unha.

— O quê? — Inclinei a cabeça, sentindo-me na defensiva.

— Na verdade, não queria te contar, porque pode trazer más lembranças, mas...

— O quê?

— Kevin é policial. Policial Bentley.

— Por que me soa familiar? — Apesar de que meu cérebro não se lembrava direito.

— Porque... — Ela se encolheu. — Ele era um dos policiais que foi até a sua casa, naquela noite... você sabe, para avisar sobre o Ben.

— O quê? — Eu me inclinei para trás. Aquele momento ainda era uma névoa embaçada na minha lembrança, mas ainda assim foi como levar um soco no meio do peito.

— Claro que eu não estava pensando em nada além de Ben e estar ao seu lado. Mas algumas semanas depois, encontrei Kevin na Starbucks e fui agradecer a ele. Começamos a conversar e foi atração à primeira vista. Apesar de termos negado por muito tempo. Ele vivia um casamento ruim e eu também. Éramos apenas amigos, mas realmente nos entendíamos. Podíamos compreender muito bem os nossos ex-pesadelos. Depois que ambos os nossos divórcios se oficializaram... não podíamos mais ignorar nossos sentimentos. Mesmo que eu ainda me sentisse muito culpada por causa de como nos conhecemos.

— Por causa do Ben? É por isso que escondeu de mim?

— Achei inapropriado.

Inapropriado. Estava começando a odiar essa palavra.

— Acho que o Ben me mostrou que a vida é muito curta. Nunca se sabe o que pode acontecer. Devemos sempre nos agarrar às coisas que nos fazem felizes. Sabe como é, né?

— Estou pronta! — Addison entrou com sua mala gigante e Harper se levantou, ajudando a filha com as cinco malas.

Mesmo quando me levantei e as ajudei a chegar ao carro, prometendo que as veria na véspera de Natal, não podia deixar de lado o que ela disse.

Devemos sempre nos agarrar às coisas que nos fazem felizes.

Mas o que poderia me fazer feliz poderia trazer muita dor aos outros.

— Tem certeza de que não quer ir com a gente esta noite? — Marcie me viu pegar minha jaqueta e bolsa no armário, meu turno tinha acabado.

— Não.

— Ele tem perguntado de você.

Nem pensar.

O encontro foi horrível. Ele achava que era charmoso quando dava a impressão de não ter nenhum conteúdo. Seu único incentivo para falar comigo era me levar para a cama.

— Hoje é noite de lareira e cobertor quente. — Vesti o casaco, as temperaturas tinham caído a ponto de o meteorologista dizer que havia chance de nevar.

— Não é só Sean que vai ficar desapontado, eu sei que Daniel também vai ficar. Acho que ele estava indo especificamente por sua causa.

Um nó se formou na minha garganta.

Conversamos muito esta semana nos intervalos. Ele era inteligente, gentil e engraçado. Era parecido com o Ben. Dedicado ao trabalho, estável, ficar perto dele era bom. *Queria* gostar dele. Gostava de sua conversa, mas, assim que saía de perto, não pensava mais nele.

— Sinto muito. Tenho que acordar cedo para ir ao abrigo. Amanhã é o grande dia de adoção.

— Você parece gostar muito de lá.

Um sorriso feliz curvou meus lábios, ao pensar em todos os cães e gatos fofinhos que eu tinha começado a amar.

— Muito. E estou feliz com isso agora. Vendo Anita cuidar de tudo, não sei se quero fazer isso, mas há outras coisas. — Seus sonhos de quando era jovem não tinham que ser esquecidos, mas percebi que poderiam mudar um pouco na vida real. Para combinar com seu eu de agora, não com a pessoa que era no passado.

— Você vai no churrasco de Natal na semana que vem. — Marcie apontou para mim com um olhar de *nem pense em dar furo.* — Nada de desculpas.

— Eu não perderia por nada. — Ouvi dizer que as coisas ficaram insanas ano passado. Fechando o zíper, saí no ar gelado da noite, exausta pelo longo dia. Eu tinha ido no abrigo de manhã, depois vim direto para cá e trabalhei até fechar.

Entrei no meu carro e dirigi para casa. Ao descer a rua, uma luz vermelha e azul refletiu no meu para-brisa. Fiquei apavorada, percebendo que a ambulância estava na frente da casa de Mason.

O sr. e a sra. James estavam no fim dos oitenta anos, se não no início dos noventa.

— Meu Deus. — Joguei meu carro de lado, pisando nos freios e desci correndo. Indo em direção à ambulância, vi Mason saindo de casa. Dois paramédicos estavam bem na frente, empurrando uma maca para a ambulância.

Grace estava inconsciente na maca.

— Mason? — gritei.

Sua cabeça se virou para mim e, por um segundo, tudo parou. Seu rosto era frio, mas pude ver o pavor em seus olhos. Ele era tudo o que eu via. Tudo o que sentia.

Então ele se virou e entrou na ambulância ao lado dela.

Quando os paramédicos fecharam as portas, seu olhar se ergueu para o meu, nossos olhos se conectaram antes que as portas se fechassem. A ambulância saiu com sua sirene gritando.

Eu fiquei ali, o pânico tomando conta de mim, lembrando a carona que me levou até Ben no hospital. Como eu estava indefesa e assustada. O instinto queria que eu fosse até Mason, para estar ao lado dele.

Voltando para o carro, algo chamou minha atenção, fazendo a minha cabeça virar para a porta da casa dele. Uma figura se inclinou sobre o andador, a expressão acabada pelo medo e a tristeza.

— Minha Gracie...

— Sr. James. — Corri até a casa, levando-o de volta para dentro, tirando-o do frio. — Por favor, volte para dentro. Está frio aqui fora.

— Mas... não consigo... Gracie precisa de mim — murmurou, desorientado, aparentemente sem saber o que fazer.

— Quer que eu leve o senhor lá?

— Mason... ele-ele me disse para esperar aqui. Vai ligar quando souber de algo. — Ele olhou para mim, seus olhos escuros muito parecidos com os do neto. Seu corpo estava tremendo muito. — Não posso mais me mover bem e tenho a saúde fraca, posso ficar doente.

Um hospital cheio de pessoas doentes seria muito arriscado.

— O que aconteceu? — perguntei, levando-o para a cadeira. A casa cheirava a pão fresco e canja de galinha.

— Ela estava no fogão. Ficou tonta, não conseguia falar de um lado da boca. Não sentia a mão.

Um derrame cerebral?

— Por favor, sente-se. — Eu o ajudei a se sentar. — Deixe-me fazer um chá para o senhor.

— Obrigado. — Seus dedos fracos apertaram os meus com mais força do que eu esperava. — Você é amiga do Mason?

— Hum. — Hesitei, retorcendo os lábios. — Sim.

Ele olhou para mim.

— Ah, você é a garota bonita que deixou meu menino todo confuso?

— Ah, não. Não sou eu. — Eu me virei e fui para a cozinha, a pele esquentando como se estivesse com febre. O vovô não parecia ver que eu era

COMO PARTIR UM CORAÇÃO

muito velha para Mason. Eu parecia jovem, mas vestida de uniforme e com meu cabelo em um rabo de cavalo, estava claro que eu não era uma estudante.

Nas duas horas seguintes, fiquei ao lado dele, fazendo-o comer um pouco antes de Mason ligar para a casa.

— Sim. Certo. Vou tentar. — Neal James lutou para esconder as lágrimas em seus olhos. — Não, sua namorada bonita ficou comigo. Tudo bem, meu menino. Nos vemos em breve. — Neal piscou. — Mason? — Houve uma pausa. — Eu te amo. — E desligou.

Uma lágrima escorreu no meu rosto vendo o homem lutar sabendo que o amor de sua vida estava doente e ele não podia estar com ela. Compreendia mais do que ele sabia.

— Como está a Grace?

— Ela ainda não acordou — a voz dele quebrou. — Mas ele disse que ela está estável. Foi isquemia. Mason está vindo para casa agora. — Todo o seu corpo se esforçou para conter a emoção, sem querer chorar na minha frente. Ele parecia completamente exausto e fraco sentado ali, e aquilo partiu meu coração.

— Precisa de mais alguma coisa? Quer que eu te ajude a ir para o quarto?

Ele respirou trêmulo, olhando ao redor da casa como se não conseguisse entender nada sem ela. Depois de um momento, acenou com a cabeça, estendendo a mão para que eu o ajudasse a se levantar.

Com seu andador, eu o conduzi devagar pelo corredor, levando-o para a cama.

— Obrigado, minha querida. — Seu rosto velho parecia exausto e arrasado. — Não é de se admirar que meu filho te adore tanto.

— Ah. Não é bem assim. — Coloquei o cobertor sobre ele, afofando seu travesseiro. — Ele é amigo da minha sobrinha.

— Posso ser velho, mas não sou cego. — Ele se mexeu, suspirando fundo. — Meu filho é muito especial. Ele teve que amadurecer rápido, passou por tanta coisa. — A tristeza cintilou em seus olhos. — Grace e eu não ficaremos aqui para sempre. Nosso tempo nessa vida é limitado, e eu quero que ele seja feliz, não importa o que aconteça. — Sua opinião parecia sincera, como se tivesse um significado mais profundo.

Neal fechou os olhos, e virou-se para o outro lado.

Com um suspiro pesado, apaguei a luz e saí, sentindo sua dor e o medo de possivelmente perdê-la como se fosse minha.

Engoli meu jantar e provavelmente a sobremesa também. Minha preocupação continuou a vagar até a casa dos James conforme olhava distraída para o fogo, torcendo para que Grace ficasse bem. Pelo bem de ambos os homens.

A música de Natal e minha árvore pareciam contraditórias com o meu atual humor, apesar de combinar com os poucos flocos que caíam do céu. Já passava da meia-noite, mas eu não conseguia me mexer, e o sono parecia estar longe, mesmo com os sons da manhã se aproximando.

Assustei com a forte batida na minha porta. Ergui a cabeça com tudo e a boca secou de repente. Eu sabia quem era. Colocando meu copo no chão, levantei-me, caminhando até a porta, ignorando o frio na barriga.

Abrindo-a, fiquei sem fôlego.

Mason estava ali, as mãos apoiadas no batente como se estivesse se segurando nele, a cabeça abaixada, os flocos de neve presos em seu cabelo.

Devagar, sua cabeça se ergueu, seus olhos encontraram os meus. Tristeza profunda e sofrimento gravado neles, como se sua alma fosse cem vezes mais pesada do que as de outras pessoas.

Eu não disse nada. Palavras não eram necessárias.

Ele entrou e meus braços o envolveram, puxando-o para um abraço, querendo acabar com a sua tristeza, e fazer com que ele sentisse meu calor. Um som dolorido veio dele, a cabeça enfiada na curva do meu pescoço, suas mãos me abraçando pela cintura, me segurando como se eu fosse a única coisa que o mantinha inteiro.

Sua respiração quente acariciou meu pescoço, e eu senti seu peito subindo e descendo com respirações pesadas, esfregando meus seios. Seu coração batia contra o meu, meus dedos estavam em seu cabelo e seu corpo pressionado ao meu.

Fiquei espantada com a facilidade com que pude imaginá-lo me erguendo, com minhas pernas o envolvendo conforme me carregava para o quarto, querendo que ele acabasse com todos os medos e emoções que sentia usando meu corpo.

Mortificada, eu arfei e tentei recuar, mas Mason não me soltou, segurando-me com mais força, lutando contra o medo, usando-me como âncora para evitar que ele afundasse.

— Não posso perdê-la — sua voz saiu rouca e baixa.

Não havia nada que eu pudesse dizer, nenhuma palavra reconfortante que não parecesse artificial e falsa. Grace poderia superar isso agora, mas, infelizmente, afetaria seu corpo, que já estava desgastado.

Depois de um longo minuto, eu dei um passo para trás e meu olhar procurou o dele. Normalmente, ele era uma força. Forte e dominante. Esta noite, eu via vulnerabilidade. Um rapaz que carregava o mundo nos ombros e precisava, pelo menos agora, que alguém fosse seu apoio.

Pegando a mão dele, eu o levei até o sofá. Sentada, eu o puxei para mim. Ele me acompanhou, deitando a cabeça no meu colo, passei os dedos no cabelo dele.

Acariciei sua têmpora e cabeça, sem parar, ouvindo sua respiração estremecer antes de relaxar, até que as pálpebras se fecharam.

O tempo não existia mais para mim. Nada mais importava. A música zumbia ao fundo, os flocos de neve caíam lá fora, o fogo aconchegante estalava… e, agora, eu me sentia verdadeiramente em casa e nada mais se comparava a isso.

CAPÍTULO 18

EMERY

Estridente, meu alarme me acordou berrando. Minhas pernas chutaram os lençóis, enroladas no edredom. Meu cérebro não entendia onde eu estava ou o que estava acontecendo.

Esfregando os olhos, olhei ao redor do quarto, sem me lembrar de ter ido para a cama ontem à noite. Tinha lembranças minhas no sofá, dos meus olhos fechando, da cabeça dele no meu colo.

Mason.

Pulando da cama, fui para a sala, e a encontrei vazia e silenciosa. O cobertor estava dobrado e as luzes de Natal, apagadas. Tudo no lugar, como se a noite passada nunca tivesse acontecido. Eu tinha sonhado tudo. Exceto que ainda podia sentir seu peso no meu colo, a suavidade do cabelo, o momento em que relaxou e adormeceu, a expressão livre de preocupação. O jeito que os dedos dele envolveram minha coxa, provavelmente pensando que era um travesseiro.

De um estranho, isso teria sido completamente inaceitável; os limites que precisavam ser respeitados estavam incertos e distorcidos. No entanto, ao vê-lo à minha porta, não me importei. Ele precisava de ajuda. Precisava de alguém em quem se apoiar. Que o impediria de ser levado pela tristeza e pelo medo.

Compreendia isso mais do que a maioria das pessoas.

Meus dedos deslizaram pelo cobertor que coloquei nele ontem à noite, como se ainda pudesse senti-lo, sentir seu calor, sua presença. Mason deve ter me levado para a cama, o que ultrapassou ainda mais os limites. Ele esteve no meu quarto. Colocou-me na cama. A sensação era de intimidade. De atração.

O relógio na parede tocou: sete da manhã.

— Puta merda! — Corri para o banheiro, pulei no chuveiro e me apressei para me trocar e chegar ao abrigo a tempo.

O dia foi um borrão de bichos de estimação e pessoas parando em nosso evento de adoção ao ar livre, procurando o animal que se encaixaria perfeitamente em sua casa. Por ter ficado apegada aos animais como eu tinha ficado, era difícil não querer adotar todos eles. Encontrar um lar para sempre, saber que o cachorro ou gato teria a melhor vida possível, era incomparável.

Uma família me impressionou de verdade. A menina tinha síndrome de Down, e Max, um pastor alemão no abrigo, ficou atraído por ela à primeira vista. Assim que a família chegou, o cachorro os escolheu, como se fosse seu trabalho proteger e amar aquela garotinha.

Anita e eu ficamos emocionadas enquanto preenchiam a papelada, o cachorro já lambendo o rosto da garotinha, seus pequenos dedos gordinhos puxando seu pelo quando ele ficou ao lado dela, protegendo-a. Ela era a garotinha *dele*. Os cães tinham uma intuição muito aguçada, e eu não tinha dúvida de que Max sentia que ela era mais vulnerável, e quis protegê-la sem hesitação.

— Nossa. — Anita enxugou o rosto. Mesmo que a família não pudesse levá-lo para casa hoje porque outros também haviam preenchido um formulário para ele, ela sabia que ligaríamos para essa família mais tarde com as boas notícias. — Alguns dias este trabalho pode ser duro e triste, e em outros... é a melhor sensação do mundo combinar animais com pessoas assim.

Ela estava certa. Era tão extasiante. Tão gratificante e eu sentia que não só tinha dado ao cachorro uma vida melhor, mas para toda a família.

— Bom trabalho, equipe! — Anita bateu palmas para os poucos voluntários e trabalhadores do evento. O trabalho estava acabando. — Foi um dia longo, mas bom. Quase 80% dos animais receberam pelo menos uma solicitação.

Os aplausos aumentaram, mas meu coração queria reclamar por aqueles que não foram escolhidos. Todos mereciam lares amorosos.

— Vocês foram incríveis, e não podíamos cuidar deste lugar sem nossos voluntários. — Anita juntou as mãos, fazendo uma pequena reverência para nós. — Obrigada.

O sol já tinha se posto há muito tempo quando limpamos e acomodamos todos os animais e os alimentamos. Quando voltei para o meu carro, estava exausta, mas agitada com a satisfação e a alegria que pareciam quase estranhas para mim.

Parando na minha garagem, olhei para a rua, querendo saber se Grace estava melhor, mas sabia que precisava manter distância. A noite passada foi atípica. Foi um momento de tristeza em que ele precisava de um amigo. Um apoio para ajudá-lo a passar por essa fase.

E agora acabou.

Colocando o pijama, vasculhei meus armários e geladeira, sem encontrar muito o que comer. Pensei se deveria beber de novo quando uma batida forte sacudiu minha porta.

Senti o calor nas bochechas e o frio na barriga, já sabendo, como se sua batida tivesse uma assinatura. Uma que eu podia sentir na alma.

Abri a porta e era sempre a mesma coisa. Eu sempre perdia o fôlego, não conseguia evitar. Vestido com moletom cinza escuro, capuz preto, jaqueta e gorro, ele estava segurando um saco de mercado.

— Mason. — Engoli. — O que está fazendo aqui?

Sem responder, ele entrou passando por mim, indo direto para a cozinha.

— Mason? — Fechei a porta, correndo atrás dele e parei na porta, observando-o esvaziar o saco. — Esqueci que pedi alguma entrega? — Cruzei os braços, encostada no batente.

— Sim, e espero gorjeta. — Ele pegou uma panela da prateleira e colocou no fogão.

Tentei ignorar os lugares maliciosos que minha mente foi depois de seu comentário.

Ele tinha uma confiança e uma segurança... ele se moveu com facilidade pelo lugar, pegando a tábua de corte e os temperos como se a casa fosse dele.

— Gosta de tacos feito com peixe fresco, abacate, tomate, alface e queijo? — Ele despejou óleo na panela, aqueceu e colocou dois pedaços de tilápia nela.

— Hum. — eu estava completamente espantada. — Sim.

Parecia tão incomum para um adolescente de dezenove anos estar cozinhando assim. Normalmente, eles comiam *fast food* e porcaria processada, não peixe e vegetais frescos.

— Como está sua avó? — Eu fui até o balcão, cortando tomates.

Seus lábios se estreitaram, atenção total na tábua.

— Estável. — O pomo-de-adão dele subiu e desceu. — Ela estava acordada, mas ainda não tão coerente. Vovô exigiu vir comigo desta vez. Eles nos expulsaram há uma hora de lá. — Ele colocou os tomates picados em uma tigela. — Ele foi direto para a cama.

Deu para imaginar como era emocionalmente desgastante para o Neal. E para Mason também.

— Estou muito feliz por ela estar melhor.

COMO PARTIR UM CORAÇÃO

Ele abaixou a cabeça.

— Quero agradecer por ontem à noite.

Não conseguia impedir o rubor no meu rosto; admitir aquilo em voz alta tornava tudo real. Algo que precisávamos conversar.

— O que fez pelo meu avô. — Ele olhou para mim. — Ele me disse que ficou com ele o tempo todo. Ajudou a colocá-lo na cama.

Um suspiro de alívio me escapou porque ele não estava falando do momento que compartilhamos ontem à noite.

— Ah, sim. Era o mínimo que eu podia fazer.

— Não. — A energia dele me prendeu no lugar. — Foi tudo. — O olhar de Mason me paralisou, extraindo todo o ar da cozinha e fazendo meu coração subir pela boca.

Algo profundo e tangível pairou entre nós, envolvendo, puxando, querendo me consumir inteira.

Afastando meu olhar como se eu não sentisse nada daquilo, limpei a garganta.

— Posso ajudar em algo? — Eu fiz sinal para os ingredientes no balcão.

Mason não cedeu por um segundo, como se soubesse que eu estava tentando me esquivar, mudar de assunto. Mas ele finalmente se virou, balançando a cabeça.

— Claro. — Ele abaixou a faca. — Pode cortar os abacates e a alface.

— Isso eu sei fazer. — Fui até o balcão, peguei a faca e comecei a cortá-los. Mason não se mexeu, forçando meu corpo a encostar no dele, sentindo a faísca de sua pele, o jeito que seu grande corpo ofuscava o meu, com sua proximidade avassaladora.

— O quê? Não estou cortando direito, *chef?* — Eu tentei provocar.

— Chamo isso de massacre, mas com certeza está cortando muito bem. — Sua voz profunda e grave zumbiu em meu ouvido antes de ele se afastar, voltando para o peixe no fogão.

Precisava dizer que ele tinha que ir embora. Ele não deveria estar aqui. Era o que eu precisava fazer, mas as palavras não saíram.

— O peixe está pronto. — Ele voltou, vindo por trás de mim, seu corpo roçando o meu. Pude senti-lo através da calça de moletom quando estendeu a mão por cima do meu ombro para pegar os pratos do armário, um raio eletrizando minhas veias.

Fiquei parada, tentando engolir o impulso de arquear contra ele, de sentir seu pau esfregar na minha bunda, de ouvi-lo gemer no meu ouvido.

Pensamentos inesperados surgiram: Mason tirando a calça e calcinha, seus dedos me abrindo antes de entrar em mim. A fantasia que eu sempre quis que Ben realizasse, embora ele nunca tivesse feito.

O latejar entre minhas coxas era doloroso. A tontura rodopiou toda a lógica da minha cabeça e me fez agarrar o balcão, meus mamilos esticados e doloridos.

Por um segundo, ele parou como se pudesse sentir minha reação, sentir a necessidade, ouvir os pequenos gemidos na garganta.

Mason se afastou, levando os pratos para a mesa, agindo como se não tivesse sentido a mesma coisa que eu. Este era só um jantar amigável de agradecimento.

Estendendo a mão, peguei meu vinho, bebendo-o em um gole só. Precisava ter um encontro ou ficar com um homem em um bar e tirar essa sensação do meu corpo. Estava há mais de três anos sem sexo e, claramente, meu corpo estava acordando do coma e se dizendo preparado novamente.

Claro que Mason estava aqui e era gostoso até dizer chega. Nível de fantasia pecaminosa. O sonho molhado de uma dona de casa entediada.

Terminando com os abacates e a alface, levei-os para a mesa.

— Quer beber alguma coisa? — perguntei a ele.

— Claro. O que você tem?

— Provavelmente água — brinquei, indo para a geladeira.

— Deixa que eu pego. — Suas mãos seguraram a minha cintura, tirando-me da frente com facilidade antes de abrir a geladeira e pegar suco de mirtilo.

A pele do local onde suas mãos me tocaram queimou durante o jantar. Odiava como eu amava a facilidade com que ele podia me mover, o jeito que me tocava. Como ele estava confortável aqui. Mason não falava muito, então achei que seria estranho.

Não era.

Mesmo no momento de silêncio, parecia normal, nenhum de nós precisava preenchê-lo. Observando como as luzes de Natal brilhavam no escuro, ele riu de mim quando inventei minhas próprias letras para músicas natalinas, algo que costumava enlouquecer Ben.

Eu estava no limite porque era confortável demais, muito fácil querer estender a mão e tocá-lo.

Beijá-lo.

Nós nos sentamos no sofá e assistimos a um filme depois do jantar, e ignorei estupidamente o fato de que ele não deveria estar aqui, e que isso tinha cruzado tantos limites.

Perdendo o interesse no filme, olhei para o perfil dele e percebi que ele também não estava assistindo.

— Podemos ver outra coisa.

— Não tem problema. Não sei se meu cérebro consegue se concentrar em algo agora. — Ele esfregou a testa, deitando a cabeça para trás. — Eu só vejo o meu avô. Ele está tão perdido sem ela – nós dois estamos. Não quero pensar em nada acontecendo com ela. Acho que meu avô não sobreviveria por muito tempo.

Eu me virei para ele.

— Grace e Neal criaram você?

— Basicamente — respondeu, com o olhar no teto. — Quando minha mãe foi embora, meu pai fez o melhor que pôde, mas tinha que trabalhar o tempo todo para manter as contas e outras coisas. Então, eles cuidaram de mim o tempo todo, e, quando meu pai morreu, nem precisava perguntar nada. Não era como se eu tivesse outro lugar para ir.

— Sua mãe nunca esteve presente?

— Não. — Ele ergueu a cabeça, olhando para mim. — E não, não tenho interesse em encontrá-la também. Não tenho vontade de saber nada a respeito dela. Vai saber, talvez ela também esteja morta. — Ele ergueu um ombro. — Ela se drogava, não parou nem quando estava grávida de mim. Eu fui um erro para ela. E o vício dela era a prioridade.

— Uau — murmurei.

— Ela já me causou estragos suficientes. Prefiro não saber nada dela — declarou. — Sou praticamente órfão.

— Eu também.

— Sério? — Ele se sentou, inclinando-se na minha direção.

— Minha mãe morreu de câncer há 13 anos, e meu pai foi baleado em um tiroteio de motoqueiros quando eu tinha 6 anos, eu acho.

— Merda. — As sobrancelhas de Mason se ergueram. — Jura?

— Minha mãe gostava dos caras perigosos e violentos. — Meus dedos brincaram com a borda do cobertor. — Eles nunca se casaram, mas tiveram atração sexual suficiente para gerir tanto Harper quanto eu ao longo dos anos. Assim como seus pais, meu pai também não queria filhos. Tinha dias que ele fingia, mas gostava muito da vida de motoqueiro e desaparecia por meses de tempos em tempos.

— Droga, me desculpe — disse Mason, seu olhar passando por mim como se estivesse me vendo por inteiro.

— Tudo bem. — Eu me ajustei no braço do sofá, sua coxa roçando meu joelho. Nenhum de nós se mexeu, como se precisássemos do contato. — Deve ser por isso que sempre escolhi a segurança. Proteção. Sem me aventurar muito com o desconhecido. Conforme crescia, o dinheiro era pouco, e nada parecia estável. Escolhi o oposto. Tudo em Ben era seguro, e acho que é por isso que a morte dele era ainda pior. — Engoli. — Ele deveria ser a minha estabilidade. *Minha segurança.* E, quando morreu, destruiu o mundo que construí, achando que eu estava segura e protegida da dor.

— Porra, entendo. — Ele se inclinou sobre as pernas; sua cabeça se virou para mim. — Você não sabe o quanto.

Percebi o quanto tínhamos em comum. Tanta perda, sofrimento e agonia. Reconhecemos isso um no outro, sentimos mais profundamente. As conexões entre nós pareciam se multiplicar, nos ligando, e tornando tudo mais difícil de se soltar.

Nossos olhares se encontraram, a intimidade de dividir nossa dor, a química inegável que sempre soltou faíscas parecendo fios de tensão se fecharam ao nosso redor, ardendo e eletrizando minha pele. O ar ficou denso, o desejo pulsava parecendo um tambor na sala, aumentando a cada segundo que nossos olhos permaneciam conectados. O contato entre nós não era mais reconfortante. Era uma carga elétrica subindo entre as minhas coxas.

Tentei controlar a respiração, mas podia ouvir meus pulmões tremendo. O desejo por ele me fez sacudir. Dominador, prestes a me consumir.

— Era melhor você ir embora — falei baixinho, mas a vontade por trás do meu tom era forte.

Sua mandíbula se apertou, o olhar finalmente se afastou do meu, e sua cabeça se abaixou ao entender.

— Sim.

Ambos sabíamos que estávamos no limite do perigo. Estávamos perto demais do precipício.

Ele soltou um suspiro e se levantou, pegando sua jaqueta. Seus olhos encontraram os meus quando chegou à porta.

— Boa noite, Emery. — Aquilo pareceu muito mais profundo do que o verdadeiro significado das palavras. Senti sua voz me lamber, fazendo-me estremecer quando ele fechou a porta depois que saiu.

Mais tarde naquela noite, pela primeira vez, me permiti pensar nele enquanto me masturbava. O homem fantasia agora tinha um rosto.

COMO PARTIR UM CORAÇÃO

Não sabia se voltaria a ver Mason, mas ele apareceu nas noites seguintes, depois de visitar sua avó no hospital. Ele acomodava o avô e vinha com o jantar. Cozinhamos juntos, conversamos, rimos e assistimos filmes. Eu me sentia tão bem com ele, era tão bom, que perdi todo o raciocínio para parar com tudo isso.

Eu não queria.

— A vovó está brava por não estar em casa no meu aniversário. — Ele serviu uma porção generosa de espaguete à bolonhesa no meu prato, acrescentando uma fatia de pão de alho, que cheirava tão bem que eu queria cair de boca na comida. — Mas, pelo menos, ela vem para casa no Natal.

— Seu aniversário? — Pisquei para ele, esquecendo que era em dezembro, pelo que ele tinha me contado. — Que dia é?

Sua boca se contraiu, como se desejasse não ter dito nada.

— Mason? — Tinha um aviso na minha voz. — Que dia?

— Não esquenta. Quero dizer, este parece ser ainda mais inútil do que o último — reclamou. — Ainda não posso ir a bares e ainda sou um babaca mais velho no ensino médio.

— Todo aniversário é importante. E isto significa que você não é mais adolescente, né? — Por que aquilo parecia melhorar as coisas na minha cabeça, como se eu estivesse tentando achar uma razão para não ser uma loba pervertida? A diferença entre nós ainda era a mesma. — Além disso, os bares são superestimados.

— Ainda assim é bom poder ir a um. — Seu olhar se desviou para mim. Intenso. Forte.

— Quando é o seu aniversário? — Aquilo soou mais como uma ordem do que como uma pergunta.

Seus ombros subiram; ele encarou a panela de macarrão.

— Hoje.

— O quê?! — exclamei, boquiaberta. — Hoje?

Ele deu de ombros.

— Por que não me contou? — Bati sem força no braço dele. — Pelo menos, quem teria feito o jantar seria eu.

— Ah, não, está tudo bem. Queria estar aqui para fazer 21 anos.

— Cale a boca. — Voltei a dar um tapa nele. — Droga. Eu me sinto idiota.

— Você não sabia.

— Bem, feliz aniversário.

— Obrigado — agradeceu, não dando muita importância. — E eu disse que não é nada demais.

— Você deveria sair com seus amigos, comemorar.

— Acho que preciso de alguns.

— Você tem um monte de amigos. Addison me disse quantas pessoas adoram o chão que você pisa na escola.

— Isso os torna seguidores… não amigos. — Ele colocou espaguete no prato. — Parece que não combino com ninguém na escola.

— E os amigos de onde morava antes?

Ele foi até a geladeira, abrindo-a e pegando uma jarra de suco.

— Desapareceram quando desisti do futebol. Não tínhamos mais nada em comum, e então eu me mudei para cá e não mantivemos contato.

Entendia mais do que ele imaginava. Demorou um tempo para eu reconhecer que todos aqueles amigos que eu achava que tinha eram amigos de Ben, na realidade. Eu não fazia mais parte de um casal que era convidado para jantar, nem era alguém que chamavam para um churrasco. Aos poucos, todas aquelas pessoas que estavam em casa naquela noite se afastaram, deixando de fazer parte da minha vida.

— É seu aniversário. Você deveria estar…

— Emery. — Meu nome em seus lábios parou a frase no meio do caminho, seu timbre era severo. — Estou exatamente onde quero estar. — Ele pegou seu prato de comida e passou por mim a caminho da sala de estar.

Fiquei lá, de boca aberta, sentindo cada sílaba, cada nuance de sua resposta. De alguma forma, o jogo estava virando. E contra mim. Quem estava no controle era ele, o único que poderia dizer algo assim e virar as costas, enquanto eu era a estudante caidinha.

Recuperando a respiração, aprumei a postura e fui para a sala e o vi se acomodar em seu lugar de sempre, como se fizesse isso todas as noites, não só há alguns dias. Nas últimas duas noites, jantamos aqui enquanto assistíamos filmes natalinos.

Ficamos anormalmente quietos, havia um peso no espaço entre nós conforme devorávamos seu macarrão incrível, mesmo que meu estômago

COMO PARTIR UM CORAÇÃO

não estivesse me deixando apreciá-lo o tanto que eu queria. Distraída, minha atenção continuou se voltando para ele, observando-o sorrateiramente.

Mason James era provavelmente um dos homens mais belos que eu já tinha visto. Dava para perceber por que toda garota que cruzava seu caminho ficava completamente apaixonada por ele. Ele era o tipo de bonitão que você via nos filmes, mas nunca na vida real. Embora, para mim, a aparência só te leva até certo ponto, se não tiver conteúdo. Mason era complexo. Com diferentes particularidades. Ele já tinha passado por muita coisa. Ele acabou de me deixar ver só mais um pedaço do seu passado, e eu sabia que era muito mais do que qualquer outra pessoa tinha conseguido saber dele. Mason estava rastejando sob minha pele, se incorporando à minha vida e se tornando algo que não deveria. Não importava o que acontecesse, ele ainda estava no ensino médio e era a paixão de Addison.

No entanto, eu não consegui me impedir de levantar e ir para a cozinha.

— Você vai perder a melhor parte — gritou para mim.

— Eu já volto. — Vasculhei minhas gavetas. Encontrei o que eu estava procurando e peguei um cookie de chocolate do armário.

Voltando para a sala escura, brilhando com o pisca-pisca, caminhei até ele, sentada no chão onde ele estava descansando com travesseiros e cobertores.

Ele me observou com curiosidade quando coloquei uma vela no cookie e acendi.

— É tudo o que tenho. — Eu a segurei na palma da mão. — E não vou piorar seu aniversário cantando parabéns para você, mas... — Engoli. — Feliz aniversário.

Ele deu um pulo, sentando-se, parecendo espantado por eu ter feito isso por ele.

— Faça um pedido. — Minha voz ficou mais rouca e pesada do que eu queria.

Sua atenção foi para a vela, e então, devagar, se aproximou de mim, a chama refletia em seus olhos. Intensos. Famintos.

Parei de respirar com a intensidade de seu olhar, como se eu pudesse ver exatamente o que ele desejava.

A mim.

Todas as noites depois que saía, eu me masturbava pensando nele, e sentia que ele podia ver sua marca em mim. Que ele sabia.

Ele se inclinou para mais perto, soprando a vela, seus olhos não se afastaram dos meus.

— Eu sei que não é um bolo ou algo grande, mas...

— Emery. — Um gemido vibrou dele, seu tom deixando claro o que ele queria, forçando o ar parar na minha garganta. Ele ficou de joelhos. Tirando o cookie das minhas mãos, ele o colocou no chão, afastando-o de mim. Sua boca estava a poucos centímetros da minha.

— Mason... — Era uma súplica. Para parar. Para não parar. Não sabia explicar.

Ele se aproximou mais, minhas pernas se abriam conforme ele se colocava entre elas. Minhas costas arquearam, os seios roçando seu peito.

— Mas...

Agarrando-me pela nuca, ele parou minhas palavras na garganta, sua boca grudou na minha, os dedos se afundaram no meu cabelo enquanto minhas costas caiam no chão. Ele se deitou em cima de mim, fazendo-me sentir cada centímetro de sua ereção maciça.

Puta. Que. Pariu.

Meu corpo inteiro pegou fogo. Cada nervo virou brasa enquanto sua boca reivindicava a minha com brutalidade, sua língua passava por meus lábios, envolvendo e chupando com tanta força que minha boceta pulsava. Um gemido profundo e gutural me escapou, seus dedos puxaram meu cabelo ao mesmo tempo que ele empurrava com mais força contra mim.

— Minha nossa — gemi, a pele quente, as roupas irritando minha pele.

Sua mão agarrou meu queixo sem um pingo de delicadeza, soltando um grunhido antes que seus lábios devorassem os meus de novo.

Ele já me tinha tensa com a necessidade de tê-lo dentro de mim. Estando faminta por tanto tempo, o desejo me cortou parecendo lâmina. Desesperado e cruel.

Empurrei seu moletom, descendo pela bunda dele. Ele estava sem boxer, e seu pau pulou livre, latejando e brilhando com pré-sêmen. Minha mão o envolveu. *Puta. Merda.* Um adolescente de 20 anos não deveria ser tão grande e grosso.

Ele gemeu quando eu o agarrei com mais força, meu polegar girando sobre sua ponta.

— *Em...*

Sua boca, me beijando ou dizendo meu nome, estava perto de gozar. Meu peito arfou quando seus dedos subiram por baixo da minha regata, puxando-a sobre a minha cabeça, me deixando de sutiã.

— Porra, Emery. — Seus quadris bombearam na minha mão, seus

COMO PARTIR UM CORAÇÃO

olhos revirando à medida em que seu dedo deslizava sob o sutiã, segurando meus seios, beliscando o mamilo. — Preciso estar dentro de você. Agora. — Sua boca voltou para a minha, me beijando com tanta intensidade que senti no meu âmago.

— Mason — implorei. Suas mãos desamarraram meu cordão, escorregando sob a calcinha, passando a mão em mim.

Minha boca se abriu em um gemido profundo, prestes a gozar só com seu toque.

TRRRIM-TRRRIM!

Meu telefone berrou de onde estava, perto de nós no cobertor, nossas cabeças batendo nele.

Tudo se transformou em um segundo.

O nome de Addison brilhou em letras garrafais na tela, como se pudesse sentir o que estava acontecendo, me dando uma última chance de parar. Para antes de ultrapassarmos todas as regras e normas.

A realidade apareceu e me deu um tapa, dissolvendo a bolha em que eu estava onde isso não era um problema, e me jogou nos poços gelados da verdade.

— Meu. Deus. — Eu me afastei dele, cobrindo minha boca com a mão. — Emery?

— Não — disse, balançando a cabeça e me levantando. Peguei meu cardigã, envolvendo-o no corpo como um escudo. — Não diga nada.

— Não estamos fazendo nada de errado.

— Também não estamos fazendo nada certo — retruquei.

O telefone parou de tocar.

Ele se levantou, subiu o moletom e se ajeitou na calça. A mandíbula tensa, sua testa enrugada de raiva e frustração.

— Você precisa ir.

— O quê? — esbravejou.

— Nada mudou. Isso foi errado.

— Errado? — Ele se aproximou de mim, roubando todo o meu ar e a lógica de novo. — Não me pareceu errado. E eu sei que também não pareceu errado para você. — O corpo dele pressionado no meu. — Diga que sua boceta não está molhada por minha causa?

Ofeguei, senti meu rosto queimar com a verdade de suas palavras.

— Não. — Permaneci firme. — Sinto muito, mas isso não pode se repetir.

— Você age como se fosse um descuido. Que está para acontecer desde o dia em que nos conhecemos — disse entre dentes. — Não faça eu me sentir como se fosse só eu que estivesse sentindo isso. Como se eu fosse um garoto bobo com uma paixonite.

Senti os olhos cheios de lágrimas porque não era só ele que se sentia assim. Eu precisava ser a adulta aqui. Fazer a coisa certa.

Meu telefone voltou a tocar, o nome de Addison aparecendo, descendo a guilhotina sobre nós, solidificando qualquer escolha que eu tivesse.

Sua cabeça se curvou, sabendo o que Addison tinha acabado de fazer.

— É melhor atender. — Ele pegou a jaqueta e sapatos e saiu furioso de casa.

Com vontade de chorar, afundei as unhas nas palmas das mãos, respirando fundo ao pegar o telefone, meu rosto e voz mostrando o sorriso ensaiado.

— Oi, Addy!

CAPÍTULO 19

EMERY

O trabalho no dia seguinte parecia que não ia mais acabar. Não conseguia me livrar do meu péssimo humor, ou parar de pensar nele, nem de senti-lo ainda na pele como se tivesse me marcado.

E se Addison não tivesse ligado?

Eu sabia a resposta. Hoje eu estaria sentada aqui sabendo qual seria a sensação de senti-lo dentro de mim.

— Emery? — Uma mão acenou na minha frente.

— Oh, desculpe. — Balancei a cabeça, olhando para o Dr. Ramirez parado em frente à minha mesa. — Estava com a cabeça no mundo da lua. Precisa de alguma coisa?

— Não — Um sorriso nervoso estremeceu sua boca quando ele se sentou. — Talvez?

Uma pitada de medo deslizou dentro de mim.

— Vai à festa de Natal no sábado?

— Sim. — Por que pareci tão hesitante?

— Eu estava pensando se… poderíamos ir juntos.

Que. Merda.

— Hum. — O pânico dançou no peito, meus olhos procuravam uma saída. Ele era tudo o que eu deveria querer. Idade adequada, bonito, agradável, estável, e me trataria bem. Daniel era um bom partido. Era ele que eu precisava escolher. Ser alguém com quem eu poderia ter um futuro. Sabia que ele gostava de mim.

O nó na garganta não desaparecia, mas me obriguei a acenar com a cabeça e sorrir.

— Claro. — Tinha que esquecer Mason. Sair com homens da minha idade. Talvez se eu desse uma chance ao Daniel, ele seria esse homem.

Com Ben e eu também não tinha sido amor à primeira vista.

— Ótimo. — Um sorriso enorme tomou conta do rosto de Daniel. — Vou buscá-la em torno de sete da noite amanhã? — Ele se levantou da cadeira.

— Combinado. — Minha voz parecia forçada, me fazendo sentir pior porque ele estava tão animado.

Ele acenou antes de voltar, revelando que ele veio aqui de propósito para me convidar.

Merda.

Uma sensação de agitação subiu e desceu pelo meu corpo, fazendo com que eu me levantasse e me movesse. Eu não deveria sentir tanto medo de sair com alguém, não é?

Olhei para o relógio, querendo muito ir embora, mas sabendo que eu ainda tinha três horas pela frente. Este lugar parecia uma cela em que eu estava presa.

Esperava alívio quando estacionei na minha garagem. O longo dia tinha finalmente acabado, mas não para mim. Era apenas outra cela, sem encontrar o que procurava onde quer que fosse.

Inquieta e perambulando.

Meu corpo ainda estava com raiva de mim e a cabeça estava confusa e caótica.

Peguei a bolsa e saí do carro. Antes de fechar a garagem, fui devagar até a porta dos fundos. Não queria entrar; eu sentia a presença dele na casa toda.

Meu olhar deslizou para a lavadora e secadora novinhas em folha, com ar toda alegre e inquebrável.

Ele estava em todos os lugares aqui também.

Ouvi som de passos na calçada da garagem que me fizeram parar na hora. Não precisava olhar para ver quem estava aqui. Eu sabia. O ar mudou ao meu redor, minha coluna formigou. Consciente, endireitei a postura. Senti-o me cercar, sua presença assumindo o controle, exigindo que eu o notasse.

Eu não me mexi, não me virei. Com medo que se fizesse isso, falharia... falharia em ser forte.

Em negá-lo.

— Mason... — Meu aviso saiu fraco e estremecido, implorando que ele se afastasse e fizesse o que eu não tinha força para fazer. Ele sentiu minha fraqueza, minha fragilidade. Desgastada por minha própria luta interna, eu estava vulnerável contra sua força. Ouvi os passos dele pisarem no cimento, vindo na minha direção, sem ter pena de mim. — Por favor… — implorei, suplicando qualquer minúscula misericórdia que ele pudesse ter.

Ele não tinha nenhuma.

Seu corpo se moveu atrás de mim. Semelhante a uma cerca elétrica que eu havia tocado quando criança, o zumbido de sua pele, o calor dele, estalou contra mim, impulsionando meus pulmões a arfar por ar.

Suas mãos subiram pelos meus braços através do meu casaco, ao redor do meu pescoço até o zíper. Seus dedos se curvaram, lentamente abrindo o zíper, tirando-o dos meus ombros e jogando-o no chão.

— Não — eu disse com tanta fraqueza que não significou nada.

— Quer que eu pare? — Ele afastou meu cabelo de lado, a boca roçando a curva do pescoço, uma mão deslizando sob o top do uniforme, segurando meu peito sobre o sutiã, o polegar pressionava meu coração como se quisesse senti-lo bater sob seu abraço, notar a superficialidade da minha respiração. — Diga-me o que você quer. — O polegar dele deslizou para baixo, girando o mamilo. Meus dentes morderam o lábio, tentando controlar minha reação, a umidade já escorria de mim. Seu toque parecia inacreditável, como se eu tivesse esperado por isso há muito tempo.

— Diga-me, Emery. — Suas mãos desceram. Eram ásperas e calejadas, e provocavam eletricidade por onde passavam conforme desciam, deslizando por dentro da calça. Seus dedos deslizaram por cima da calcinha, esfregando minha boceta.

Um barulho me escapou, soando feroz.

— Mason. — Minhas costas arquearam nele.

— Diga-me o que você quer? — Ele acariciou com mais força.

— Você.

Mason ainda estava atrás de mim, as costelas apertando as minhas costas. Um grunhido saiu dele e, em um piscar de olhos, ele me virou. Seus olhos estavam tão escuros que eu nem conseguia ver suas pupilas. A mandíbula tensa parecia que tinha vindo atrás de sua presa. Uma mão envolveu meu pescoço, seu corpo me jogou na lavadora e me esmagou, sacudindo meus nervos de desejo.

Sua boca caiu sobre a minha com ferocidade. Seu beijo era uma reivindicação de posse. Qualquer argumento que eu tinha foi pelos ares, me fazendo perder o controle. Acabou com a lógica. Despedaçou a dúvida. Não existia certo ou errado. Ele era o alívio que eu precisava. Eu estava sofrendo por isso.

Com a respiração pesada, ele tirou meu top, soltando o sutiã e jogando as peças no chão. O ar frio da garagem aberta endureceu meus mamilos sensíveis, me curvando nele. Seus dentes se arrastaram pelo meu pescoço antes que ele pegasse meu peito com a boca, chupando e sacudindo o mamilo com a língua.

Soltei um grito, uma resposta instantânea à fome que me avassalava, sentindo cada centímetro dele. Duro e quente, desejo ardente que eu nunca havia sentido antes.

Empurrando com mais firmeza, um leve gemido abriu meus lábios. Seu polegar pressionou um pouco mais forte no meu pescoço, fazendo-me sentir tudo com maior intensidade.

— Diga que não sente isso e que não pensa em mim. Diga que não me tirou da cabeça. Que não me imaginou afundando dentro de você, de qual seria a sensação disso?

Um gemido do fundo da garganta foi a única coisa que saiu de mim, seus dedos me apertavam a ponto de enviar eletricidade direto para o meu âmago. Meu peito ardia enquanto o desejo que tomava conta de mim encharcava minha calcinha. Meus quadris se abriam, querendo que nada mais além dele fizesse exatamente isso. Meu cérebro não se importava mais com consequências ou com o que era certo e errado.

— Diga-me que não fantasiou com a minha língua fodendo sua boceta?

Arfando, o calor se espalhou por mim. Ben nunca foi "boca suja" na cama, mas isso combinava com Mason. E me deixou toda excitada.

— Sim — quase rosnei. — A porcaria do tempo todo. Todas as noites depois que você ia embora.

Com um grunhido, ele tirou minha calça e calcinha, me sentando na lavadora. O metal frio queimou a minha pele quente. Só o toque dele me deixava em chamas. Precisava tanto dele que já nem pensava nas preliminares.

Estava escuro na garagem, mas qualquer um que passasse com seu cachorro podia nos ver e ouvir. No entanto, não me importei a ponto de fechá-la. O perigo só aumentou a paixão.

— Mason. — Pude ouvir a súplica na minha voz.

Ele me abriu, nua, enquanto ainda estava totalmente vestido, ajoelhando-se, a língua se arrastando pela minha barriga, beliscando a parte interna da coxa.

Um gemido alto me fez inclinar a cabeça para trás, as unhas passando pelo cabelo dele.

COMO PARTIR UM CORAÇÃO

— Porra, Emery — rosnou, suas palavras vibrando nas minhas dobras, cravando as unhas fundo nele.

Sua língua me atravessou, e perdi todos os pensamentos, um estrondo profundo vindo dele.

— Queria essa boceta há tanto tempo. — Ele colocou minhas pernas por cima do ombro, me inclinando para trás, afundando a boca ainda mais mim. — Porra, seu gosto é incrível. — A língua dele lambeu mais e mais. Um grito saiu rasgado, meus quadris balançavam contra sua boca. Perdi o juízo. Eu só senti, como se estivesse alucinada com alguma droga, tudo que eu podia fazer era me soltar. Ele deslizou dois dedos dentro de mim, bombeando-os devagar enquanto a língua me comia.

Já estava bom antes, mas Mason levou as coisas para outro nível. Até que eu quase não conseguia aguentar. Um barulho selvagem e gutural saiu de mim. Ele agarrou meus quadris, me puxando com força para ele conforme chupava e lambia com intensidade brutal, aumentando meu prazer cada vez mais.

— Puta merda. *Santo Deus!*

— Goze na minha língua — murmurou, me devorando, as mãos segurando minha bunda. — Eu quero sentir seu gozo. — Ele enfiou um dedo na minha bunda.

— Merda! — Minha visão ficou turva e meus músculos tremeram, o prazer rasgando todas as células do meu corpo. Sentindo meu clímax, ele beliscou meu clitóris, sugando-o com força.

Quase arranquei a máquina do lugar, meu corpo convulsionando, estremecendo pelo orgasmo enquanto eu gritava, meu corpo e minha cabeça explodiam em pedaços.

Demorei muito tempo para voltar ao normal, ofegante, sentindo que meu mundo estava totalmente de cabeça para baixo.

Nunca na minha vida eu tinha gozado daquele jeito. *Nunca.*

Mason voltou a me lamber, seus dentes mordendo a coxa antes de se levantar.

— Melhor do que eu imaginava. — Ele se inclinou em cima de mim. — Nunca vou me cansar do seu gosto.

Sentando direito, peguei sua camiseta, mas suas mãos me pararam.

— Não. Sua vez. De joelhos, *Emery*. — Sua ordem subiu queimando as minhas costas, meu nome soava proibido em seus lábios.

Saltando da secadora, eu dei a volta por ele e o empurrei contra a máquina, seus olhos estavam selvagens e ferozes enquanto passavam por todas as curvas do meu corpo nu que ele podia ver nas sombras. Abaixando-me, meus dedos envolveram o cós de seu moletom cinza, que não servia de nada para esconder sua ereção maciça. Eu o puxei para baixo, seu tamanho enorme saltou da calça.

— Uau — arfei, ficando molhada de novo, minha boca desejando seu gosto. O cara era *mais* do que bem-dotado.

Ele sorriu para mim, as mãos emaranhadas no meu cabelo, segurando pela parte de trás da minha cabeça. Minha língua deslizou sobre ele, lambendo seu pré-sêmen, e chupando a ponta do pau dele.

— *Em...* — Ofegou bruscamente conforme eu o engolia. Seus quadris rebolaram para frente com um gemido, as mãos cravando no meu couro cabeludo. Envolvendo uma mão em torno de sua base, eu o rocei com os lábios – e dei uma mordiscada bem de leve com os dentes.

Gemidos intensos saíam dele, seu peito se movia com força à medida que eu o engolia mais fundo.

— Pooorraaaa. — Seus quadris bombearam contra mim. O poder que eu tinha sobre ele me excitou, me fazendo querer agradá-lo mais. Para ouvi-lo perder o controle.

Minha mão livre se curvou em sua bunda, me puxando mais para ele, indo mais fundo.

— Porra. Sua boca é maravilhosa — gemeu. A firmeza com que ele segurava minha cabeça era um pouco dolorida, mas eu adorei. Ele empurrou com mais força, obrigando-me a engolir mais, até que meus olhos lacrimejaram, e quase engasguei. — Fantasiei em foder sua boca tantas vezes — rosnou. — Olhe para mim. — Sua exigência fez minhas coxas se apertarem. Fiz o que ele disse, vendo o desejo intenso em seus olhos, o rubor em suas bochechas, o sorriso faminto e arrogante.

Ele estendeu a mão, meus mamilos endurecendo enquanto torcia um deles entre os dedos. Minha boceta apertou, meu corpo faiscava de desejo. Minhas unhas deslizaram sobre as bolas dele antes de apertá-las.

— Porra! Pooorraaa! — Jogou a cabeça para trás, os quadris bombeando violentamente com desespero. — Merda! — gritou. — Vou gozar. — Eu o empurrei mais fundo. Seus gemidos do fundo da garganta enviaram desejo direto ao meu âmago, pulsando com outro orgasmo. Gemi em sua boca.

— Pooooorrrraaaaaa! — Um rugido veio dele, seu pau pulsando quando gozou, seu gosto explodindo na minha língua enquanto engolia

COMO PARTIR UM CORAÇÃO

seu esperma, minha boceta se apertando, me fazendo gozar mais uma vez.

Mason se soltou em cima da secadora. Nossas respirações preencheram a garagem, meu corpo ainda tremendo e vibrando com o orgasmo feliz e com a energia.

— Jesus. — Mason apertou o peito, como se não conseguisse acalmar o coração. — Acho que desmaiei. — Seus olhos se viraram para mim, um sorriso atrevido se insinuava em seus lábios. Ele estendeu a mão e limpou com o polegar os restos de seu sêmen do meu lábio antes de empurrá-lo para a boca. Minha língua envolveu seu polegar, sugando-o. Seu pau se contraiu, já começando a ficar duro de novo.

Ele soltou uma risada baixa, a cabeça balançando de descrença. Subindo o moletom com uma mão, ele me levantou com a outra, pressionando meu corpo nu no dele.

— Isso foi… porra, inacreditável. — Ele sorriu, a boca cobrindo a minha, as mãos segurando as laterais do meu rosto e me beijando com tanta intensidade que o desejo pulsou em mim com uma fome sem fim.

Mas, por trás da adrenalina, a realidade começou a se infiltrar. O vento frio soprou como se fosse a verdade, cutucando a minha pele e consciência.

Os vizinhos, sem dúvida, ouviram. Alguém neste quarteirão deve ter nos ouvido. E se alguém visse? E se fosse uma criança da escola ou um pai? Uma amiga da Addison?

Meu Deus, o que diabos eu acabei de fazer?

— Não. — Ele apertou meu rosto. — Não comece a pensar demais. Posso ver você fazendo isso.

— Mas…

— Sem "mas". Não analise demais. Nós dois queríamos isso. — A mão dele desceu entre meus seios, passando para a barriga. Seus dedos deslizaram pelas dobras, minha boca se abriu e meus dedos apertaram seus bíceps.

Ele se inclinou, me beijando de novo antes de se afastar da secadora, me sugando dos seus dedos.

— Tão bom — murmurou, passando por mim. — Boa noite, Emery.

O espanto me fez virar a cabeça em sua direção, observando-o sair casualmente, indo em direção à casa dele sem olhar para trás.

Atordoada e perplexa, juntei minhas roupas, correndo para dentro de casa e indo direto para o quarto. Todo o meu corpo estava agitado e latejando com o orgasmo que ele me deu. Com as sensações que causou em mim.

120 **STACEY MARIE BROWN**

A adrenalina que me fez sentir. Não conseguia me controlar; não me importava quem ouvisse ou visse, e não queria que ele parasse nunca. Eu queria mais.

Ele me fez sentir coisas que nunca senti antes. Enfrentar verdades em que nunca pensei, como se jamais tivesse tido um orgasmo quando chupava o Ben. Nunca me descontrolei tanto ao ponto de não ligar para as consequências.

Mason foi a primeira pessoa com quem estive sexualmente desde Ben. A realidade disso me sufocou com o pânico.

O luto acontecia em etapas. Passava de uma fase a outra e fazia você voltar à estaca zero em um segundo. Aparecia do nada, atravessando as paredes sem aviso quando eu achava que estava ficando firme.

E me atingiu no peito, me fazendo curvar pela falta de ar. A emoção me bateu, como uma onda forte.

Olhando para a aliança de casamento ainda na minha mão, um soluço subiu pela minha garganta. Culpa. Luto.

Eu me enrolei em cima do edredom e desabei, chorando até não conseguir respirar.

Sentia o gosto de Mason na boca, seu beijo em meus lábios, meu corpo impresso com seu toque. E isso me fez sentir que não traí só o meu marido, mas traí sua memória, o amor que havia entre nós.

Parecia que eu o estava perdendo de novo. Mas o que me assustou foi que não doeu tanto quanto deveria.

E foi isso que me destruiu.

COMO PARTIR UM CORAÇÃO

CAPÍTULO 20

MASON

O anseio era um desejo poderoso por algo.

Quando eu era jovem, eu amava M&M's ao ponto de comer uma dúzia de pacotes por dia. Amava a sensação das suaves bolinhas achatadas na língua, o jeito que quebravam quando eu mordia, o chocolate derretendo na boca. Precisei cortá-los da minha dieta, e ainda me lembrava de como foi difícil desistir delas, não viver mais essa experiência.

Merda. M&M's não eram nada comparadas à Emery.

Eu estava me distraindo antes, mas, desde que me afastei dela na noite passada, minha cabeça não havia se desligado. Meu corpo se contraia como se eu tivesse tomado dez xícaras de café, e meu pau estava perpetuamente duro e nenhum motor de carro no mundo parecia tirar isso da minha cabeça.

Passei boa parte da noite passada virando e revirando na cama, disposto a levantar e descer a rua para pulando na cama com ela. Afundando nela como eu queria de verdade. Mas ir embora era a única escolha que eu tinha.

Consegui perceber que Emery estava arrumando todas as desculpas para justificar por que aquilo não deveria ter acontecido e por que não poderia acontecer de novo.

Ir embora foi a minha resposta. Em parte, porque achei que era a melhor maneira de diminuir seu surto. Deixá-la um pouco curiosa, um pouco atordoada e querendo mais. E, por outro lado, eu estava me protegendo, porque não queria ouvir as desculpas dela. Nada do que fizemos parecia errado. E era esse o problema dela. Ela precisava que fosse errado, para colocar uma barreira entre nós, ser quem acabaria com isso e se afastar como se ela tivesse tomado a decisão certa.

Então eu fui embora primeiro. E eu planejava dar espaço a ela. Deixar que ela me procurasse.

Foi uma jogada inteligente, mas meu pau estava me dizendo o contrário. Não era uma coisa da qual eu me orgulhava, mas já estive com muitas meninas. Elas vinham fácil para mim desde que eu tinha quinze anos, e foi exatamente isso que Emery me provou – elas eram *meninas*. Jovens, inseguras e ansiosas para agradar, mas não pelas razões certas.

Emery era o oposto em tudo.

Então, em vez de bater na porta dela no meio da noite, tive que me masturbar várias vezes para me acalmar. Só de beijá-la eu senti que estava prestes a gozar na calça – isso sem contar o que ela fez com a boca.

— Porra... — murmurei, me controlando.

Meu celular tocou na bancada. Dei uma olhada e vi uma mensagem de Mateo.

> O pessoal vai ver o novo filme de ação. Interessado?

Não. Mas se eu não fizesse alguma coisa, iria ceder e acabar na casa da Emery. Precisava de toda a minha energia para ficar longe, e a cada hora que passava, com o sol se pondo atrás das árvores, aquilo estava se transformando em um monstro que eu não conseguiria controlar. Acabaria indo lá, e ela provavelmente bateria a porta na minha cara. Eu queria dar um pouco de tempo para ela sentir minha falta. Para me desejar como eu a desejava.

Queria que ela viesse até mim. O dia todo eu fantasiei que ela aparecia na minha garagem e espalhava seu corpo nu no capô do meu carro.

Ajustei o pênis outra vez, rangendo os dentes. Olhei para a garagem vazia atrás do meu GTO, a música da banda *Creedence Clearwater Revival* tocando no rádio era a única coisa que me recepcionava.

> Sim.

Mandei uma mensagem para Mateo. Precisava de distração mais do que ele sabia.

Meu celular tocou.

> Legal. Encontre a gente às 7h15 em frente ao cinema.

Joguei o pano sujo na bancada e entrei em casa.

— Vovô? — falei alto. — Vou sair hoje à noite. Você vai ficar bem? — Entrei na sala, onde ele estava sentado na cadeira com Claudia no colo, assistindo futebol.

COMO PARTIR UM CORAÇÃO

— Claro. Acha que eu não sei me cuidar sozinho?
Acho.
— Claro que sabe. — Fui até ele, coçando a cabeça de Claudia antes de ir para a cozinha tomar um gole de água.
— Já comi, mijei e caguei. O que mais preciso? — Meu avô estava ficando irritado; sua mente e corpo estavam em desacordo. Ele ainda se considerava um piloto da Força Aérea, jovem e cheio de vigor, mas não conseguia fazer mais nada. Ele se sentava na garagem comigo, sabendo que não podia sequer ficar debaixo de um carro e dar uma olhada. Seu corpo não podia mais fazer o que costumava fazer antes, mesmo que sua cabeça dissesse o contrário.

Eu entendia essa frustração. Pela minha aparência e pelo fato de eu malhar, as pessoas não viam isso em mim. Não viam que eu também era limitado.

— Por falar em se cuidar, tomou seus remédios hoje? Sabe o que a vovó vai falar até se não tomar direito.
— Sim — bufou. — E *você*?
Touché.
— Vá! — Ele me acenou. — Saia e viva sua juventude.
— Tem certeza? Posso ficar com você.

O vovô olhou para a TV por um tempo antes de voltar a falar.
— *Mas*, eu já vivi uma vida plena. Encontrei a mulher dos meus sonhos. Não perca seu tempo sentado aqui assistindo TV. Você precisa sair com seus amigos, ser adolescente.

Não me sentia em nada parecido com um adolescente. Na verdade, eu já não era um. Em vez de jogar videogame ou beber em festas, eu queria preparar o jantar para Emery, assistir filmes e transar com ela no balcão antes da sobremesa.

O sentimentalismo do meu avô deveria ser inspirador e tudo mais, mas agora que eu estava aqui, esperando por alguns caras que eu realmente não gostava – exceto Mateo – para assistir um filme que eu não ligava, eu queria estar em outro lugar. Tipo uma casa pequena na mesma rua que a minha, entre as pernas de Emery enquanto entrava nela.

Ela estava em casa? Jantando alguma besteira esquentada no micro-ondas e assistindo TV? Pensou na noite passada o dia todo igual a mim?

O jeito que seu corpo reagiu ao meu, a altura que ela gritou, a forma como precisei segurá-la para que não caísse da máquina quando gozou, tudo inundou meus pensamentos. Eu senti quando ela gozou de novo enquanto estava me engolindo. A rapidez com que reagiu a mim quando eu a beijei depois. Queria tanto dobrá-la sobre a máquina e fodê-la descontroladamente... mas, pela primeira vez, eu queria ter alguma vantagem sobre ela.

Se eu me arrependo disso agora? Com certeza.

Um barulho vibrou na garganta, minha mão empurrava meu pau, tentando acalmá-lo. Era como se ele soubesse que já havia se passado vinte e quatro horas, e ele estava perdendo a cabeça agora, ansiando tanto por ela que eu estava começando a não enxergar direito.

— Oi! —Mateo berrou com a mão no ar e um bando de caras do futebol atrás dele. — Desculpe o atraso.

Abaixei o queixo, acenando com a cabeça para todos os rostos familiares com quem eu não conversava mais. Repito, se eu não estivesse envolvido com futebol, não teríamos mais assunto nenhum. Encontrar-me no cinema com amigos não combinava comigo. Eu me sentia velho, já tinha deixado para trás essas bobagens da adolescência.

Se soubessem com quem eu estive na noite passada, o que eu estava fazendo... tinha ouvido muitos desses caras falando da Emery, murmurando como ela era gostosa, fantasiando em transar com ela.

Um sorriso presunçoso curvou a minha boca. Conhecia o sabor dela, como ela podia gritar alto. Nenhum desses idiotas jamais saberia.

— Vamos. Preciso pegar milkshake duplo e pipoca antes de começar. — Mateo bateu no meu braço, me cumprimentando e nos conduzindo em direção à porta. Esperando que entrassem, meu olhar vagou pela calçada. Vi um bar servindo churrasco e tocando música enquanto as pessoas entravam e saíam, algumas com chapéus natalinos.

Fiquei sem ar, meu corpo inteiro flexionando de choque... e, então, uma raiva possessiva tomou conta de mim. Ciúmes.

Emery.

Ela estava com um vestido vermelho decotado alguns centímetros acima dos joelhos. Suas pernas pareciam tonificadas e longas conforme caminhava de salto alto na direção do bar. Tinha um casaco de veludo felpudo enrolado nas costas, os cabelos soltos e encaracolados.

COMO PARTIR UM CORAÇÃO

Ela fez cada centímetro do meu corpo ficar em estado de alerta, mas vi o homem ao lado dela, com a mão na base de suas costas, conduzindo-a como se ele tivesse o direito de tocá-la. De estar ao seu lado. Como se fosse a língua dele que estivesse dentro dela ontem à noite e a boca dela estivesse envolta no pau dele.

Mas que merda é essa?

Pensei que eu tinha vantagem, que ela estaria em casa se perguntando se eu ia aparecer ou não, quando na realidade, ela estava em um encontro. Com esse babaca.

Ele tinha 1,75m, estatura média, um cara bonito até, e definitivamente mais velho que ela. Onde ela reluzia, ele era monótono e apagado. Ele era errado para ela.

A porta se fechou depois que entraram, e eu a perdi de vista. Meus pés se moveram. Não para o cinema, mas para ela. Sabia que Mateo e os outros caras provavelmente só perceberiam que eu não estava lá mais tarde.

Caminhei até o bar, entrei no restaurante, que estava escuro e animado. Meu olhar vasculhou cada canto do lugar até encontrar um grupo de pessoas na área do bar. Uma linda mulher negra vestida com uma blusa vermelha e cintilante puxou Emery até o bar, e pediu dois shots. Aquele homem estava ao lado dela, como um fungo, a mão ainda a tocando. Tentando reivindicar o direito dele e deixar isso claro para qualquer homem que estivesse por perto.

Observei das sombras, sentindo como se eu fosse um stalker, mas percebi que não podia mais lutar contra aquele monstro… Ele estava esperando por sua presa.

CAPÍTULO 21

EMERY

Sorrindo, eu fingia que queria estar aqui e que a mão de Daniel nas minhas costas não estava me irritando, que eu não tinha pensado em Mason o dia todo a ponto de quase acabar na casa dele, implorando para continuar de onde paramos.

A partir do momento em que Daniel chegou na minha casa – na verdade, desde que concordei com o encontro – sabia que estava tudo errado. Quando eu aceitei, não conhecia a sensação da boca de Mason no meu corpo, do gosto dele na minha língua, das suas mãos ásperas me tocando e que os seus gemidos estariam gravados na minha alma.

Depois que ele foi embora, chorei muito por uma hora, até não ter mais nada dentro de mim. Então eu fiz a única coisa que pensei que nunca faria: tirei a aliança. Parecia que estava na hora. Que, de alguma forma, encontrar Mason havia me quebrado e me curado ao mesmo tempo.

Quando vi Daniel notar minha mão sem a aliança, percebi que talvez, tivesse sido um erro. Ele entendeu como um sinal de que eu estava pronta para este ser um encontro verdadeiro, para ele me tocar, me beijar. Eu não o culpei. Encarei o papel; sorri enquanto conversávamos no carro, tentando não contar quantas vezes ele olhou para mim. Eu estava tentando me forçar a querer estar com Daniel, como se fosse possível me convencer.

Ele ficou dizendo que eu estava bonita, abriu portas para mim e foi um verdadeiro cavalheiro. Essas coisas todas eram muito boas. Tudo que a maioria das garotas queria. Eu também já quis. Que merda aconteceu comigo?

Não queria um elogio gentil sobre a minha roupa. Queria ouvir um murmúrio malicioso no meu ouvido, dizendo que ele não se cansava do meu gosto.

— Shots! — Marcie me entregou outro drink duplo, e eu peguei sem questionar, precisando que meus pensamentos parassem de me torturar. Precisava me divertir e talvez ficar bêbada a ponto de esquecer Mason e me apaixonar por Daniel.

Certo.

— Outro. — Pedi para o barman, fazendo Marcie chorar de rir.

— Olha só... alguém está com vontade de se soltar esta noite. — Suas sobrancelhas se agitaram para mim e apontaram para Daniel de um jeito não tão sutil. — Talvez no clima para um pequeno P, finalmente?

Bufei. Aquele em quem eu estava pensando era qualquer coisa, menos pequeno.

Depois de beber o terceiro shot em vinte minutos, meus músculos começaram a esquentar, a cabeça entorpecendo a conversa incessante. O problema com a tequila era que... eu tendia a ficar com um fogo danado. Ben costumava me provocar pelo tanto que ficava agressiva quando tomava um pouco.

Era difícil ver o Ben como qualquer coisa que não fosse o amor da minha vida, mas percebi que nunca me soltei com ele. Ele não era alguém com quem eu me sentia confortável para testar meus limites, e ele certamente não teria testado os meus. O sexo era bom, e, depois que fizemos pela primeira vez, fazíamos o tempo todo. Então a vida, o trabalho e a faculdade ficaram entre nós, até que era só mais umas das tarefas que tínhamos que cumprir.

Nunca foi rude, nem desesperado a ponto de sermos incapazes de esperar. Nunca foi alucinante. Não igual ao... o calor rodopiava pelo meu corpo, lembranças de Mason e eu, minhas unhas cortavam as palmas das mãos.

A música tocou, levando Marcie e alguns colegas do trabalho para a pequena pista de dança. Todos estavam se divertindo, bebendo e rindo, apreciando os aperitivos colocados em uma mesa que tínhamos reservado.

— Gostaria de uma bebida? — Daniel não saiu do meu lado, e eu estava começando a me sentir claustrofóbica.

— Sim. — Eu sorri. — Uma margarita. Melhor continuar com a tequila.

— Eu já volto. — Seu olhar percorreu meu corpo enquanto ele sorria, depois ele foi para o bar, que tinha um pouco de fila – o lugar estava enchendo rapidamente. Muitos estavam fazendo suas confraternizações de Natal esta noite aqui.

Minha cabeça estava leve o suficiente para pegar meu telefone da bolsa e buscar por um nome. Beber tequila não era uma escolha sábia. Eu já estava fraca, querendo encontrar qualquer desculpa para falar com ele. Mais cedo, pensei em quebrar minha máquina de lavar louça.

Não faça isso. *Não* faça isso.

STACEY MARIE BROWN

> **Eu:** Minha secadora novinha em folha tem alguns amassados agora.

Cliquei em enviar.

Merda. Mandei.

Pontos apareceram na conversa, fazendo meu estômago dar um nó.

> **Mason:** Acho que consigo desamassar.

Fiquei vermelha da cabeça aos pés, incapaz de parar a reação visceral àquela insinuação sexual.

Toquei a testa, querendo continuar, mas sabendo que não deveria. Quem se afastou de mim ontem à noite foi ele... caramba! Aquilo me fez ter a sensação de que ele tinha virado o jogo comigo.

Os pontos voltaram a aparecer.

> **Mason:** A menos que tenha encontrado outro marido de aluguel?

Outro marido de aluguel? Fiquei um pouco confusa, imaginando de onde tinha saído isso. Será que ele tinha visto Daniel me pegar?

> **Eu:** Não.

Digitei, mordendo o lábio, já sabendo que me arrependeria disso amanhã. Mandar mensagens bêbada nunca era boa ideia, mas meus dedos não pararam.

> **Eu:** Tenho o melhor marido de aluguel da região, com toda a certeza do mundo. Ele vai muito além das expectativas.

> **Mason:** Acho que preciso da confirmação de que estava satisfeita com o meu trabalho.

Mais do que satisfeita. Não conseguia parar de pensar nisso. Obsessivamente.

Mais pontos apareceram.

COMO PARTIR UM CORAÇÃO

> **Mason:** Você não quer estar aqui. Dá para perceber. Você está com aquele sorriso amarelo no rosto até agora.

Arfando, girei a cabeça, com a sensação de ser observada.

> **Eu:** Onde você está?

Meu telefone vibrou com uma ligação, meu olhar vasculhando todo o lugar enquanto atendia.

— Olhe para a frente. — Sua voz rouca fez meu corpo estremecer, minha alma se encolhia como se eu estivesse à sua mercê.

Meu olhar foi direto para lá. A garganta secou quando meus olhos se fixaram nele do outro lado do bar, nas sombras.

Mesmo tentando ficar escondido, Mason não passava despercebido. Além de seu corpo grande e musculoso e a aparência sexy, aos vinte anos ele transbordava confiança e destilava sexualidade. Ele era o tipo de homem que entrava no ambiente, e toda mulher instintivamente concluía: ele sabe foder. Ele a faria gritar e implorar por mais, e pelo menos uma vez na vida você ia querer experimentar isso.

Mulheres de todos os lados estavam olhando descaradamente para ele, da cabeça aos pés, pensando em quais seriam suas chances se fossem até ele, mas seu olhar intenso estava olhando exclusivamente para mim.

— Está se divertindo no seu encontro? — Sua voz soou áspera em meu ouvido, meu corpo respondeu ao tom na mesma hora. — Quero saber, Emery. Enquanto ele está te tocando, sussurrando em seu ouvido, você está pensando em como minha porra deslizou pela sua garganta ontem à noite, e na sensação da minha língua na sua boceta? — Uma gota de suor desceu pelas minhas costas e a respiração se tornou superficial. — Está molhada por minha causa *nesse minuto*?

Uma gargalhada irônica me escapou, minhas coxas se apertaram enquanto eu sentia que ficava ainda mais excitada.

— Ele está voltando. — Seus olhos deslizaram para onde Daniel estava. — Faça sua escolha. Voltar ao sorriso amarelo e ficar ao lado dele a noite toda fingindo se divertir…

— Ou? — Meu olhar não se afastava de Mason, apesar de ouvir o tique-taque do relógio batendo, Daniel vindo até mim.

STACEY MARIE BROWN

— Ou… — Um sorriso malicioso curvou a boca e ele desligou. Seu olhar ardia em chamas enquanto ele olhava na direção dos fundos do bar.

— Emery, venha dançar — gritou Marcie, acenando para mim.

Olhei para ela e depois para onde via Daniel segurando os drinks e andando na minha direção, sem que ainda tivesse me visto.

Foi apenas um segundo. Nem parecia que eu estava fazendo uma escolha. Saí para o corredor, fugindo de Daniel antes que ele pudesse me ver, torcendo para que achasse que eu tinha ido ao banheiro.

Meu coração acelerou, a pulsação latejava no pescoço. Meu olhar procurou por Mason.

Homens e mulheres entravam e saíam dos banheiros, as mulheres já faziam fila no corredor.

Uma mão se estendeu, me agarrou e me puxou para um armário de casacos, fechando a gente dentro.

— Mas…

— Não. — Ele me empurrou contra a porta, inclinando-se sobre mim, sua boca roçando a minha. — Chega de conversa. Você fez a sua escolha.

Minha respiração falhou, meus olhos o observaram, a luz fraca fazendo com que isso parecesse ainda mais proibido.

— Quero que ele ouça seu orgasmo fazer seu corpo estremecer. Assim, saberá que não é ele quem está fazendo isso com você. — A mão de Mason puxou a alça do vestido, descendo-a dos meus ombros, expondo meus seios.

— Emery… — gemeu, os dentes mordendo meu lábio inferior, puxando-o, enquanto as mãos apertavam e seguravam meus seios, acariciando meus mamilos.

Toda a energia reprimida que eu tinha guardado o dia todo veio à tona com força total. Nossas bocas colidiram. Dentes e lábios, devoramos um ao outro com desespero. Era bruto e sem disfarces, afogando a nós dois em desejo. Usamos, exploramos, e transformamos isso em algo vivo pronto para acabar um com o outro.

Minhas mãos passaram por baixo da camisa dele, minhas unhas arranharam suas costas com fúria. Um gemido vibrou do fundo de sua garganta. Agarrando meus quadris, ele me ergueu, minhas pernas o circularam, minhas costas bateram na porta fina que nos separava do restaurante. Vozes das pessoas no corredor ecoaram ao redor enquanto iam para os banheiros. A qualquer momento, alguém podia vir pegar seu casaco.

COMO PARTIR UM CORAÇÃO

— Mason. — Respirei seu nome, meus dedos puxando os botões de sua calça jeans, ansiando tanto por ele que minha cabeça ficou tonta. O álcool aumentou minha agressividade e necessidade. — Me fode. — Ontem foram as preliminares, e hoje eu precisava dele dentro de mim.

— Tem certeza? — provocou. — Porque quando a sua boceta cavalgar no meu pau — rosnou no meu ouvido —, não vai querer mais nada.

— Nossa, sim. — *Meu Deus, sim.* Eu puxei o jeans dele para baixo. — Agora.

Seus olhos me observaram, a respiração estava ofegante. Então ele estendeu a mão por baixo do meu vestido, seus dedos puxaram o tecido fino da minha calcinha, arrancando-a. Senti o puxão apertando as minhas dobras, fazendo-me ofegar antes do tecido cair no chão.

Enfiei as mãos apressadas dentro de sua calça e da cueca boxer, tirando o seu pau para fora.

Ele empurrou meus braços acima da minha cabeça, arqueando os seios para ele, envolvendo meus dedos em um dos ganchos de casaco.

— Você vai precisar se segurar. — Um leve sorriso esticou sua boca. Essa posição me permitiu aguentar melhor o peso do meu corpo enquanto suas mãos me exploravam, os dedos entrando em minha boceta.

— Porra, você está enxarcada. — Ele engoliu um gemido, me abrindo mais, levando os dedos à boca e me sugou neles. — Morri de vontade de sentir o seu gosto o dia todo.

Meu corpo estava tenso de tão excitado. Perdi todo o controle, minhas coxas o apertavam, implorando por alívio. Ele agarrou meus quadris de novo, empurrando meu vestido para cima. Sua ponta cutucou a minha entrada, provocando e brincando comigo.

— Mason!

Ele envolveu a mão em meu pescoço e apertou com força ao mesmo tempo em que me penetrou.

Puta. Que. Pariu.

Soltei um gemido enorme. A sensação dele, seu tamanho, me fez estremecer, entre a dor e o prazer. Nada se comparava a isso. Meu cérebro não conseguia assimilar a abundância de sensações. Como era inacreditável.

— Porrraaaa — gemeu. Respirando forte pelo nariz, esperando um pouco para que eu me ajustasse ao tamanho dele. — Não entrei nem a metade... *Jesus...* — Ele saiu e entrou de novo, lento e profundo, atingindo todos os nervos que eu tinha. Gememos alto, sabendo que qualquer um que passasse pela porta do armário conseguiria ouvir.

Eu já estava tão envolvida por esse desejo que sabia que estava com sérios problemas.

Seus quadris começaram a bombear, indo mais fundo. Meus olhos reviraram. A língua jorrava palavras que nem reconheci. Eu não me importava mais com o controle ou com o que era certo ou errado. Sanidade ou loucura.

Ele meteu sem restrições, impelindo gritos altos e incontroláveis de mim. Nossos corpos se moviam furiosos juntos. Ele me abriu mais, suas bolas batendo na minha carne, aumentando o ritmo.

Minhas unhas desceram por seu cabelo e pescoço, incitando-o mais.

— Minha nossa... mais forte!

Sua boca beliscou e chupou meus seios, que pulavam conforme ele metia mais fundo. Mais forte. Impiedoso e implacável. Queria que ele fizesse pior, que me partisse em mil pedaços. Que me destruísse.

Ofegante, eu ia de encontro a ele, sua paixão convergindo com a minha. Nossas línguas estavam em um duelo, as bocas famintas. Era embaraçoso, mas eu já conseguia sentir o clímax se aproximando. Minha necessidade por ele era muito instintiva e desesperada.

— Ainda não. — Ele mordeu minha orelha, soltando meus pés no chão e saindo de mim. Ele me virou e me pressionou contra a porta, sua mão puxou minha bunda para ele e ele entrou em mim de novo. O movimento me fez bater na porta com uma batida forte. Soltei um grito quando meus mamilos se esfregaram na porta de madeira. Não éramos silenciosos ou discretos. Perdemos qualquer freio, transformando-nos em selvagens e brutos. Ele estava me fodendo tão forte que eu não conseguia mais falar. O som de seu pau investindo em mim tomou conta do pequeno armário. Nossos gemidos e gritos surgiam feito um refrão conforme a porta batia parecendo um tambor.

— Mason! — Pressionei meu corpo contra ele com um grito do fundo da garganta. Seu pau engrossou e ficou mais duro, roçando minhas paredes e atingindo todos os nervos, fazendo meus joelhos quase dobrarem.

— Porra. Emery. — Ele bateu tão fundo que minhas unhas cravaram na madeira e se quebraram.

— Ei, Marcie? — A voz do Daniel veio do outro lado da porta. — Você viu a Emery?

O aperto de Mason aumentou, um grunhido vindo dele enquanto entrava com mais força, sabendo muito bem quem estava lá e o que ele estava fazendo. Ele estava me marcando, me possuindo.

COMO PARTIR UM CORAÇÃO

— Se eu vi ela? Não — respondeu Marcie num tom tranquilo. — Deve estar no banheiro.

Meu Deus! Mordi o lábio para não gritar. Mason estendeu a mão, esfregando meu clitóris, e metendo ainda mais forte, querendo que eu gozasse agora. Que eu explodisse enquanto Daniel estava do lado da porta.

— Certo, avisa que eu estava procurando por ela — pediu Daniel.

Mason beliscou meu clitóris. Era como se eu tivesse sido eletrocutada. E eu explodi, faíscas pontilhando minha visão. Soltei um grito alto quando minhas pernas vacilaram e foram ao encontro dele, minha boceta o apertando, dominando e bombeando seu pau.

— Porra — gritou ele atrás de mim, enfiando até o talo, sua porra quente me enchendo tanto que escorreu pela perna.

A felicidade absoluta acabou com tudo o que eu sabia ou compreendia. Fui totalmente destruída e reconstruída ao mesmo tempo. Nossas respirações ofegantes estavam em sintonia, nossos corpos ainda pulsavam e tremiam.

Ele me puxou para seu peito, ainda dentro de mim, porque meu corpo não permitia que ele saísse, apertado ao seu redor como se o estivesse reivindicando.

— O que eu te disse? — A boca dele roçou minha têmpora. — Eu avisei que sua boceta não iria querer mais nada. — Ele soltou um gemido. — Está tão apertada ao meu redor. Com um aperto mortal. *É bom pra caralho.* — Ele estremeceu dentro de mim, ficando duro de novo, despertando o meu desejo. Como ele conseguia me excitar rápido. Ele tinha controle total sobre meu corpo, fazendo-me perder todo o pensamento e lógica em questão de segundos.

Esse nível de poder que ele tinha sobre mim me assustava. Parecia arriscado. Perigoso. Ninguém, incluindo meu marido, tinha esse tipo de poder sobre mim. Em me fazer esquecer todo o decoro e a decência.

Tentando relaxar, meu interior ainda apertado ao redor dele, eu me afastei, fazendo-o estremecer e sibilar outro gemido. Cada centímetro meu pulsava de felicidade, com uma euforia que eu nunca havia experimentado. Até que a realidade voltou raspando sorrateiramente até mim.

— Meu Deus. — Puxei meu vestido por cima dos ombros, imaginando o que aconteceria se Daniel tivesse pego a gente. Não queria machucá-lo. — Meu Deus. — Tentei alisar o vestido e ajeitar o cabelo, embora nada pudesse me consertar. O sexo me encharcou, meu orgasmo corou meu rosto.

— Você está fazendo de novo.

— Sinto muito se perceber que acabei de foder o *crush* da minha sobrinha, um garoto de 20 anos, no bar e no armário dos casacos, *sem camisinha*, e com meu acompanhante do lado de fora da porta for motivo para surtar! — murmurei brava, virando para ele. Fazia tanto tempo que eu não ficava com ninguém, exceto Ben... mas aquilo não era desculpa.

— Merda. — Ele se ajeitou, fechando a calça, com cara de que esse fato também tinha o atingido.

— Eu tomo pílula.

Ele soltou um suspiro.

— Já fiz exames. Tudo certo.

— Ainda assim, Mason. — Balancei a cabeça. — O que fizemos? Não tem volta.

— E você queria que tivesse?

Mesmo um pouco suado, o homem tinha a aparência de quem podia sair para fazer uma sessão de fotos como modelo, enquanto eu tinha a aparência de alguém que tinha sido fodida. Com gosto!

Esfreguei a cara. Ele se aproximou de mim, abaixando-as do meu rosto.

— Não pense demais. Não analise. Não precisamos ter um compromisso, se é o que você quer.

— Ter um compromisso? — Arqueei uma sobrancelha. — Você diz isso como se fosse acontecer de novo.

— Acredite em mim. — Ele se inclinou, sua boca a um fio de cabelo da minha. — Vai acontecer. Muitas e muitas vezes. — Ele me beijou profundamente, me encostando na porta. E eu retribui, sentindo a facilidade com que esse cara poderia provar que estava certo.

Mason recuou, as mãos deslizando pelo meu cabelo, ajeitando-o, com seu olhar intenso.

— Você parece ainda mais sexy para mim. — O jeito que ele disse isso mostrou que adorava o fato de me mandar de volta para o bar coberta por ele. Marcada por ele.

— Tenha uma boa noite com seu encontro. — Ele estendeu a mão por baixo do vestido, subindo pela coxa, sentindo onde seu gozo escorria pela minha perna e reunindo-o com os dedos. Ele o empurrou para dentro da minha boceta, me fazendo ofegar. — Enquanto meu esperma escorre de você o resto da noite.

Mason se inclinou, pegou a calcinha rasgada do chão e a colocou no bolso.

COMO PARTIR UM CORAÇÃO

— Vejo você mais tarde. — Ele me deu um breve beijou e abriu a porta, saindo sem se preocupar caso alguém o visse.

Mas. Que. Merda.

Respirei fundo. Uma grande parte de mim queria acompanhá-lo. Dar as mãos para ele e sair pela porta, indo direto para casa.

Dando mais uma ajeitada na roupa e nos cabelos, senti um arzinho subir por baixo do vestido, enfatizando que eu estava sem calcinha. Amei estar nua, e ainda podia senti-lo dentro de mim. Foi emocionante, e me fez sentir safada. Com um segredo que ninguém mais sabia. Eu me senti viva.

Saí do armário, girei os ombros e coloquei um sorriso no rosto.

O som de alguém limpando a garganta me fez virar na direção dos banheiros. Meu estômago revirou.

Ao lado do banheiro feminino estava Marcie, braços cruzados e a sobrancelha arqueada, como se estivesse ali há algum tempo.

— Uau. Está claro que andou trepando, mas não com aquele que pensa estar em um encontro com você.

— Marcie... — Não consegui dizer mais nada, a culpa me dominava.

— Caramba, garota. Fiquei impressionada. Acho que dava para ouvir vocês a dois quarteirões daqui. Sabe que eu sou super a favor de você sair e tal, mas não a dar falsas esperanças a Daniel. — Ela me deu um olhar severo. — Ele gosta mesmo de você.

— Eu sei. — Abaixei a cabeça. Queria gostar dele também.

— Acho que precisamos de uma bebida. — Ela se aproximou, entrelaçando o braço ao meu. — E você pode me dizer onde encontrou aquele jovem gostoso que eu vi sair daí? — Ela estalou a língua. — Porque sabe como eu gosto desses novinhos. E aquele... misericórdia. Eu seria capaz de lambê-lo o dia todo. — Ela se abanou. — Não me admira que Daniel nunca teve chance.

Não, infelizmente, não teve.

— E aí, vai me contar? Ele te levou ao paraíso?

— Ah, levou. — Suspirei. — Várias vezes.

CAPÍTULO 22

EMERY

— Eu me diverti esta noite. — Daniel parou em frente de casa e desligou o carro.

— Daniel... — Respirei fundo, tentando encontrar as palavras certas.

— Emery, sei que não está pronta. Mas estou disposto a levar as coisas devagar, no seu tempo. — Ele estendeu a mão e me tocou.

— Oh... hummm...

— Não espero que me responda esta noite. É tudo novo para você. Basta saber que vou te esperar. E talvez depois do Natal a gente pode ter um encontro de verdade. Só nós dois.

— Acho que não...

— Por favor, pense nisso. — Ele se apressou a dizer como se não quisesse que eu acabasse com suas chances ainda. Ele se inclinou e beijou meu rosto. — Vejo você no trabalho depois do feriado. — O Natal era em poucos dias, e a clínica ia ficar fechada até o dia 27.

Meu cérebro estava muito exausto para responder mais alguma coisa. Abri a porta e comecei a sair do carro, sentindo ainda mais a minha indiscrição. Tentei segurar meu vestido rente as coxas, o ar frio me arrepiou.

— Boa noite, Emery. — Ainda bem que ele não me acompanhou. Era como se soubesse que isso iria me fazer decidir, e não na direção que ele queria.

— Boa noite. — Senti uma dor no peito porque, ao olhar para ele, eu sabia que era tudo o que eu deveria querer. Ele era a escolha "certa". Nada poderia acontecer entre Mason e eu. Aquilo foi apenas algo que eu precisei para esquecer o passado. A pessoa que me ajudou a seguir adiante, mas não a que você escolheria para ficar ao seu lado para sempre.

Daniel esperou até que eu destrancasse a porta e entrasse antes de ir embora. Fechei a porta, tirei os sapatos com um gemido e recostei-me nela. Olhei para a minha casa decorada, vi a jaqueta que decidi não usar hoje à noite jogada no sofá, e pensei no meu eu de horas antes. Se ela tivesse alguma ideia de como essa noite seria...

Eu transei com Mason, e foi além de qualquer coisa que já imaginei. A

COMO PARTIR UM CORAÇÃO

culpa e a descrença estavam ali, mas não anulou a necessidade que corria pelo meu corpo. O desejo intenso pedindo mais.

Uma batida fez a porta tremer nas minhas costas, senti a vibração entre as minhas coxas. Meu coração acelerou. Meus seios ficaram sensíveis ao pensar que ele estava lá, já prontos para responder a ele.

Afastando-me da porta, eu me virei e a abri.

Senti a tensão sexual no ar quando Mason invadiu minha casa, batendo a porta, suas mãos já segurando meu rosto, seu corpo me empurrando para o sofá. Sua boca estava na minha, faminta e desesperada, como se essas poucas horas de diferença tivessem sido agonizantes para ele, também.

O desejo iluminou meu corpo, já precisando tanto dele dentro de mim que doía fisicamente.

— Divertiu-se no seu encontro com o Dr. Otário? — Ele me colocou sentada nas costas do sofá, minhas pernas se abriram para ele se acomodar entre elas.

— Daniel é um homem respeitável.

— Respeitável — zombou Mason, nossas respirações se misturando enquanto conversávamos entre nossos beijos desesperados, seus dedos já puxando minha roupa. — Você não quer *respeitável*.

— Sim, eu sei — gemi quando ele abaixou meu vestido, suas mãos me explorando como se soubesse exatamente onde me tocar para me deixar encharcada. — Ele é o tipo de cara com quem eu deveria namorar. Me casar.

— E eu sou o cara que sabe o jeito certo de te foder. Vou te fazer gritar tão alto que as paredes irão tremer. — Ele apertou meu queixo com força, inclinando-o para ele. Seus olhos escuros pareciam piscinas de pecado. Eu queria pular e nunca olhar para trás. Sua mão livre me abriu ainda mais, seus dedos subindo pela coxa, separando minhas dobras. Um pequeno grito abriu minha boca à medida que ele me esfregava. — Parece que alguém perdeu a calcinha esta noite, eu me pergunto quem será que pode ter feito isso? O bom doutor? — Ele inclinou a cabeça, os olhos soltando faíscas. — Pode fingir o quanto quiser que ele é o homem com quem você acabaria ficando. — Ele me acariciou com mais força, me fazendo sacudir com um suspiro gutural. — Mas nós dois sabemos. — A mão dele soltou meu queixo, indo para o meu cabelo, agarrando-o com firmeza, os dedos entrando em mim. — Essa boceta é *minha*.

Meu controle já era e eu me tornei frenética e ruidosa. Rasguei suas roupas, desesperada para que ele me preenchesse de novo. Queria que ele possuísse o que dizia ser dele.

Ele me ergueu, minhas coxas abraçando seus quadris, o vestido embrulhado em volta da cintura enquanto ele me carregava para o meu quarto, sem tirar sua boca da minha.

— Estou com camisinha desta vez. — Seus dentes morderam meu pescoço antes de me jogar na cama. Na escuridão, mal conseguia distinguir o contorno dele. — Não acredito que nem pensamos nisso. Nunca fiz isso.

Eu tomava anticoncepcional desde a faculdade, mas ficamos tão perdidos no momento que nem pensamos direito. Esse cara me desestruturava. Mas agora que o senti, não queria nada entre nós.

— Eu quero que você me foda. — Eu tirei o vestido, ficando completamente nua. Estendi a mão para ele, tirando sua camisa com força, minhas palmas explorando seu torso esculpido. Senti um tipo de cicatriz no peito dele, mas estava desesperada demais por ele para me concentrar nisso. — Quero você sem nada dentro de mim, coberto com o meu gozo.

— Merda. — Um grunhido profundo veio dele, seu jeans e botas caindo no chão antes de rastejar sobre mim. — Essa boca... — murmurou antes que a dele caísse na minha. Minhas pernas o envolveram, seu pau entrando em mim. Ele gemeu. — Você está tão molhada...

— Por você. — Deslizei para cima e para baixo, mordendo o pescoço dele. Nunca tinha falado assim com Ben. Esse tipo de necessidade descontrolada, nunca fomos assim. Fazíamos aquele tipo de sexo confortável e bom.

Mason estava me apresentando para mais. Para o que poderia ser um sexo fenomenal, alucinante e safado.

Conseguia sentir seu coração batendo contra o meu. Depois, ele agarrou minhas coxas, empurrando-as para cima ao mergulhar em mim, me fazendo gritar.

Sabia que até meus vizinhos de setenta anos provavelmente me ouviriam. Não era sequer uma escolha ficar quieta com ele; eu parecia ter perdido todo o controle. Mason fez tudo ficar para fora, exceto o prazer, a dor, o jeito que nossos corpos se moviam juntos, e como era bom senti-lo dentro de mim.

Não havia dúvida de que ele sabia o que estava fazendo, muito mais do que qualquer garoto adolescente, na faculdade ou mesmo homens da minha idade saberiam. Mason era único. Nenhuma garota adolescente se conhecia bem o suficiente a ponto de lidar com ele, desafiá-lo.

Estar à sua altura.

A sensação que tinha era essa. A gente combinava, ultrapassava os limites, e explorava o que excitava um no outro. Sem timidez ou dúvida.

COMO PARTIR UM CORAÇÃO

Esta noite, no escuro, não havia diferença de idade. Nada era proibido. Éramos só nós.

Abri os olhos e me deparei com uma manhã nublada, uma luz fraca brilhando em todo o meu quarto. Eu me espreguicei, sentindo cada músculo do meu corpo gritar, reclamando de dor depois de horas e horas de uso. Por um segundo, deixei as lembranças da noite passada repassarem na cabeça.

O sexo incrível não parou. A. Noite. Toda.

Mesmo quando tivemos que fazer uma pausa, não paramos de nos beijar e nos tocar, e voltávamos a ficar excitados de novo bem depressa, descobrindo que estávamos com mais tesão do que antes.

Ouvi dizer que o desejo sexual de uma mulher de trinta e poucos anos e de um jovem de dezoito anos de idade estava no mesmo nível. Podia garantir que isso era verdade... para nós. Combinamos em todos os sentidos.

Um joelho bateu na minha bunda e virei a cabeça para olhar por cima do ombro.

Mason estava esparramado de costas, a perna dobrada na minha direção. Uma mão estava na minha coxa enquanto a outra ficou enfiada sob o travesseiro; o rosto virado para mim, ainda dormindo.

Queria sentir vergonha. Ficar toda espantada com minhas ações, porque isso eu era capaz de entender. De defender. Só que fui pega na calada da noite, no momento. Algo que precisava ser feito para eu superar meu passado. Mas a luz entrou com intensidade, e eu o achei mais tentador do que antes, e não queria desistir dele. Mas eu sabia que precisava fazer isso.

Virei-me para encará-lo, meu olhar percorreu seu lindo rosto, traçando seus lábios com os dedos e percebendo onde eu o havia mordido, fazendo-o sangrar. Seus ombros e pescoço estavam cobertos de marcas vermelhas dos meus dentes e unhas.

O garoto me expôs completamente, me transformou em uma selvagem.

Um murmúrio saiu de sua garganta, suas pálpebras nem tinham se mexido, quando um sorriso fácil curvou sua boca. Eu me vi sorrindo da mesma forma.

— Oi. — Os olhos dele finalmente se abriram.

— Oi — sussurrei.

Ele me observou descaradamente por um minuto, como se estivesse absorvendo cada molécula minha.

— Merda — murmurou, olhando para o meu relógio. — Tenho que ir logo. Vou buscar a vovó hoje.

— Que bom. — A tristeza estava voltando, e eu sabia que isso não poderia acontecer de novo, e que esses poderiam ser meus últimos momentos com ele. — Tenho que ir para o abrigo também.

Seus olhos me seguiram como se pudesse ver além do que deveria.

— É muito cedo para pensar demais. — Ele estendeu a mão, colocando uma mecha de cabelo atrás da minha orelha.

Meus dedos agarraram o travesseiro com mais força e desviei meu olhar..

— Me deixe adivinhar... — A voz dele era ainda mais grave de manhã, eu a senti bem no meio das pernas. — Você vai dizer que isso não pode se repetir, estou certo?

Minha língua deslizou sobre os lábios, meus sentimentos e lógica estavam em conflito.

— Não pode. Nunca deveria ter começado, provavelmente. — Minha garganta formou um nó só de pensar. — Você precisa cuidar da sua avó, e eu estou ocupada no abrigo. Em alguns dias, vou para a casa da minha irmã passar o Natal. Além disso, Addison voltará antes das aulas recomeçarem.

— Então temos até lá. Não pode me dizer que quer que isso acabe, ainda. — Ele se virou mais de lado, ficando de frente para mim. Sua mão tocou meu rosto, seus olhos escuros insinuando o tesão.

Não, não podia. Meu desejo por ele estava em estado de alerta depois de ontem à noite.

— Vamos aproveitar cada momento enquanto podemos — propôs.

— Então, só sexo? — refutei. — Sem sentimentos envolvidos ou falar sobre mais nada. Quando acabar, acabou — disse, mas pude sentir tudo em mim gritando para não fazer isso, já sabendo que era um erro. Precisávamos acabar com isso agora antes que eu me envolvesse demais. Porque eu iria querer mais.

A garganta de Mason subiu e desceu, um nervo em sua bochecha se contraiu, um sentimento que eu não conseguia decifrar atravessou seu rosto antes de desaparecer.

COMO PARTIR UM CORAÇÃO

— Claro — concordou. Um sorriso lento curvou sua boca, seu olhar se intensificou. — Só uma quantidade ridiculamente obscena de sexo safado. Quem sabe, talvez até lá, nós dois tenhamos superado isso de uma vez.

Duvido.

Pela sua expressão, ele também não acreditou, mas eu não podia negar. Eu não queria. E isso me dava tempo para tirá-lo da cabeça. De me trazer de volta para o mundo dos vivos e de ser capaz de seguir em frente e me curar.

— Acho melhor começarmos com o sexo safado. — Ele me rolou de costas, seu peso delicioso entre as minhas coxas.

— Pensei que tinha que ir? — provoquei, minhas mãos espalmando sua bunda maravilhosa e firme, arrastei as unhas por sua pele.

— Aposto que consigo fazer você gozar em menos de três minutos. — O calor brilhou em seus olhos, e eu o senti duro na barriga, esfregando-se em mim.

— Ah, é?! — Ergui uma sobrancelha. — E se eu te fizer gozar antes disso?

— Desafio aceito. — Ele se inclinou, a boca devorando a minha. Nosso beijo se tornou instantaneamente faminto e cheio de desejo, me deixando molhada e desesperada para senti-lo entrar em mim outra vez. Eu o virei de costas, sentei nele, sua mão roçando meus seios e quadris enquanto meus olhos o absorviam.

À luz do dia, minha atenção focou na cicatriz esbranquiçada e rosa que descia por seu peito. Não tinha reparado no escuro, mas agora me chamou a atenção. Meu dedo a seguiu, fazendo-o engolir.

— O que é isso?

A mandíbula dele ficou tensa.

— Nada.

— Não parece nada.

— Uma operação quando eu era criança. Nada demais. — Ele se sentou, ajustando meus quadris para trás, esfregando minha entrada com o pau, a voz baixa. — Minha cicatriz não é o que eu quero falar agora. — Ele ergueu o quadril, empurrando a ponta para dentro, fazendo com que eu perdesse meus pensamentos. Minhas costas arquearam, um gemido escapou pela boca. — Preciso te foder, estar tão fundo em você que acabe não achando a saída. — Ele agarrou meu cabelo, me segurando enquanto empurrava.

— Puta merda... — gemi alto, suas investidas lentas e profundas, a espessura atingindo todos os meus nervos. — Mason!

— Porra, eu amo quando diz meu nome — rosnou, batendo mais forte, nossos corpos se movendo em sintonia, numa dança violenta.

Nosso ritmo acelerou, os gemidos enchendo meu quarto conforme eu sentava com mais força. Não demorou muito para que eu o apertasse, já sentindo meu clímax chegando.

Droga. Ele tinha razão.

Ele me empurrou de costas, vindo por cima de mim. Seu polegar pressionou minha garganta, embaçando a minha visão enquanto bombeava em mim.

Minhas costas se curvaram, as mãos apertando sua bunda, empurrando-o mais fundo, os sons da minha umidade eram quase obscenos.

— Porra! — O pau dele se contraiu dentro de mim.

Meu orgasmo o contornou parecendo um punho. Mason gritou, gozando, me levando ao clímax outra vez. Soltei um grito enquanto eu quase perdia a consciência, meu mundo se despedaçava.

Nosso tempo era limitado. Eu já sabia, mas não estava disposta a desistir dele ainda.

CAPÍTULO 23

EMERY

Os dias que antecederam o Natal passaram voando entre estar no abrigo, preparar o jantar com Mason e sexo… sexo inacreditável e implacável. Em todos os cômodos e superfícies da casa.

Virou uma pequena rotina – ele vinha depois de ajudar seus avós a se deitarem, cuidando para que Grace estivesse acomodada. Cozinhávamos, assistíamos a filmes e transávamos como ninfomaníacos. Queimamos a refeição de ontem porque estávamos ocupados demais transando na mesa da cozinha. Íamos para a cama, onde continuávamos trepando a noite toda e pelo menos duas vezes antes de ele ir embora, ainda que ele saísse cedo suficiente para poder ajudar Grace com a rotina matinal dela.

Como é possível algo se tornar tão natural e confortável, mas, ao mesmo tempo, ser tão proibido e imprudente, em poucos dias? Por que a ideia de terminar tudo fez meu peito estremecer de pânico?

— Quanto tempo vai ficar fora? — Mason me encostou no carro, seu corpo tocando no meu.

Nervosa, meu olhar disparou para a porta aberta da garagem, torcendo para que ninguém passasse. Já era perigoso ele ser visto vindo aqui, mas ser pego no flagra assim? Não havia desculpa.

— Duas noites. — Vendo se estávamos seguros, voltei-me para ele. — Volto no dia 26.

Era véspera de Natal. Meu carro estava cheio de presentes, pronto para minha viagem de quatro horas até a casa da Harper.

— Duas noites. — A boca dele roçou minha orelha. — Sem estar dentro de você. Sem sentir o espasmo da sua boceta em volta do meu pau. Sem provar seu orgasmo na minha língua. Sem te beijar. — Seus lábios capturaram os meus, as mãos seguravam a minha cabeça, controlando o beijo e fazendo eletricidade fluir em minhas veias e entre as coxas.

Era egoísmo da minha parte não querer ir? Pensar em ficar aqui, deitada na cama com ele o dia todo, era infinitamente melhor. Dois dias sem ele parecia triste, e o último lugar que eu queria voltar era a cidade onde Ben e eu vivemos como marido e mulher.

STACEY MARIE BROWN

Não pensava tanto no Ben desde que Mason e eu ficamos juntos. E isso me assustou demais. A segurança da minha vida estava desmoronando ao meu redor.

— Mason. — Eu me afastei, meus olhos disparando para a rua. — Qualquer um pode ver a gente.

Um resmungo veio de sua garganta, e seu nariz ardeu de irritação, mas ele soltou as mãos, recuando.

— Me manda mensagem quando chegar lá?

— Isso não é cruzar nossa única regra do sexo? — Foi meio que uma brincadeira, mas teve o efeito oposto, porque sua expressão se entristeceu.

— Certo. — Ele assentiu. — Tenha um bom Natal. — Ele se virou para sair, os ombros rígidos. Furioso. Irritado.

— Espere. — Eu o alcancei antes mesmo que meu cérebro pesasse as consequências, a emoção assumindo o controle. Eu o virei para mim, ficando na ponta dos pés, as mãos segurando seu queixo, meus lábios encontrando sua boca. Um ruído vibrou de seu peito, sua mão apertando minha cabeça por trás, nossos lábios dizendo mais do que jamais falaríamos. A necessidade um pelo outro reverberava constantemente entre nós, transformando um simples beijo em algo cheio de desejo bem depressa.

Eu me afastei, triste, sabendo aonde isso ia dar – eu em cima da lavadora ou da secadora, tentando não deixar meus vizinhos me ouvirem sendo atropelada por um jovem de vinte anos.

Merda. Por que isso me excitava tanto?

— Aviso quando chegar lá. —Eu me afastei. — E diga a Neal e Grace que estou desejando um Feliz Natal para eles.

— Direi. Acho que meu avô tem uma queda por você. Ele fala de você o tempo todo.

— Sério? — Sorri, tímida. — Ex-piloto de caça? Parece o meu tipo. — Infelizmente, é possível que este mundo aceitasse melhor um relacionamento meu com ele do que com Mason. Parecia perfeitamente aceitável que os homens fossem muito mais velhos do que as mulheres.

— Isso é muito perturbador. — Mason bufou, uma covinha se formou em sua bochecha. — Vá com cuidado. — Ele me beijou de novo antes de suas mãos desceram até a cintura da minha calça. Os dedos dele escorregaram por baixo da minha calcinha, deslizando e entrando dentro de mim. Um suspiro escapou dos meus lábios. Seus olhos brilharam quando afastou o braço, e ele colocou os dedos na boca, me sugando deles. — Para a viagem. — Ele piscou antes de sair da garagem.

COMO PARTIR UM CORAÇÃO

Senti uma vibração no peito quando respirei profundamente. Minha pele corou de desejo, tudo em mim desejava desesperadamente que ele terminasse o que começou. Aquilo era o equivalente a ficar com o pau dolorido por não gozar.

— Babaca — resmunguei, caminhando trêmula para o carro. Fez jogo sujo, sabendo que eu ficaria com tesão nas próximas quatro horas de carro, meus pensamentos se concentrariam só nele.

Fantasiando com ele. Precisando dele.

— Tia Emery! — Braços me envolveram, o corpo de Addison quase me derrubou no chão quando saí do carro. — Senti tanta saudade.

— Eu também. — Eu a abracei.

A culpa que eu parecia ter sido capaz de afastar agora vinha à tona ao ver Addison bem na minha frente. Pensar em fazê-la chorar ou me odiar fez com que eu me sentisse fisicamente mal.

— *Em!* — Harper saiu correndo de casa, me apertando em outro abraço entusiasmado. — Estou tão feliz por estar aqui. Sentimos sua falta. — Ela se afastou, sorrindo para mim. — Bem-vinda ao lar.

Lar.

Meus olhos se desviaram para a conhecida pequena casa azul em que minha irmã morava desde que se casou com Joe. O terreno não era grande, mas era bonita e limpa. Eu vinha aqui com muita frequência, então, houve um tempo em que eu sentia como se fosse minha casa também. No entanto, assim que meu carro entrou nesta cidade, sabia que nunca mais chamaria este lugar de lar. Nada havia mudado; estava tudo igual. Passei pela rua onde Ben e eu morávamos, e pude me ver fazendo compras no mercado do bairro ou indo na ioga que ficava na 11th Street. Agora parecia aquele velho moletom que você amava, mas parou de usar. E um dia você o vestia de novo e já não sentia o mesmo. Este lugar não servia mais. Era da minha antiga versão, a que ainda estava casada com Ben – que provavelmente já teria me engravidado, porque ele estava com muita pressa de ter filhos. Mesmo que eu não estivesse pronta, teria cedido. Para deixá-lo feliz. Para fazer Alisa e John felizes.

Eu carregava culpa e alívio por isso, um só desencadeava o outro... num círculo vicioso.

— Vamos, está um gelo aqui fora. — Harper acenou em direção à casa. — Addy, ajude sua tia com as malas.

Addy saltitou até mim. Esqueci quanta energia ela tinha.

— Senti muito a sua falta. — Ela me apertou de novo, pegando minha mala. — Estou pronta para voltar.

Peguei os presentes de Natal e fechei a porta.

— Mateo, Elena e Sophie estão me implorando para voltar — continuou. — O baile da primavera está chegando. É o baile onde as garotas convidam os garotos.

Entramos na casa quentinha, o lugar estava decorado, a lareira acesa, já sentia o cheiro lasanha, nosso tradicional jantar de véspera de Natal.

— Vou convidar o Mason.

— Como? — soltei, minha cabeça virou para ela, meu corpo ficou rígido. Tentei reverter a minha resposta depressa. Acalmando minha expressão, coloquei os presentes sob a árvore. — Vai convidar Mason para o baile?

— Sim. Eu sei que ele diz que não dança, mas não é por causa da dança em si.

— Não? — Inclinei a cabeça. — Do que se trata, então? — Cada palavra soou tensa.

— Dos vestidos, da festa depois, de estar com amigos e alugar uma limusine para irmos juntos... além disso, elegem uma princesa e um príncipe da primavera. — O sorriso dela ficou eufórico. — Mason vai ganhar com certeza. Ele basicamente ganha sempre, mesmo que nunca apareça.

— E você acha que ele vai desta vez? — *Mantenha-se indiferente, mantenha-se indiferente.* A transpiração esquentou sob o casaco, minhas mãos o tiraram, e eu senti meu rosto esquentar.

— Eu sei que é um tiro no escuro, mas... — Ela caiu dramaticamente no sofá. — Pensei que estava o esquecendo, mas quando ele me mandou mensagem outro dia, percebi que não. Ainda gosto muito dele.

— Ele te mandou mensagem? — Minha garganta lutou para engolir.

Suas bochechas ficaram rosadas, era como se derrubassem ácido bem fundo dentro de mim.

Precisando fugir, rolei a mala pelo corredor até o quarto de hóspedes e fechei a porta.

COMO PARTIR UM CORAÇÃO

Eu ia passar mal. Não só porque Addison ainda estava apaixonada pelo rapaz com quem transei por vários dias seguidos, mas por pensar que ele poderia estar brincando comigo. Quem declarou que era só sexo e nada mais fui eu, mas e se ele estivesse conversando com Addy enquanto estava na cama comigo?

Não. Era errado.

Uma risada maluca me fez soluçar. Isso tudo estava errado, e eu deixei acontecer. Não deveria ter ido tão longe, e agora me sentia toda enrolada em uma confusão marcada para acabar em desastre e desgosto.

— Emery? — Harper me chamou. — Quer ajudar a decorar os biscoitos de Natal?

— Já vou. — Forcei ânimo na voz. Respirando fundo e me recompondo, voltei com um sorriso preso no rosto.

A música de Natal tocava ao fundo, e eu me juntei a elas na cozinha. Addy já estava dançando e decorando os biscoitos, enquanto Harper conferia o jantar.

— Está tudo com um cheiro tão bom. Posso ajudar em alguma coisa?

— Não! — Harper e Addison responderam, balançando a cabeça, profusamente.

— Ah, podem parar. — Cruzei os braços. — Não sou tão ruim. Na verdade, cozinhei muito na semana passada. — Trinquei os dentes por causa do motivo. Elas não ligariam isso a ele, mas parecia que ele estava na ponta da minha língua toda vez que eu abria a boca.

— Verdade, você melhorou um pouco — concordou Addison. — Os hambúrgueres ficaram bons.

— Uau, essa é a minha avaliação, hein? — Baguncei o cabelo dela, tentando não lembrar que depois que queimamos o jantar ontem à noite, ele foi direto fazer brownies, mas acabou lambendo a massa dos meus seios.

— Você está bem? — Harper inclinou a cabeça.

— Sim, por quê?

— Seu rosto acabou de ficar vermelho.

— Está quente aqui — menti, abanando o rosto, desconsiderando a dor que sentia entre as pernas. Só de pensar nele eu ficava excitada e incomodada.

Era outra coisa que eu nunca tinha experimentado antes. Namorei, fiz sexo e tive muitas paixões. Mas nunca tinha ficado tão nervosa, apaixonada ou excitada. Não desse jeito. Era como se ele tivesse despertado algo em mim, e eu precisava sempre de mais. E, mesmo depois de me dar os melhores orgasmos da minha vida, assim que ele saía da minha casa, queria que ele voltasse.

— Na verdade, o que pode fazer é ajudar com a salada. — Harper colocou os ingredientes ao meu lado no balcão.

— Isso eu sei fazer. — Coloquei meu telefone de lado, peguei uma faca e uma tábua, e comecei a trabalhar.

— O jantar estará pronto em uma hora. — Harper deu uma olhada na lasanha. — E... — Ela parou de falar.

— O que foi?

— Kevin está vindo.

— Oh. — Eu sorri. — Que bacana. Vocês oficializaram agora?

— Sim, acho que sim.

— Mãe, admita logo. Você aaaammmmmaaaaa ele. — Addison riu, batendo no meu ombro. Claramente, Addison não só sabia dele, mas aprovava cem por cento. Pude ver no curto espaço de tempo aqui o quanto o relacionamento delas tinha melhorado. Estavam voltando a ser mais como eram antes.

Harper revirou os olhos.

— Acha que tudo bem ele vir? — ela me perguntou.

— Claro.

— É só que...

Ah, certo. A conexão dele com Ben.

— Está tudo bem, Harp. Fico feliz em conhecê-lo. Ou reencontrar, acho.

Harper olhou para mim com ar intuitivo e intenso, o que me deixou desconfortável.

— O que foi?

— Não sei. Tem alguma coisa diferente em você. — Ela me estudou, seu olhar de águia indo para a minha mão direita, vendo que a aliança havia sumido. — Desde a última vez que te vi.

— Não é? — Addy concordou. — Você parece feliz.

— Eu estava feliz antes.

— Talvez por fora, mas havia uma tristeza ao seu redor. — Addison deu de ombros. — Agora, eu não sei explicar. Você...

— Está brilhando. — O tom de Harper era aguçado, os braços estavam cruzados. — Quem é ele?

— Quê? — gaguejei, meu rosto começou a queimar de novo. — Quem é quem?

COMO PARTIR UM CORAÇÃO

— O cara que colocou esse sorriso no seu rosto.

— Ni-ninguém. — Sacudi a cabeça.

— Meu Deus, é o Dr. Ramirez? — Addison ofegou, ela e sua mãe me atropelando juntas, enquanto eu me sentia igual a um animal encurralado.

— Não. — Engoli. — Não existe ninguém. Juro! — Por que pareceu uma mentira para mim também?

— Mentira. — Harper apontou para mim. — Eu te conheço, irmãzinha. E eu sei como uma boa... — Ela gesticulou *trepada* com a boca. — ... se parece.

— Harper.

— Como se eu não soubesse do que as duas estão falando. — Addy revirou os olhos. — Não sou criança. Tenho dezessete anos.

— Não me lembre. — Harper gemeu.

Voltando para a alface, tentei fingir que a conversa havia acabado, sentia um peso no peito.

No balcão entre Addison e eu, meu celular acendeu com uma mensagem. Como meu cérebro ainda estava preocupado com o que acabara de acontecer, levei um segundo para reagir ao ver Addison olhar para a tela. Sua testa franziu confusa, seus olhos foram direto para os meus.

— Por que Mason te mandou mensagem?

Puta. Que. Pariu.

— Ah. — Soltei a faca, peguei o celular e enfiei no bolso antes que ela pudesse ler, não conseguia olhar em seus olhos. — Deve ser a respeito da peça... a máquina de lavar louça quebrou de novo.

MENTIRA. MENTIRA. MENTIRA. Parecia que um letreiro berrante de neon estava na minha testa.

Addison não parou de me olhar, seus olhos me analisavam como se em algum lugar lá dentro ela sentisse que alguma coisa estava acontecendo.

— Oi, oi! — A voz de um homem veio da entrada. — Trouxe torta e presentes.

Addison gritou, correndo para o homem.

— Kevin!

Alívio me inundou, grata pelo *timing* de Kevin. Sua entrada me deixou espantada por outro motivo. Addy estava tão confortável e feliz em vê-lo, e tudo que ele tinha feito foi em casa. Sem bater, sem ser um "convidado". Era muito sério. Harper não deixaria um homem que estava namorando ser tão informal a menos que fosse sério. Do jeito que Harper sorria ao ouvir sua voz, sabia que minha irmã estava apaixonada.

— Uau, com certeza, ele tem a aprovação da Addison.

— Sim. Eles se deram bem. Ele até a levou a um jogo de futebol semana passada. Ela disse que se divertiram.

— Estou tão feliz por você, Harp. — Eu me senti emocionada. — Você merece muito.

— Você também, mana. — Ela passou um braço pelo meu ombro, levando a gente para onde Kevin e Addy estavam. — E não pense nem por um segundo que a conversa de antes acabou. Você está com aquele ar de "estou sendo muito bem comida". Eu sei, porque eu tinha o mesmo olhar feliz e atordoado depois que conheci Kevin. — Ela me soltou, correndo para o namorado e pulando nos braços de um homem alto, forte e bonito.

Ele olhou por cima do ombro dela e ficou tenso. Meu coração parou quando olhei para o mesmo rosto que me disse que Ben não voltaria mais para casa.

Foi confuso, como se fosse um borrão ou um daqueles pesadelos que você não conseguia se lembrar, mas lá no fundo, você se lembrava.

— Kevin. — Engoli o nó na garganta, estendendo a mão.

Ele e Harper se afastaram, e ele se aproximou de mim.

— Ouvi falar muito de você. — Kevin segurou a minha mão. — É um prazer conhecê-la oficialmente.

— Igualmente. — Com a mão dele na minha, senti lágrimas transbordando em meus olhos, mas, pela primeira vez, não foi de dor de cabeça. Era de gratidão. — Nunca pude te agradecer. — Dei um sorriso emocionado. — Sua gentileza naquela noite terrível… o que você fez…

— Só estava fazendo o meu trabalho. — Ele abaixou o olhar, soltando a minha mão. — Mas algo naquela situação acabou ficando comigo.

Um sorriso completo se abriu no meu rosto quando olhei para Harper.

— Acho que sim. Estou feliz que foi você quem bateu na porta.

Ele soltou um suspiro aliviado, como se tivesse medo de que eu nunca fosse capaz de perdoá-lo pelo papel que desempenhou naquela noite.

— Talvez tenha sido o destino. — Olhei para minha irmã e Addison.

— Talvez. — Ele sorriu carinhoso para mim. Eu já sabia que ele daria um bom marido.

— Venha. O jantar ficará pronto em breve. — Harper voltou para a cozinha e eu o vi segui-la, a mão dele esfregando suas costas, beijando-a com carinho antes de saírem da minha linha de visão.

Voltar a vê-lo, o policial que precisou me dar a notícia horrível, me

COMO PARTIR UM CORAÇÃO

deu essa sensação de leveza. Talvez eu estivesse realmente seguindo com a minha vida. Uma sensação de encerrar uma etapa. E, por mais que eu sempre fosse amar Ben...

Era hora de me libertar.

CAPÍTULO 24

MASON

Olhei outra vez para o celular, um gemido borbulhando no fundo da garganta, minha mão esfregando a cabeça com a minha frustração. Ela disse que me avisaria quando chegasse lá, o que deveria ter sido há horas. Só precisava de uma mensagem dizendo que estava bem.

Merda. Eu parecia um namorado.

Não é o que combinamos ser. Era só sexo. E, porra, era *inacreditável*. Eu não me cansava dela. Meu pau estava esfolado depois de foder por dias, sem piedade, mas eu ainda a desejava, parecia um viciado. Eu queria estar dentro dela agora. Mas era mais do que isso. Desde o dia em que a vi do outro lado do campo, não sabia explicar. Fique atraído por ela. Nunca me senti assim. Era como se eu já a conhecesse desde sempre.

Ela era minha.

Tive que fazer o que se esperava, seguir as regras que ela estabeleceu, e não ligar como se fosse um namorado preocupado.

— Você está bem, filho? — Vovô olhou para mim, sua atenção voltada para o meu joelho saltitante.

— Sim. — Eu me levantei agitado, percebendo que não estava prestando atenção no jogo de futebol. — Vou ver a vovó.

Normalmente, passávamos o Natal só nós três. Meu pai foi filho único, e, como eu não conheci minha mãe, só tinha os dois depois que meu pai morreu. Víamos jogos de futebol enquanto o vovô cochilava e acordava; a vovó cantava canções de Natal na cozinha ao mesmo tempo que cozinhava e eu preparava o peru.

Nossa pequena ceia nunca me incomodou antes, mas, este ano, tudo parecia estranho.

Vovó não podia sair da cama e passava mais tempo dormindo do que acordada. Fiz toda a ceia sozinho este ano, mas fazer só para o vovô e para mim parecia inútil. Estávamos seguindo a rotina, mas nenhum de nós queria comemorar. A vovó era a alma desta família, e eu temia que ela não ficasse aqui por muito mais tempo. Quando ficou no hospital, a alegria nesta casa também se foi com ela.

COMO PARTIR UM CORAÇÃO

Para não pensar nisso, meu cérebro se voltou para Emery, o que me deixou igualmente agitado.

Vovó parecia tão pequena e frágil na cama. Nunca reparei como ela tinha ficado velha e fraca. Ela ainda era a mulher que me criou, que me embalou e me ensinou a cozinhar.

— Mason. — Sua voz era baixa e frágil, quase não conseguia abrir as pálpebras.

— Desculpe se a acordei. Só queria ver como a senhora estava.

— Venha aqui. — Ela deu um tapinha no lugar vazio ao lado dela na cama.

Fui até ela, me sentei ao seu lado e a mão dela segurou a minha, seu aperto ainda era surpreendentemente forte.

— Sabe o quanto seu avô e eu te amamos?

— Vovó…

— Deixe a velhinha falar. — Sua mão trêmula bateu na minha, me dizendo para ficar calado. — Você sabe que eu só queria o melhor para você, Mason, e eu sinto que seu avô e eu te decepcionamos.

— O quê? — Eu me assustei. — Para com isso. Na verdade, é totalmente o contrário.

Sua mão pressionou a minha, fazendo a minha boca se fechar.

— Sei que não teve a melhor infância, mas, assim que veio morar conosco, você era nosso, Mason, e não existia ou *existe* nada que não faríamos por você. E é por isso que me culpo. — Seus olhos piscaram. — Sei que se cobrou demais para terminar a escola, treinar futebol e viver seu último ano… por seu avô e por mim, *não* por você. Como se tivesse uma obrigação conosco, quando você não poderia estar mais longe da verdade. Vimos o arrependimento do seu pai. Vimos todas as experiências que outras crianças estavam passando, que você perdeu, e acho que nós tentamos nos convencer que era algo que você também queria, por nossas próprias razões egoístas. Precisou desse derrame para eu ser honesta comigo mesma, para encarar o que eu sabia já há algum tempo. Você só está seguindo por esse caminho por *nossa* causa.

— Vovó. — Minha garganta engoliu seco.

— Não vamos ficar muito tempo por aqui.

— Vovó, pare. É bem possível que a senhora viva mais do que eu.

— Não diga isso. — O rosto dela ficou aflito, a mão apertou a minha com mais força. — *Nunca* diga isso — sussurrou, quase chorando.

— Desculpa. — Abaixei a cabeça.

— Seu avô e eu passamos a escritura da casa para o seu nome, junto com as poucas ações que temos. Não é muito, mas agora está tudo no seu nome. Temos dinheiro reservado para as despesas do funeral, então você não vai precisar se preocupar com nada.

Meus olhos e nariz arderam com as lágrimas. Não conseguia falar, minha garganta se fechou.

— Pode vender a casa e as ações, pode fazer o que quiser. *O mais importante* é que você viva a sua vida da forma mais feliz possível. *Esse* é o nosso maior sonho para você. Que você siga seu coração, não importa onde ele te leve. E sinto muito por fazer você acreditar que precisava fazer essas coisas para nos agradar. O que quer que faça, nos fará felizes se *você* também estiver feliz. — Exaustão fez seus olhos piscarem. — Você é o meu maior presente, Mason. — Ela deu um tapinha na minha mão, com as pálpebras mais caídas. — Pare de agir como se nos devesse alguma coisa. Na verdade, nós é que devemos a você por nos dar tanta alegria em nossas vidas.

Um soluço me escapou, meus olhos ardiam.

Sua boca se abriu quando voltou a dormir. Inclinando-me, beijei sua testa, ajeitando as cobertas antes de sair. Meu peito ardia com as lágrimas não derramadas, e fui para o meu quarto. O pavor de perdê-los me deixou ofegante. Eles eram o meu porto seguro, meu mundo, ficaram ao meu lado e desistiram de tudo por mim. Sem eles, eu não tinha ninguém.

Meu celular tocou no bolso. Eu o peguei, e vi uma mensagem.

Emery: Cheguei.

Nada mais, nada pessoal, nada que me diga que ela sentiu minha falta.
Que você siga seu coração, não importa onde ele te leve.
Que se dane.
Apertei o botão de chamada e liguei.

CAPÍTULO 25

EMERY

— Vai me dizer com quem você está saindo? — Harper tomou um gole de vinho. Addison estava no quarto conversando com as amigas ao telefone. Kevin tinha acabado de sair, e estávamos todos com a barriga cheia de lasanha, cookies e torta.

— Não estou saindo com ninguém.— neguei.

Harper arqueou a sobrancelha.

— Hum-hum. Claro.

— Não estou. — Tecnicamente, Mason e eu não estávamos "saindo". Era só sexo, só isso.

— Então, estão só dormindo juntos?

— Meu Deus, não estou transando com meu chefe. — Balancei a cabeça. Pensar em Daniel e eu juntos me fez estremecer. Só que se eu a deixasse acreditar que era ele, não suspeitariam que era o garoto de 20 anos que Addison amava. — Ele me convidou para sair. Foi isso.

— Se está dizendo. — Harper acenou com a cabeça para o meu dedo sem a aliança. — Está interessada a ponto de querer, pelo menos, tentar novamente. Isso é bom.

Sim, mas não com o Dr. Ramirez. Como eu queria que fosse ele. Seria tão mais fácil.

— Está mesmo me dizendo que não aconteceu nada? Porque você está exalando essas ondas radioativas sexuais. Com uma aparência que grita: *fui comida, e muito bem comida.*

— Harp. — Cobri o rosto com as mãos.

Escutamos a risada de Addison do quarto.

— É bom tê-la em casa de novo? — Mudei de assunto.

— Sim. — Harper assentiu. —Adoraria que ela voltasse agora, mas sei que ela é feliz lá e ama seus amigos e ser líder de torcida. Não sou capaz de fazer isso com ela. — Harper dobrou a perna debaixo dela. — E, honestamente, estou quase a levando embora para não ter que ouvir mais nada desse garoto Mason.

Tudo em mim congelou, o pânico queimou meus pulmões.

— Ah, é? — Tomei um gole de vinho.

Garoto? Queria rir. Se ela soubesse o que ele me fez na mesa da cozinha ontem à noite…

— O que ela está falando dele? — Cada sílaba era uniforme e moderada.

— Que ele é o menino mais lindo que ela já viu. — *Concordei.* — Ele é sombrio e misterioso. — *Verdade. Confere.* — Quando ele olha para ela, ela se sente toda inquieta. — *Posso concordar.* — Não tenho espaço para conversar, mas ele parece o oposto do rapaz que quero que a Addy goste. Uma grande decepção iminente. O playboy supremo, alguém que vai brincar com ela.

Ele estava usando um "brinquedo" em mim na noite passada.

— Ele não é um babaca assim. Na verdade, considerando seu passado, ele é muito gentil com as pessoas próximas a ele. — *Ops. Santo. Deus. Cale a boca, Emery.* — Quero dizer, ele já esteve algumas vezes em casa, então eu acabei o conhecendo um pouco. — Com certeza sei como é senti-lo dentro de mim. Como adora minhas unhas arranhando a bunda dele quando gozamos juntos. Os barulhos que ele faz quando está metendo em mim. E o tanto que é inteligente e engraçado, e o jeito que cuida de seus avós. De mim. Como seu passado o moldou para ser mais seletivo com os amigos, e a confiar em pouquíssimos. E como é bom ser uma dessas pessoas especiais para ele.

— Bem, esse garoto Mateo me parece um rapaz melhor para ela. — Harper não reparou que eu o defendi. — Mas Addy é muito parecida comigo. Nunca queria os bons.

— Até agora. — Brindei minha taça na dela.

— Ah, ele pode parecer legal, mas aquele homem é todo safado na cama. — Ela se abanou.

— Acho que eu deveria ficar com nojo. — Dei risada. — Mas estou feliz por você.

— Obrigada. Espero que deixe alguém se aproximar de novo. Acredite em mim, não estava procurando por ninguém tão cedo depois de Joe, e Kevin também não. Às vezes, a vida não liga para os seus planos. A pessoa certa aparece, e você tem que se arriscar.

Olhei para a cor vermelha na taça, meu coração doeu, porque estando certo ou errado, não importava o que eu dissesse a respeito de ser só sexo. Eu gostava de ficar com Mason, de verdade. Conversar e rir com ele. Fiquei assustada, mas senti falta dele. E *muita*.

COMO PARTIR UM CORAÇÃO

Era como se Mason pudesse me sentir pensando nele porque meu telefone tocou e seu nome apareceu na tela.

Merda.

Pulando, virei a tela para longe da minha irmã.

— Hum, vou precisar atender... é do abrigo.

Ela assentiu, acenando para mim, acreditando na mentira.

Voltando para o quarto de hóspedes, fechei a porta e atendi a ligação.

— Oi — disse, baixinho. O quarto de Addison dividia uma parede com o meu.

— Oi.

Merda. Sua voz deveria ser ilegal. Meus mamilos endureceram na hora, minha boceta pulsou como se agora estivesse condicionada a reagir à voz dele.

— Provavelmente estou quebrando outra regra, mas precisava ouvir sua voz — murmurou. — Como está o seu Natal? Bom?

Estaria melhor com você aqui.

Então minha mente tentou imaginar como seria isso. Jamais poderia acontecer. Addison me odiaria para sempre, e ninguém nos aceitaria.

— Sim. — Lambi o lábio. — E você?

— Ah, ótimo. — O sarcasmo dele era denso. — Preferia estar entre suas coxas agora.

— Mason. — Tentei colocar um aviso no meu tom enquanto o tesão tomava conta de mim ao pensar nele lá.

— Não diga meu nome assim se não quer que eu imagine minha língua fodendo sua boceta bem agora.

Ofeguei, cada nervo queimava só de pensar nisso.

— Pare. — Não queria que ele parasse, mesmo que fosse errado. Meu olhar continuou saltando para a parede do quarto de Addison, ouvindo o murmúrio de sua voz e de música. — Addison disse que você mandou mensagem para ela outro dia.

Um zumbido profundo veio dele.

— Você parece estar com ciúme.

— Não estou com ciúmes — respondi um pouco rápido demais. — Quero saber se está brincando com a minha sobrinha e comigo, porque se estiver, eu juro...

— Emery. — Ele me cortou. — Vou dizer uma coisa e quero que me escute bem. Você é a única com quem quero brincar.

Senti um nó na garganta; um alívio profundo que eu não queria analisar ferveu sob a minha pele.

158 **STACEY MARIE BROWN**

— Ela me mandou mensagem perguntando como estavam minhas férias e disse que não via a hora de voltar. — Eu podia ouvir ao fundo o som dele se mexendo e se deitando na cama. — Eu respondi: "Estão boas", mas talvez eu devesse ter dito que tem sido incrível porque todas as noites, estou até o talo no fundo da mulher mais deslumbrante que eu já vi. Consumido pela sensação de senti-la gozando no meu pau. Ah, e acontece que ela é a sua tia. Então, como vão as suas férias?

Meu rosto esquentou com a sua fala, e eu caminhei até a cama de solteiro em que estava dormindo e me deitei, sentindo a indecência proibida de nós.

— Sim, é melhor mesmo optar por um simples "Estão boas".

Uma risada perversa vibrou em meu ouvido. Cada centímetro da minha pele formigou, cada nervo estava sensível e dolorido.

— É contra as regras dizer que sinto sua falta?

— Não. — Coloquei a mão na coxa e acima do meu interior, a dor se tornando intensa. — Também sinto a sua.

— Porra — soltou. — Quero tanto estar dentro de você agora.

— Eu também.

Ele ficou em silêncio.

— Mason?

Meu telefone vibrou. Desta vez ele estava me chamando por vídeo. Em algum lugar do meu cérebro, ouvi que isso era má ideia, mas as duas taças de vinho entorpeceram qualquer julgamento.

Apertei o botão e o rosto dele apareceu, tirando meu fôlego. Ele estava deitado na cama, o olhar intenso em mim.

— Tire o agasalho e a calça — mandou. Um pouco surpresa por sua aspereza, não pude lutar contra o calor da luxúria entre as pernas. — Agora, Emery.

Minha respiração parou, e fiz o que foi instruído.

— Você também.

Ele sorriu, tirando a camisa, o peito musculoso e a linha V profunda aparecendo. Ele abaixou a calça jeans e me mostrou como estava duro por baixo da boxer. Seu corpo era um milagre, e minhas mãos e boca desejavam adorá-lo.

— Tire o sutiã. — Ele me observou ao mesmo tempo em que sua mão esfregava a ereção.

Soltando o sutiã, eu o soltei devagar do meu corpo.

Mason gemeu.

COMO PARTIR UM CORAÇÃO

— Brinque com seus seios para mim.

Minhas palmas circularam os mamilos, apertando e massageando, mais calor subia pelas minhas costas.

A risada de Addison atravessou a parede, enfatizando como isso era imoral e errado.

— Porra. — Mason agarrou o pau, esfregando com mais força. Conhecendo muito bem como era senti-lo nas minhas próprias mãos, o gosto em meus lábios, fiquei cada vez mais excitada.

— Se masturbe — rosnou. — Quero ver sua boceta.

Segurando o telefone com uma mão, meus dedos deslizaram por dentro da calcinha, esfregando, as costas suando, sentindo prazer nele me observando.

Nunca tinha feito nada nem remotamente perto disso. Quer dizer... uma vez Ben estava em uma viagem de negócios e tentamos fazer sexo por telefone. Foi estranho, e fingi gozar.

Minha boceta encharcou a calcinha enquanto eu me acariciava, amando o calor ardente nos olhos de Mason.

— Tire-as, agora. — Ele soltou seu pau, mas o olhar faminto estava em mim. Tirando a calcinha, sentei-me nua na cama, dolorosamente ciente de quem estava nesta casa e da facilidade com que minha irmã ou sobrinha poderiam entrar sem bater. Parecia ainda mais pecaminoso.

— Abra as pernas.

Minhas costas arquearam quando abri as coxas, continuando a me esfregar, as faíscas já acendendo pelo meu corpo.

— Mason...

— Coloque o telefone entre as coxas. Quero o foco na sua boceta, como se estivesse te comendo agora. — Seu comando safado produziu um gemido da minha garganta, os dentes morderam meu lábio para não soltá-lo, meu corpo estava em chamas. — Finja que são meus dedos dentro de você. Esfreguei mais forte. Mais fundo.

Meus olhos se fecharam, o som da minha umidade ficando mais alto, meus quadris se contraindo quando fui mais fundo, me fazendo acreditar que era Mason.

Um gemido e um assobio vieram dele, e eu olhei para cima. Sua expressão estava rígida quando o pau engrossou, o pré-sêmen derramou, o que só me incitou.

— *Em*, quero tanto transar com você. — Seus olhos se fixaram no ângulo da câmera, onde ele estava vendo. — E me ver entrar e sair de você, coberto por você.

— Puta merda. — Um gemido gutural e áspero me escapou. Meu quadril se contraiu, precisando muito gozar. — Mason... — Soltei seu nome entre os dentes.

— Aperte o clitóris. — Sua voz era tão áspera quanto a minha, sua mão se movendo mais rápido, me observando fazer o que ele pedia. — Agora belisque. Não mexa na câmera... quero te ver gozar.

Eu gozei, sentindo as costas tremer, meu orgasmo me atingindo. Mordi o lábio enquanto tentava evitar que meu gemido escapasse, minha visão ficando embaçada.

Um som abafado veio de Mason, e fiquei boquiaberta, venerando-o conforme gozava, soltando ondas de esperma, cobrindo a barriga, um som de prazer saindo dele.

Quando recuperei o fôlego, ergui o telefone para vê-lo. Um sorrisinho malicioso tomou conta de um lado do rosto, os olhos brilhando, as bochechas e o peito corados.

— Porra, isso foi gostoso. — Ele se aproximou da cadeira, pegou uma toalha e se limpou.

Apoiando-me nos cotovelos, minha pulsação parecia as asas de um beija-flor batendo.

— Sim. — Não esperava que fosse tão gostoso ou bom assim. — Acha que dá para aguentar até eu chegar em casa? — provoquei.

— Com você? O alívio da tensão não vai durar nem uma hora. Estou acostumado a ter você a noite toda.

Como era possível que eu tivesse acabado de gozar e já ficar excitada tão depressa? Era tudo por causa de Mason. Ele parecia fazer isso comigo.

— Eu sei. Também me sinto assim.

O sorriso mais impertinente esticou seus lábios.

— Tenha um bom Natal. — Ele piscou o olho. — Te vejo quando você voltar. — Ele desligou antes que eu pudesse responder. Um sorriso enorme tomou conta do meu rosto, ainda surpresa por eu ter feito sexo por vídeo com ele.

— Tia Emery? — Uma batida na porta me fez correr para me vestir. — Você está bem?

— Sim. — Minha garganta estava dolorida e trêmula, a culpa que ignorei mais cedo estava voltando.

COMO PARTIR UM CORAÇÃO

— Ah, pensei ter ouvido alguma coisa. Como se estivesse com dor ou algo assim. — Que vergonha. Vergonha. Vergonha. — Vamos começar a ver *Um Duende em Nova York*.

— Já vou. — Procurei um pijama na mala.

Senti uma facada no peito, senti vergonha pelo que fiz e pela fraqueza por deixar acontecer, não importa como era bom e o quanto parecia certo. Eu era uma pessoa horrível e uma tia ainda pior.

Mason e eu tínhamos que acabar tudo. Era inevitável de qualquer maneira. Em duas semanas, Addison voltaria para a escola.

Só de pensar nela descobrindo. De machucá-la...

Por que a pior coisa para você era a única que você queria?

Na manhã do dia 26, rolei minha mala até à porta, ansiosa para sair cedo, tentando negar por que estava com tanta pressa de chegar em casa.

— Uau, você está querendo ir mais cedo. — Harper veio da cozinha segurando uma xícara de café. — Vai dar uma saidinha esta noite? — Ela piscou, me provocando. — Sabe, um dia desses, estarei certa.

Você não está tão errada. Exceto pelo fato de que não estaríamos vestidos ou saindo de casa.

— Vamos ver se consigo fazer a Addison se mexer. — Ela foi para o corredor. — Addison. É melhor levantar essa bunda.

— Deixe-a dormir. Vou ligar para ela mais tarde.

— Ligar para ela? — Harper inclinou a cabeça quando Addy saiu do quarto, o cabelo bagunçado.

— O que foi?

— Está na hora de ir.

— Mas já? — Ela voltou para o quarto. — Vou ficar pronta rapidinho, tia Emery.

— Espera. — Estremeci, nervosa. — O que está acontecendo?

Harper piscou, confusa.

— Do que está falando? Não recebeu meu recado? Liguei antes de você chegar.

Puta. Merda.

— Não vi. — Nunca fui boa em ver recados na caixa eletrônica do celular, mas, dentro da bolha do Mason, esquecia tudo assim que ele me dobrava sobre o sofá ou me empurrava contra a geladeira.

— Addison queria voltar para o aniversário de Sophie no dia 30, e tem alguma coisa da torcida que ela não queria perder na semana que vem. Então, ela queria voltar com você antes.

—Ah. — Colei o sorriso no rosto. — Ah, sim. — Não estava chateada que Addison iria voltar, mas eu não estava preparada. O prazo de validade meu e do Mason juntos só adiantou duas semanas.

— Estou indo! — gritou Addison, correndo do quarto para o banheiro.

— Vou te ajudar a levar suas coisas para o carro. — Harper pegou os presentes que me deram e me seguiu até o carro. — Obrigada mais uma vez pelo que está fazendo pela Addison. Ela te idolatra, Emery. Está tão feliz na escola com as amigas. Por mais que eu a queira de volta comigo, me sinto muito sortuda por ter você como irmã. — Ela me abraçou. — E por Addison ter uma tia tão incrível.

— Sim. — Engoli, sentindo-me qualquer coisa menos incrível.

— E se está saindo ou não com alguém, é bom demais vê-la feliz, tocando a sua vida. Sei que Ben sempre estará com você, mas ele iria querer que vivesse sua vida. Que amasse outra vez.

Meu coração doeu, odiando como aquela única palavra me fez pensar em Mason. Não era amor. Era só luxúria e sexo alucinante.

— Tudo bem, acho que peguei tudo. — Addison saiu com suas cinco malas.

— Oh. — Harper se inclinou, como se estivéssemos conspirando. — Se você precisar bater no garoto que ela gosta, vá em frente. — Ela se virou para ajudar a filha enquanto uma risada pesada e enlouquecida sufocou minha garganta.

É, eu já fiz isso, e ele me deu uns tapas também.

COMO PARTIR UM CORAÇÃO

CAPÍTULO 26

EMERY

Addison gritou de felicidade quando paramos na garagem.

— Por mais que eu ame minha mãe, estou superfeliz por voltar. — Ela tirou o cinto de segurança. — Aqui é muito melhor.

Durante o feriado, ela percebeu que não tinha mais amigos em casa. Ela não gostava mais da antiga turma, e passava a maior parte do tempo no telefone com todos os seus novos amigos daqui.

Ela saiu correndo do carro, indo tirar suas coisas do porta-malas. Abri a porta dos fundos da casa, abrindo espaço para ela entrar com a primeira leva de malas, e eu dei a volta para pegar a minha.

Um corpo quente e firme pressionou minhas costas, as mãos agarrando minha cintura.

— Droga, senti saudade. — A boca do Mason escorregou pela curva do meu pescoço. — Preciso de você nua, agora.

O pânico me fez pular, um suspiro preso na garganta quando passos voltaram para a garagem.

Mason acabou de dar um passo para trás quando Addison parou repentinamente, seus olhos se arregalando.

— Mason? — O rosto coberto pela confusão.

Fiquei pálida, minha pulsação trovejando nos ouvidos. O que ela viu? Como eu seria capaz de explicar isso?

— Como sabia que eu voltaria hoje? — Addison balançou a cabeça.

— Ah. — Ele deu mais um passo se afastando de mim, o pomo-de-adão subindo e descendo. — Acho que… humm… Mateo deve ter comentado.

— Sério? — A empolgação arregalou seus olhos. — Não acredito que veio. — Ela pulou até Mason e o abraçou. Ele ficou parado, os braços paralisados de lado. — Senti tanta saudade de você.

— Sim. — Ele recuou, discreto. — Seja bem-vinda. — Ele recuou, os olhos deslizando para mim, depois de volta para ela. — É melhor eu voltar para casa. Minha avó precisa de mim.

— Vou ligar para o Mateo, Sophie e Elena. Vamos todos sair em breve — acrescentou ela antes de ele ir embora.

Ele não respondeu nem que sim, nem que não. Mas, quando se virou para sair, seu olhar encontrou o meu outra vez. Vi perguntas e confusão em seus olhos antes que ele se afastasse.

Foi por pouco que não fomos pegos. A frustração me retorceu por dentro quando ele desapareceu de vista, meu peito estava apertado.

— Ah. Meu. Deus. — Os olhos de Addy estavam arregalados, sua expressão completamente agitada. — Ele sabia que eu estava voltando para casa e veio me ver. Tipo, bem na hora que cheguei. Ainda nem tiramos as malas do carro. — Ela fez uma dancinha feliz. — Para fazer esse tipo de coisa tem que gostar, né? Quero dizer, gostar *pra valer*. Vou convidá-lo para o baile.

Olhei fixamente para as coisas no carro.

Ela pegou suas últimas bolsas.

— Aproveitando, queria te pedir, porque você é a melhor tia do mundo — ela falou apressada. — Estava pensando que isso também poderia te ajudar, porque você poderia chamar o seu doutor bonitinho para vir aqui no Ano Novo... é que eu queria convidar alguns amigos para passarmos a virada aqui. Jantar e coisas assim, e depois poderíamos sair

— Por quê? — Eu me virei para ela. — Quero dizer, por que iriam querer ficar aqui?

— Porque... — exalou... — Mason odeia festas. Ele não foi em mais nenhuma desde a noite em que desmaiou aqui, e até ele ter ido àquela foi esquisito. Ele sempre pula fora, mas parece não ter problemas em vir aqui. Pensei, sabe, se eu conseguir que ele venha ficar com a gente, se divertindo, eu poderia convidá-lo para o baile. — Ela retorceu as mãos, nervosa.

— Addy... — Rangi os dentes, tentando escolher bem as palavras. — Quero que tenha muito cuidado. Acho que está vendo algo que não existe.

— Ah, para, né! — Ela apontou na direção de onde ele acabou de sair. — Ele veio me ver assim que voltamos. Deve ter nos visto passar e praticamente veio correndo até aqui.

Sim. Por mim.

— Addy, por favor. Acho que pode estar vendo mais do que existe nas atitudes de Mason.

— Mas é o que mamãe me disse para observar. Suas *ações*. As palavras podem não significar nada, portanto, preste atenção no que fazem.

COMO PARTIR UM CORAÇÃO

Desculpe, tia Emery, você está errada a respeito dele. Ele gosta de mim. Eu sei. — Ela pegou suas coisas e entrou em casa.

Respirando fundo, me inclinei no para-choque, meu celular vibrou no bolso.

> **Mason:** Por que não me disse que Addison estava voltando?

> **Eu:** Não sabia até esta manhã!

> **Mason:** Poderia ter me enviado uma mensagem.

> **Eu:** Devia ter mandado, mas não sabia que estaria aqui na hora.

> **Mason:** Não estava louca para me ver também? E se ela não estivesse lá, você estaria gritando meu nome enquanto eu te fodia no capô do seu carro.

Um gemido vibrou na minha garganta.

> **Eu:** Addison ainda é doida por você.

> **Mason:** Nunca gostei dela desse jeito. E eu nunca a encorajei.

> **Eu:** Ela acha que você veio aqui por causa dela.

> **Mason:** Diga a ela que é porque eu queria pegar a tia dela.

> **Eu:** Isso precisa acabar. Um pouco mais cedo do que pensávamos, mas ambos sabíamos que ia ser assim.

As bolinhas da digitação apareceram e desapareceram, algumas vezes.

> **Eu:** Desculpa. Mas nada mais pode acontecer entre nós. Acabou.

Meu coração se apertou quando ele não respondeu. Uma parte doentia em mim queria que ele lutasse, dissesse que estava longe de acabar. Nenhuma mensagem desse tipo chegou.

Um final silencioso para um caso ilícito.

— Tia Emery? — gritou Addison da cozinha. — Precisamos ir ao mercado. Não tem comida.

Peguei minhas coisas e entrei, fechando a porta da garagem, sentindo que era um ato simbólico entre Mason e eu.

Pensar em nunca mais ficar com Mason me deixou mal, mas eu tinha que ser forte. Addison vinha em primeiro lugar.

Não importava o quanto eu o desejava, precisava fazer o que era certo.

— Você está péssima, garota. — Marcie descansava em duas cadeiras, comendo batatas fritas e sanduíche quando entrei na sala de descanso.

— Obrigada. — Refiz meu rabo de cavalo, e me joguei na cadeira à sua frente. Este primeiro dia de volta ao trabalho foi uma tortura, cada minuto parecia uma hora. — Não dormi bem. — Era um eufemismo. Meu cérebro não cedia, ficava repassando o final com Mason enquanto meu corpo passava pela abstinência. Imaginava que ele entrava sorrateiro pela janela e cobria minha boca para não fazer barulho, enquanto afundava em mim, me levando cada vez mais além até que eu explodisse.

— Não está conseguindo dormir? — Ela sacudiu as sobrancelhas. — Algum motivo em particular?

— Não é o que você pensa. — Relaxei na cadeira. — Acabou.

— Por quê? — Ela piscou para mim, indiferente. — O sexo era incrível, não era?

Soltei uma risada cansada e concordei com a cabeça.

— Mais do que incrível. Ao infinito e além.

— Uau, deve ser bom se está até citando filme de desenho animado. — Bufou. — Com um belo gostosão – e se é tão bom quanto diz, garota –, você não desiste. — Ela acenou com a mão fazendo um gesto de "nem pense nisso". — Isso é tipo um unicórnio no mundo de hoje. Você monta o cavalo e vai até o fim da corrida.

COMO PARTIR UM CORAÇÃO

— Acho que a corrida acabou. — Minha mão esfregou o peito, distraída. — Ficou complicado demais.

Seu silêncio tenso chamou minha atenção para ela.

— Ah, garota…— Ela balançou a cabeça, seu olhar indo para onde eu esfreguei meu coração. — Você se apaixonou por ele.

— Não — exclamei, me sentando. — Nada disso. Era só sexo. Além disso, ele é muito novo.

— O que a idade tem a ver com se apaixonar por ele ou não? — perguntou. — Meu novinho gostoso é quatro anos mais novo que eu. Estamos perfeitamente em pé de igualdade. Ainda mais na cama.

Quatro anos era diferente de dez, e Mason ainda estava estudando. Parecia chocante.

Daniel entrou na sala, encerrando nossa conversa. Ele me olhou surpreso, um sorriso caloroso surgiu em seu rosto.

— Oi, Emery. Ainda não tinha te visto hoje.

— Está corrido. — O dia que retornávamos depois de um feriado era sempre insano.

Marcie se levantou e limpou as mãos.

— Meu intervalo acabou.

Eu a encarei com um olhar furioso. *Não se atreva a me deixar.*

Ela deu de ombros, um sorriso malicioso se formou em seus lábios enquanto ela colocava outra batata na boca.

— Não posso enrolar quando o chefe entra — brincou, jogando suas coisas no lixo e saiu.

Eu te odeio! Gritei por dentro para ela, e juro que a ouvi rir. Em algum momento, precisaria encarar Daniel. Só não queria que fosse hoje.

— Esperava te ver. — Ele se sentou no lugar da Marcie. — Como você está?

— Tudo bem — afirmei.

— Teve um bom feriado?

— Sim, fui passar uns dias na casa da minha irmã.

— Fui para a casa da minha mãe. E foi aquele investigatório anual: "Por que ainda está solteiro, Daniel?", "Quando vai conhecer a garota certa, Daniel?", "Está na hora de me dar netos, Daniel". — Ele riu, esfregando a têmpora. — Não via a hora de voltar.

Eu sorri, embora sentisse que cada pergunta que ele repetia era proposital. Nada me impedia de sair com ele. Não mais. Ele era um cara legal.

Um partidão. Exceto pelo fato de que eu ainda queria correr quando ele sorria para mim, porque seu sorriso era cheio de esperança. Cheio de querer ser mais do que meu amigo.

E tudo o que eu queria era ir para casa, para outra pessoa.

Não sabia explicar o que era. Na hora que conheci Mason, senti algo entre nós. Uma atração que nenhum de nós parecia ser capaz de lutar contra. No entanto, ele se afastou de mim sem nenhum problema.

— Então... este sábado é véspera de Ano Novo. E não é que eu queira te pressionar, mas queria te levar para sair...

— Não posso — soltei, minha cabeça girando, tentando encontrar uma boa razão. — Minha sobrinha vai fazer uma festinha em casa com seus amigos. — Addy ainda não sabia disso. Não tinha dito que sim. — Só comes e bebes. É tipo um esquenta.

— Ah. — Acenou com a cabeça. — Sim. Parece legal. Por mim tudo bem.

Puta merda. Não era para ser um convite.

— Daniel, você é um cara muito legal. — Entrelacei as mãos. — Acho que ainda não estou pronta. É melhor a gente continuar só amigos. Além disso, sair com o meu chefe? Pode ser muito confuso e desconfortável. — Ao contrário de estar com a paixão da minha sobrinha.

— Só se terminássemos. — Ele tentou brincar, mas não deu muito certo. Seus lábios se fecharam. — Já entendi. Eu sei que ainda está de luto, mas eu gosto mesmo de você. Gosto de estar perto de você. Se eu tiver que esperar, vou esperar. Se quer um amigo agora, posso ser um. — Ele se levantou, indo para a porta, provavelmente querendo fugir do constrangimento que eu o havia exposto. — A festa parece divertida. Vou levar a receita de caldo de feijão da minha mãe. É muito bom.

— Ótimo. — Ele começou a sair e eu sorri agradecida.

O que aconteceu aqui? Agora eu precisava convidar todo mundo, pegar comida e bebidas, e acabar com a Marcie por ela ter me deixado aqui. Ela tinha que vir também para que não viesse só o Daniel, assim ele não entenderia tudo errado.

Acho que a Addison ia conseguir a festa dela, afinal. A que ela tinha planejado apenas para convidar Mason para um baile.

COMO PARTIR UM CORAÇÃO

CAPÍTULO 27

EMERY

— Ou este é melhor? — Addison estava na minha porta, dando uma voltinha com a sua última escolha de roupa, um vestido curto de lantejoulas na cor champanhe com saltos da mesma cor. O cabelo loiro estava cacheado e preso de lado.

Queria que ela voltasse a usar maria-chiquinha e andar com seu coelhinho de pelúcia. Acabei de me lembrar que eu tinha dezenove anos quando ela tinha seis... praticamente a idade de Mason. Esse pensamento me atingiu como um tapa.

— É esse!

— Tem certeza? E o preto?

— Não. O da cor champanhe. — Concordei com a cabeça, impressionada. — Você está linda.

— Obrigada. — Ela sorriu. — E olhe para você! — Ela apontou para o meu elegante macacão de seda verde esmeralda. — Todos os garotos do time já te acham gostosa e têm uma quedinha por você. Eu vou ter que colocar babadores neles hoje à noite para aguentar toda a baba.

Os amigos de Addy estavam vindo para festejar, comer pizza, e depois ir para uma festa, onde eu sabia que haveria bebida. Sabia como era ser jovem e querer comemorar com amigos na idade dela. Ela me disse que estaria segura, e talvez há um ano, eu não confiaria nela, mas agora confiava. O fato de Mateo parecer ser mais protetor com ela também era um bônus. Ele tinha uma queda por Addy, mas, infelizmente, ela ainda não enxergava nada além de Mason, independente da beleza toda de Mateo.

Colocando minhas argolas de ouro, tentei não pensar nele. Foi uma semana horrível. Demorada, desgastante, e eu simplesmente não conseguia me livrar dessa tristeza e inquietação. Sentia falta dele. E não deveria, mas era uma dor constante no peito. Passei com os cachorros do abrigo na frente de sua casa várias vezes, na esperança de ter um vislumbre dele.

Ficar no abrigo me salvou. Eram os poucos momentos em que eu sentia que podia respirar, ainda mais quando um cachorro era devolvido

STACEY MARIE BROWN

porque não atendia a comandos simples. Foi Anita quem descobriu que o cachorro entendia e respondia à linguagem de sinais.

— Um dos donos devia ser surdo. — Anita curvou os dedos, gesticulando para que ele se sentasse. A bonita mistura de pitbull sentou-se na hora, parecendo muito feliz quando Anita mostrou o polegar para cima. — Ele não entende comandos verbais.

— Deveríamos colocar no perfil dele. Ver se podemos combiná-lo com alguém que, pelo menos, conheça a linguagem de sinais. — Eu dei um tapinha na cabeça de Blue. — Alguém por aí está te procurando, Blue. Eu sei, e vou encontrá-lo para você. — Prometi ao cachorro. Depois de ver o pastor alemão com a menina, senti essa necessidade de encontrar o cão perfeito para pessoas com necessidades especiais, dando aos dois uma vida melhor.

— E? — O tom lascivo de Addison me trouxe de volta ao presente. — O Dr. Ramirez vem esta noite, né? — Ela agitou os ombros. — É por isso que está tão gostosa?

— Não é assim. — Puxei meu cabelo escovado e com chapinha, dando uma última conferida em mim antes de virar para minha sobrinha. — Somos só amigos.

— *Com certeza*. Amigos. — Ela continuava provocando, determinada a me fazer gostar dele.

Revirei os olhos enquanto saía, indo para a cozinha. Nunca reconheceria que me arrumei um pouco mais no caso de Mason aparecer, apesar de que era muito provável que não viesse. Addison não conseguiu uma confirmação dele, e eu não quis dizer a ela que isso possivelmente significava não.

Ele não viria por minha causa.

— Oi, oi! — Marcie abriu minha porta da frente, dando uma olhada dentro.

— Entre! — Eu sorri ao vê-la. Ela usava calças de veludo e um top brilhante. Tim, seu "novinho", entrou atrás dela, seguido por seu amigo Sean, que ainda parecia determinado a me levar para sair de novo, mesmo que para mim já bastasse o primeiro encontro.

— Feliz Ano Novo! — cantarolou, as mãos cheias de champanhe. Tim e Sean carregavam mais cerveja e bebidas alcoólicas.

— Definitivamente vou precisar disso. — Peguei as garrafas das mãos dela, apontando para ficarem à vontade. Minha casa não era enorme, mas colocamos aquecedores no quintal, a jacuzzi estava borbulhando e a música tocava por toda parte para nos dar mais espaço por dentro e por fora. Addison conseguiu que Mateo e alguns dos outros jogadores ajudassem a arrumar tudo mais cedo.

Mais pessoas do meu trabalho vieram, seguidas por um monte de convidados de Addison, aumentando o nível de som para altos decibéis. Não percebi que os adolescentes eram tão barulhentos e fiquei aliviada quando o grupo de Addison se afastou e foi para o quintal.

— Tem alguém na porta. — Marcie cutucou meu braço, e eu olhei para lá. Por um segundo, a esperança tomou conta de mim, mas rapidamente se foi.

Daniel.

Ele estava bonito de calça social, camisa branca abotoada e jaqueta, o cabelo curto e penteado. Um sorriso curvou sua boca quando me viu indo até ele.

— Kelly me deixou entrar. Espero que não tenha problema. — Ele acenou com a cabeça para uma das assistentes com quem trabalhava, parada perto da árvore de Natal.

— Claro que não. Entre. — Acenei para ele. — Deixe que eu cuido disso. — Peguei o prato de suas mãos, trazendo-o para a mesa de comida.

— É caldo de feijão. Tomara que esteja bom. Não está com a cara tão boa quanto o da minha mãe. — Sua mão tocou a base das minhas costas, seu olhar intenso estava em mim.

— Tenho certeza de que está delicioso. — Eu me virei para encará-lo, forçando seu braço a se afastar de mim.

O olhar de Daniel desceu pelo meu corpo.

— Uau. — Ele piscou algumas vezes. — Você está de tirar o fôlego.

— Obrigada — respondi, educada. — Você também está bonito.

Seus olhos aqueceram, seu comportamento sugeria que amizade era a última coisa que estava em sua mente.

— Seu cabelo está preso no brinco. Posso arrumar? — Ele estendeu a mão sem esperar pela minha resposta. Ele estava a centímetros de mim, o dedo roçando meu rosto ao puxar a mecha. — Pronto. — Ele não se mexeu, sua atenção foi para a minha boca.

De repente, minha pele se arrepiou, consciente, meu corpo vibrou como se tivesse voltado à vida. Mas não foi por causa do homem na minha frente.

Minha cabeça se virou devagar para a porta, sentindo a pulsação nos ouvidos, detectando a fonte da minha reação. O ar parou na garganta, o sangue nas minhas veias me inundaram de calor.

STACEY MARIE BROWN

Ele havia chegado.

Mason estava na porta, vestido com seu jeans escuro normal, camiseta e jaqueta, parecendo dez vezes mais sexy do que qualquer homem que eu já tinha visto.

O tempo parou quando nossos olhares se encontraram. Seus olhos castanhos me penetraram, eram tão escuros que pareciam negros, como se ele fosse algum demônio vindo aqui para me punir por meus pecados. Despindo-me nua, prestes a me corromper, me prendendo pelos meus erros.

Sua atenção passou de mim para Daniel. Mason não demonstrou nenhuma emoção, mas pude sentir sua raiva, a ira borbulhando sob sua expressão estoica. A verdade por trás do disfarce que ele usava como armadura. Era tão familiar quanto o meu. Enquanto a minha era um sorriso falso escondendo minha dor, o dele era a indiferença.

Do canto do olho, vi a cabeça de Marcie virar assustada de mim para Mason, e ela ficou boquiaberta ao reconhecê-lo. Mesmo à distância e em um restaurante escuro, Mason não era alguém que você pudesse esquecer. Só sua altura o fazia ficar acima de todos. Ela sabia quem ele era, o que tínhamos feito no armário e muitas vezes desde então, o que fez com que o próximo momento parecesse um acidente de carro em câmera lenta.

— Meu Deus, Mason! — O grito de Addison atravessou a sala, os pés correndo até ele. — Você veio! — Ela se aproximou, abraçando-o com um pequeno grito. — Vamos, estamos no quintal. — Ela entrelaçou a mão à dele. — Eu disse ao Mateo que você apareceria. — Ela o puxou para o quintal. Seu rosto mostrou seus sentimentos por ele como se fosse um letreiro em neon.

Vi o momento em que a ficha caiu para Marcie e ela arregalou ainda mais os olhos; sua atenção se voltou para mim, ela estava abalada e descrente.

Mantive os olhos baixos, incapaz de olhar para alguém, lutando para manter meus próprios sentimentos escondidos. Não importava se eu não o reconhecesse. Senti sua presença em cada molécula do meu corpo. Mason era uma força que eu não podia combater. Que eu não podia negar.

Seu corpo passou ao meu redor, a energia estalando na minha pele e batendo nas minhas defesas. Muito sutil e rápido, ele resvalou os dedos nos meus ao passar, acionando milhares de descargas elétricas por todo o meu corpo. Um gemido ficou preso na minha garganta, meus dentes afundaram no lábio inferior e eu fechei os olhos por um segundo, tentando manter o corpo no lugar, sem reagir a ele como minha alma gritava para fazer. Nossa química era palpável. O ar ao nosso redor tinha tanto poder que eu sentia onde ele estava, todo o meu ser queria segui-lo. Meu coração e minha alma gritaram por ele, desejando alcançá-lo e tocá-lo. Meu corpo tremia de desejo conforme suportava a vergonha do que eu tinha feito, que parecia ainda mais real com o olhar de Marcie.

— Mason! — O nome dele foi aclamado no quintal, atraindo meu foco por um instante, observando as costas dele. Doía. Sentia saudade.

— Desculpe, Daniel. Pode nos dar licença? — Um braço se enganchou no meu, e virei a cabeça para Marcie vindo ao meu lado. — Preciso dela na cozinha.

— Ah, sim, claro. Posso ajudar em alguma coisa? — perguntou Daniel.

— Não! — exclamou, depois riu. — Não, está tudo tranquilo. — Ela praticamente me arrastou dali e nos afastamos o mais longe possível da porta, olhando por cima do ombro para ver se não tinha ninguém vendo.

— Por favor, me diga que o cara que acabou de se juntar à sua sobrinha não é o cara que eu vi saindo do armário com você?

Nada saiu da minha boca.

— Está brincando comigo, Emery? — murmurou entre os dentes. — Existem jovens, e existe o jovem que pode te mandar para a cadeia.

— Ele é maior de idade. — Uau, não soou nada melhor. — Ele tem vinte anos.

— Vinte. — Ela ficou surpresa. — Estou confusa.

— Ele repetiu um ano, algo assim.

— Mas está no colégio agora?

— Só porque os avós queriam que ele vivesse o que perdeu.

— Sabe que não está melhorando as coisas.

— Eu sei. Ah, como eu sei. Sou uma pessoa horrível. — Cobri meu rosto com as mãos. — Não sei como explicar. Simplesmente aconteceu. Ele acabou de fazer 20 anos. Foi um erro enorme…

— Com licença. — A voz de Mason me fez parar de respirar.

Os olhos de Marcie se arregalaram, voltando-se para ele entrando na cozinha.

— Seus copos acabaram. — A voz profunda se alastrou pela minha alma parecendo um terremoto, seus olhos acusadores focados em mim, sua mandíbula estava tensa.

Ele me ouviu.

Não conseguia me mover, sentindo como se estivesse me afogando sob o comando dele. Marcie e eu parecíamos irrelevantes em comparação com seu corpo físico e presença. Mason dominava um ambiente. Ele nem tentava, mas, mesmo assim, comandava tudo que estivesse à sua volta. Queria correr até ele, sentir seus braços ao meu redor, beijá-lo.

Levei alguns segundos para perceber que estava olhando abertamente para ele.

— Ah. — Engoli, tirando meus olhos dele. — Sim, claro. — Apontei para o armário. — Eles ficam ali dentro.

— Eu sei. — Uma resposta irônica veio dele, baixinho. — Eu sei onde fica tudo. — Ele estendeu a mão e pegou alguns um pouco antes de seu olhar intenso encontrar o meu. Ficamos com os olhos travados um no outro por alguns instantes. Um nervo em sua bochecha se contraiu. Ele saiu, deixando apenas o vácuo.

— Tudo bem. Uau. — Marcie estava de queixo caído. — Esqueça o que eu disse. Já entendi. — Ela balançou a cabeça começou a se abanar. — E a química entre vocês? Puta merda, minha calcinha desmanchou. Droga, nenhum rapaz deveria ter essa aparência aos vinte anos. — Ela se sacudiu, a expressão ficou séria. — Você precisa ser cuidadosa. Não existe ninguém no mundo cego suficiente para não ver. Para sentir. E ficou claro que Addison está doida por ele. Apesar de parecer que ele só tem olhos para você.

Pisquei, as lágrimas embaçavam minha visão.

— Eu sei. E sei que preciso ficar longe dele.

— Mas não consegue. — Uma tristeza fez sua cabeça abaixar.

— Preciso.

— Quem você está tentando convencer: a mim ou a você mesma?

— O que eu faço?

Os ombros de Marcie caíram, a compaixão estava estampada em seus traços.

— Queria poder te dar essa resposta. Você sabe que eu sou a favor de pirar com um jovem gostoso, mas isso... — Ela se encolheu. — Vai muito além.

— Só de pensar em machucar Addison...— Uma lágrima escapou e eu a enxuguei depressa.

— Tem isso também, mas não estava falando dela.

Fiquei confusa.

— Ah, Emery. — Ela disse meu nome devagar, a língua estalando. — Você está perdida. Muito perdida. E, pelo que vi, ele sente o mesmo.

— Não. — Neguei com veemência. — Não é assim.

Ela soltou uma risada.

COMO PARTIR UM CORAÇÃO

— Claro. Continue mentindo para si mesma. Não é só sexo para você. Nunca foi. — Ela deu um tapinha no meu braço e saiu.

Senti a garganta apertar com vontade de chorar pelo peso do que ela dizia.

A morte de Ben quase me destruiu, mas eu saí da escuridão. Sobrevivi. Persisti. Comecei a viver de novo.

A verdade era que Mason nunca deveria ter acontecido, ou, no máximo, ele deveria ter sido apenas um degrau. Para me ajudar a me curar e a seguir em frente. Um momento na minha vida.

Ele não deveria ter tanto poder. Me atrair tanto. E de ter me tirado a quilômetros de distância da minha bolha de segurança. Desde a primeira vez que o vi, estávamos nesta rota de colisão.

— Você está bem? — Daniel entrou na cozinha.

— S-sim. — Limpei a garganta, forçando um sorriso. Quando passei por ele, ele me seguiu de volta para a sala, onde a TV mostrava as festividades em todo o mundo, a música se misturava à conversa. Mais pessoas do que eu imaginava apareceram, enchendo a casa de alegria e exuberância, risadas e sorrisos despreocupados, enfatizando a falsidade que eu tinha no rosto. Mantendo-me ocupada, consegui que Daniel conversasse com Kelly e Mike do trabalho.

— Acho que você não parou a noite toda. — Um corpo veio ao meu lado na mesa de comida, onde eu estava colocando mais pratos. Olhei para os olhos azuis me encarando, com um sorriso arrogante no rosto.

Sean.

No "único encontro" em que fui enganada a ir com ele, ele até pareceu legal, mas chato demais por causa de sua arrogância. Foi uma noite cheia de trocadilhos sexuais e conversas superficiais. Acho que ele não perguntou nada além de qual série eu tinha visto, mas deixou bem claro que queria voltar para casa comigo.

— A vida de anfitriã. — Que mentira. Poderia muito bem ter abandonado tudo, mas me manter ocupada me impediu de procurar, o tempo todo, por alguém que não deveria. De ignorar a incessante autoconsciência que eu tinha de Mason, independentemente de onde ele estivesse.

— Acho que a anfitriã também pode se divertir. — Sean se aproximou de mim, seus olhos me cobiçando, descaradamente. — Acho que não te falei que você está muito gostosa.

— Obrigada.

— Acabamos não saindo só nós dois. — Ele se aproximou mais.

Torcia para que ele tivesse se esquecido isso. De mim.

— Tudo bem aqui? — De repente, Daniel estava ao meu lado, a mão dele nas minhas costas, como se tivesse o direito de me reivindicar. Como se eu fosse dele.

Os olhos de Sean se estreitaram para Daniel.

— Estava, até um segundo atrás.

— Não parecia — respondeu Daniel, frio.

— Ainda bem que não é oftalmologista. — As testosteronas deles se chocavam, em uma demonstração de machismo, agindo como se eu não tivesse voz no que eu queria.

E o que eu queria, eu não poderia ter.

— Parece que não sou necessária, sobretudo para esta disputa idiota. — Afastei-me dos dois homens, indo ao banheiro no corredor; precisava fugir. A emoção se acumulou atrás dos olhos, eu estava prestes a desabar.

Por trás, dedos envolveram meu bíceps. Um pequeno grito me escapuliu enquanto era puxada para dentro do meu quarto. Assim que a porta se fechou, meu corpo foi empurrado nela, e outro corpo pressionava o meu, o fogo se alastrou dentro de mim na hora.

Olhos escuros olharam para mim. Famintos. Furiosos. Possessivos.

— Mason — suspirei, arrepios percorriam o meu corpo todo. — O que está fazendo? — Não podemos...

Murmurando, sua boca desceu sobre a minha, assumindo o controle, dominando e governando tudo. Sua língua envolveu a minha, sugando, me fazendo soltar um gemido do fundo da alma, acabando com toda a minha determinação. Minha boca reivindicou a sua em um frenesi, meus dedos deslizaram pelo seu pescoço e se afundaram em seu cabelo.

Ele arfou, me prendendo com mais força contra a porta, pressionando seu pau em mim, me enchendo de tesão. Seu físico me envolveu e tudo o que eu queria que ele me devorasse inteira.

— Puta merda... — Esfreguei-me nele, precisando senti-lo. Minhas mãos se moveram por baixo da sua camisa, e senti as curvas de seu abdômen, a cicatriz subindo no peito. — Preciso de você.

Um ruído abafado saiu de seus lábios ao se afastar.

— Porra. — Ele passou a mão pelo cabelo, recuando. A fúria tomou conta dele.

— O que foi? — Não conseguia recuperar meu fôlego.

COMO PARTIR UM CORAÇÃO

— Não seria um erro foder o jovem que acabou de fazer 20 anos? Estremecendo, fechei as mãos. Sabia que ele tinha me ouvido.

— N-não foi o que quis dizer...

— Então está mentindo para qual de nós dois, Emery? — ironizou. — Parecia bastante claro na semana passada que isso tinha acabado. Você disse para a sua amiga que foi um erro... agora quer sentar no meu pau?

— A vergonha queimou meu rosto. — Acho que deveria ter te levado mais a sério quando disse que era só sexo.

Ele estendeu a mão ao meu redor, para abrir a porta.

— Espera. — Eu fiquei no seu caminho.

— Não. Saia da frente — reclamou. — Acho que sei qual é o meu lugar.

— Acha que é fácil para mim? — perguntei, ríspida. — Estou dormindo com alguém que não só é mais jovem que eu, mas também é o rapaz por quem a minha sobrinha está obcecada. Tenho que me olhar todos os dias no espelho, não importa o que aconteça, sabendo o que fiz. Não posso fazer isso com ela.

— E eu? — retrucou. — Não tenho direito a dizer nada? Ou só tenho que ficar olhando dois homens em cima de você, sabendo como é te beijar, estar dentro de você? — Ele se aproximou. — Nunca me interessei pela Addison. Estou aqui esta noite por *sua* causa. Porque sou idiota e não consigo me afastar.

— Jura? — ironizei. A dor que tentei enterrar veio sorrateira de seu túmulo. — Não pareceu tão difícil para você ir embora. — Eu olhei para ele. — Uma mensagem e nem respondeu. Não vi você lutar.

— Ah. — Levantou o queixo. — Era isso que eu deveria fazer? Rastejar e implorar para você continuar me fodendo? — Seu corpo parecia se expandir acima do meu, fazendo-me sentir pequena. — E eu achando que as garotas cresciam e se cansavam de joguinhos.

— Não estou brincando — disse entre dentes. — Mas nós dois sabemos que isso não pode ir a lugar nenhum.

— Por quê?

— Por quê? — gaguejei. — Porque... — Gesticulei para ele. — Você é muito novo...

— Que desculpa mais ridícula. Quantos homens saem com mulheres dez anos mais novas e ninguém liga?

— Não é isso. É como esses dez anos nos separam. Fui casada, viúva... você ainda está no ensino médio.

— Na verdade, eu desisti. Vou fazer supletivo.

— O quê? — Fiquei boquiaberta. — Fez isso por minha causa?

— Ah, sério? — Ele inclinou a cabeça, os olhos se estreitando. — Pare de me fazer parecer um cachorrinho apaixonado te seguindo. Eu tomo minhas próprias decisões. Nunca quis ir para lá, mas eu ia pelos meus avós. Eles pensaram que era o que eu queria. Mas nós percebemos que, ao fazê-los felizes, nenhum de nós estava feliz. — Ele se aproximou de mim. — Não sou seu brinquedinho, Emery. Pra vir correndo quando você me quer e sair de cena quando terminar comigo de novo. Você está tão preocupada com o que os *outros* pensam que vai se afastar de algo que você quer. — Ele colocou as mãos na porta acima da minha cabeça, me prendendo. — Esta semana foi um inferno. E ficar longe de você foi a coisa mais difícil que tive que fazer. Precisei de todas as minhas forças para não pular em sua janela à noite.

Minha respiração parou quando ele disse bem a fantasia que eu havia imaginado.

— Eu vi sua expressão quando o Dr. Otário te tocou ou quando o filho da puta estava dando em cima de você. — Ele agarrou meu queixo. — Eu sei a diferença entre seus sorrisos falsos e os verdadeiros. Conheço seu rosto quando goza em volta do meu pau. Eu sei quando está fingindo, escondendo sua dor para que ninguém mais perceba. Eu te *vejo*, Emery. Eu te *sinto*, porra. Mesmo quando não estou perto de você.

Meu peito tremeu como se ele tivesse me aberto, vendo tudo dentro.

— Vou te perguntar uma vez. — Ele se inclinou para mais perto, a boca pairando sobre a minha. — Diga-me que não quer isso. Que esta semana não foi um tormento para você também. Diga que quer que eu vá embora. — A garganta dele engoliu seco. — E eu irei.

Eu sabia o que deveria dizer, o que era certo, mas não conseguia abrir a boca. Parecia que estava me afogando e não conseguia recuperar o fôlego, sentindo o medo de que ele me deixaria para sempre. Esta semana foi insuportável. E eu me sentia ainda pior por causa disso. Não só pela culpa que senti por causa de Addison, mas por perceber que nunca me senti assim com Ben. Ele ficava semanas fora viajando a negócios. Ficava triste e sentia falta dele, mas nunca sentia dor física. Nunca uma dor tão profunda que não eu não conseguia acalmar, ou sentir a necessidade de ir até ele que dominava todos os meus movimentos.

— Diga para eu ir, e eu irei. — Ele se inclinou, o nariz roçando meu

COMO PARTIR UM CORAÇÃO

179

pescoço, o hálito quente deslizando entre os meus seios. Sua boca acariciou meu queixo e quase tocava meus lábios, esperando minha resposta.

— Emery?

Ouvindo-o me chamar, com aquele tom de comando em seu sussurro me quebrou. Minha boca cobriu a dele com força carente desejo, mordendo seu lábio inferior. Um estrondo profundo veio dele. Nosso desejo era instantâneo e desesperado, a gente se arranhava e se mordia. Suas mãos me agarraram, me puxando para mais perto, e ele segurou meu cabelo. Só com o jeito que Mason me beijou já fiquei desnorteada, toda a lógica se foi pelos ares. Precisava dele mais do que de ar para respirar.

— Porra, senti sua falta. — Ele me pegou sem qualquer esforço, seus quadris me empurrando com força, me fazendo sentir cada centímetro dele. Duro e pulsante. Eu gemi, minhas costas arqueando, meu quadril se empurrando para ele.

— Mason. —Eu implorava, suplicava. Não era mais capaz de sentir qualquer vergonha. Minhas mãos abriram os botões de sua calça, e eu deslizei a mão para dentro da boxer, agarrando seu pau. Meu polegar deslizou sobre a ponta, rolando e esfregando.

Ele ofegou, esfregando-se na minha mão, os dedos desceram pela alça da minha blusa e pelo sutiã. Ele apertou minha coxa com força enquanto sua boca cobria meu peito, chupando forte meu mamilo.

Tentei conter o lamento, minhas cordas vocais queimando com a rouquidão.

— Por favor. Agora.

— Porra, estou agradecido por ser só duas peças. — Ele desceu só um pouco a minha calça e calcinha, e seus dedos deslizaram dentro de mim, seu gemido ficando mais profundo quando sentiu como eu estava molhada.

— Tia Emery? — A porta nas minhas costas tentou abrir e eu ouvi a voz de Addison. — Você está aqui? — A maçaneta balançou.

A porta do meu quarto não tinha tranca.

Congelei. Minha respiração, meus músculos. O calor que estava esquentando minha pele esfriou. Os olhos de Mason encontraram os meus, os dedos dele ainda dentro de mim, o pânico tomando conta de nós.

Meu. Deus. Do céu.

— Sim. Só um momento. — Afastando-me dele, eu o empurrei para o meu armário. — Vá! — falei com ele, sentindo o coração bater na boca. Mason rastejou para dentro enquanto eu endireitava os cabelos e as roupas, meu estômago se revirou ao estender a mão para a porta. Ela sabia? Ela o viu entrar aqui?

Colocando meu sorriso no rosto, fingi que a porta estava emperrada antes de abri-la.

— Desculpe, esta porta está emperrando, ultimamente.

Seu rosto estava com ar confuso, observando minha aparência um pouco desarrumada e o quarto escuro. Parecia que Mason tinha marcado cada centímetro da minha pele, queimado seu nome na minha testa.

— Está tudo bem? — Ela inclinou a cabeça. A garota não era burra, sentiu algo de errado.

— Hum. Sim. — Coloquei algumas mechas de cabelo atrás da orelha. — Só precisava de um momento.

— Ah. — O rosto dela se suavizou. — Sei que as férias ainda são difíceis sem o tio Ben. Sinto a falta dele, também.

Eu ia queimar no inferno. Se eu acreditasse que ele existia. Talvez eu já estivesse lá.

— Eu queria que você soubesse que estamos indo para a festa. — Ela apontou para onde os amigos estavam. — Prometo ligar se eu não chegar em casa até as duas. E tomaremos cuidado. — Ela voltou a fazer uma cara confusa. — Você não viu Mason, viu?

Sim, eu já estava no inferno. Podia sentir o fogo queimar meus ossos.

— Uh. Não. Por quê?

— Ele desapareceu. — Ela deu de ombros, decepcionada.

— Sinto muito. Você sabe que ele odeia festas.

— Eu sei. Ainda torcia para que ficasse. Por mim… — Ela suspirou. — Ia convidá-lo para o baile.

Fiquei sem resposta. Sua dor solidificou o que eu tinha que fazer.

— Addison, vamos — Elena chamou por ela.

— Divirta-se. Feliz Ano Novo! — Ela sorriu, me abraçando. — E talvez podemos pedir para o Mason dar uma olhada na sua porta — sugeriu, inocente. Fiquei observando enquanto ela foi em direção às amigas, Mateo ficando para trás e esperando por ela antes de todas saírem.

Bati minha porta, e encostei a testa . Respirei fundo, ainda ofegante.

Mason veio por trás de mim e tocou meu braço.

— Não. — Eu me afastei dele. — Não me toque.

— Emery…

— Não. — Eu me virei, olhando para ele. Queria chorar, essa enorme divisão me partia em dois. Mason de um lado e Addison do outro. Deveria ser simples. Minha sobrinha vinha em primeiro lugar, e eu sabia que a escolheria em vez dele, mas não conseguia impedir a devastação total que destruía a base que eu mal tinha começado a reconstruir.

Não deveria ter esses sentimentos. Eu não deveria senti-lo tanto, mesmo quando ele não estava por perto. Não deveria desejá-lo e precisar dele como se ele fosse a única coisa sólida neste mundo.

Mas era o que eu sentia.

— Mason.

— Não. — Ira travou o queixo dele. — Não vamos voltar com essa merda de novo.

— Você a ouviu? — exclamei, minha voz mais alta do que deveria, esperando que a música e a conversa do lado de fora nos abafassem. — Ela ainda está apaixonada por você, Mason. Quer te convidar para o baile de primavera.

— Sim, eu a ouvi. — Ele bateu os punhos na cabeça, frustrado. — Você parece continuar se esquecendo de que eu tenho direito a decidir isso também — gritou com voz rouca. — Primeiro, Addison não está apaixonada por mim. Ela ama o *ideal* que eu represento. De ser quem "consegue" o inacessível Mason James. E mesmo que olhe para mim como se eu fosse um adolescente, não tem ideia do que eu passei na vida. Como me sinto mais velho do que todos eles. Eles são crianças para mim. Ninguém faz ideia do que é a verdadeira perda. E, talvez, seja por isso que você e eu nos conectamos tanto. Nós tivemos contato com uma escuridão tão profunda que a gente sequer quer sair dela. Reza para que ela te engula inteiro, assim você não tem que acordar outro dia para sentir uma dor sem fim.

Suas palavras me atingiram – a verdade nua e crua que ninguém quer ouvir ou falar, mas que estava ali, como um fantasma, um sussurro no fundo da sua cabeça. A esperança de fechar os olhos e não os abrir mais. A vergonha e a culpa de até pensar nisso acabando com você. Podia ver isso em seu rosto; ele também conhecia esse sentimento, vivenciou algo que a maioria das pessoas com o dobro da sua idade não tinha passado.

— Jamais iria ao baile com ela, e acho que ela sabe disso. Mesmo que ainda fosse para a escola ou se você não existisse. — Ele caminhou até mim. — Não quero ficar com ela. Nunca quis, nem vou querer. Pare de me tratar como se a paixão *dela* fosse culpa *minha*. Eu não a controlo. Eu sei como me sinto. *O que. Eu. Quero.* — Áspero, sua voz pulsou em meu âmago, apertando meu peito. — Acho que você precisa descobrir o que você quer. — Ele passou por mim, abrindo a porta e saindo furioso. Suas botas soaram no piso de madeira em sincronia com meu batimento, e o estrondo oco da porta da frente batendo ecoou na minha alma. O vazio que senti quando ele se afastou ficou cada vez maior, como se os fios entre nós estivessem se estendendo, agonizantes. Era esquisito. Errado.

O som da festa, da música e do riso do outro lado da parede do meu quarto pareciam conflitantes para mim, drenando a energia que eu não tinha. Respirei fundo, soltei os ombros e agi como se estivesse feliz por estarem todos aqui enquanto eu voltava para a sala.

O olhar de Marcie foi o primeiro que encontrei. Sua cabeça já estava balançando, olhando para a porta e de volta para mim, rindo irônica.

— Não diga nada — murmurei conforme me aproximava, roubando a taça de champanhe da mão dela e bebendo tudo.

— Não sei se é preciso. — Seu olhar percorreu minha roupa amassada, entendendo tudo. — Acho que as ações de alguém falam mais alto do que as palavras dela.

— Não vai se repetir — respondi, mais para mim do que para ela.

— Mulher, pare. — Ela serviu mais champanhe na taça da minha mão. — Eu sei qual é a minha relação com Tim. Estamos nos divertindo. E, quando acabar, nos separaremos sem nos magoar. Mas você...? — comentou. — Você já era. Quer se divertir? Mas você já se apaixonou por ele.

COMO PARTIR UM CORAÇÃO

CAPÍTULO 28

EMERY

Evitar.

Foi o que fiz a semana toda. Evitei Daniel, evitei as mensagens de Sean, evitei meus pensamentos e evitei até a Addison o máximo que pude.

Ela descobriu que Mason havia abandonado a escola e estava tão arrasada que não conseguia parar de falar nele. Meu limite de ouvir seu nome atingiu o ápice em uma hora, e me senti ainda pior, porque havia uma parte de mim que, injustamente, se ressentia dela por me fazer escolher entre eles.

Joguei toda a minha atenção nos meus turnos no abrigo, concentrando-me em encontrar um par perfeito para Blue, que era a única alegria da minha semana tenebrosa. Um homem mais velho surdo que havia perdido a esposa um ano antes entrou. Seu filho viu meu anúncio do Blue e trouxe seu pai para ver o cachorro. Foi amor à primeira vista. Quando o homem fez os sinais para Blue, juro que o cachorro acendeu, pulou empolgado, fazendo tudo o que o homem indicou que ele fizesse, compartilhando uma linguagem que ninguém podia ouvir, mas foi sentida entre os dois. Era como se ele soubesse que encontrou seu novo lar eterno. A pessoa dele.

Mais uma vez, Anita e eu soluçamos enquanto eles preenchiam a papelada, e preparamos Blue para ir para casa. Ver aquele senhor chorar de felicidade, acariciando seu novo melhor amigo, que olhava amorosamente para ele, fez com que lágrimas escorreram em nossos rostos. Até seu filho estava emocionado, nos dizendo que seu pai estava passando por um período de solidão desde que sua mãe morreu.

— Você é muito boa nisso. — Anita se virou para mim quando saíram, ainda enxugando seus olhos. — Acho que encontrou sua vocação.

— Quero encontrar o lar perfeito para todos os animais daqui, mas parece mais que especial juntar pares como eles. — Aquilo preenchia algo em mim que eu nunca soube que estava vazio, era a paz que eu estava procurando. Os animais foram a única coisa que me fez feliz esta semana.

Levando os cachorros em sua caminhada diária para o parque, ignorei a ideia de que ia pelo longo caminho de propósito para passar pela casa de

184 **STACEY MARIE BROWN**

Mason. Quero dizer, quantos anos eu tinha? Mulheres aos trinta anos não faziam esse tipo de coisa, mas eu não conseguia me segurar. A atração por ele era insuportável.

Desta vez, vi que a garagem estava aberta. De repente, me arrependi de passar por ali de propósito. Quando estava parando os cachorros e prestes a me virar, o barulho de um velho motor de carro veio por trás de mim. Era um GTO entrando na garagem de Mason. Fiquei sem chão. Ele parou o carro dentro da garagem; o rangido da porta se abrindo e depois fechando me encontrou lá fora.

Não havia como não me ver, nem aos quatro cachorros ao meu redor. Para minha surpresa, ele não saiu, como se estivesse esperando que eu agisse primeiro.

Eu ia ser adulta aqui. Ele ainda era meu vizinho, certo? Podia ao menos passar e dizer oi se ele me visse.

Erguendo o queixo, continuei a caminhada. Meus olhos deslizaram para dentro da garagem quando começamos a passar por ela. O capô estava levantado e ele estava de costas para mim trabalhando na bancada. Ele não estava olhando de propósito. Pude sentir que ele me viu assim como eu podia vê-lo. Não era algo que conseguíssemos evitar. Era o que era. Tangível e invasivo. E tomou conta de cada célula do meu corpo até parecer que eu estava queimando viva.

Eu devia ter continuado andando. Era a coisa certa a se fazer no nosso caso. Ele estava me dando uma saída. Uma chance de seguir o meu dia. A minha vida. E, talvez, seja o que prendeu meus pés no chão, com o pânico borbulhando no meu peito.

O impulso tomou conta de qualquer lógica.

Saí da calçada e entrei na garagem. O barulho de dezenas de unhas de cachorro batendo no chão de cimento endureceu os ombros de Mason. Podia vê-lo inspirar e expirar, sentindo-me ali.

— Estava passando. Não quero te incomodar. Só queria dizer oi.

— Por quê? — Continuou trabalhando.

— Porque ainda somos vizinhos. Ainda vamos nos encontrar de vez em quando.

— É isso que somos? — Ele se virou, encostado no banco, sua expressão completamente ilegível. — Vizinhos?

— Sim — respondi, tensa. — É tudo o que podemos ser.

Seu olhar me penetrou. Parecia que era capaz de descobrir todas as

COMO PARTIR UM CORAÇÃO   185

mentiras que escondia. Ele finalmente afastou o olhar de mim, vendo os cachorros. Ozzy, uma mistura de Labrador com Bernese, esgueirou-se até Mason. Sua empolgação me puxou para frente enquanto ele se agitava e saltava até Mason.

— Oi. — Mason estendeu a mão para Ozzy cheirar antes de começar a esfregar sua cabeça. Ozzy o lambeu e continuou a cheirá-lo, o nariz do Labrador estava a todo vapor. Ele se sentou e colocou a pata na perna de Mason.

— Hum. — Pisquei. — Ele nunca fez isso antes.

Ozzy era um dos meus favoritos. Todo mundo queria adotá-lo porque era muito bonito, mas ele tinha sido devolvido duas vezes porque o "custo" para mantê-lo estava além do esperado. Algumas pessoas gostavam da fantasia de ter animais de estimação, sem perceber que eram seres vivos que precisavam de tempo, paciência e cuidados igual a uma criança. Então agora eu tinha uma missão: encontrar a casa perfeita para ele. E não só alguém que o queria, mas com quem Ozzy seria mais feliz.

— Você é mansinho, né? — Mason esfregou sua cabeça, acariciando todos os outros cães que imploravam por atenção. Stella, nossa Rottweiler, babou descaradamente para Mason, esfregando nas suas pernas e o lambendo.

É, Stella, eu te entendo.

— Vamos lá, pessoal. — Eu puxei suas coleiras, sentindo que estava cruzando a linha entre ser educada e tentar encontrar razões para ficar. — O parque está nos esperando. — Nenhum dos cachorros, principalmente, Stella e Ozzy, pareciam ansiosos para sair.

— Acho que eles querem ficar. — Ele deu mais atenção e carinhos aos cachorros.

— Claro. Se você coça suas bundas e orelhas, eles não vão querer ir embora.

Ele se levantou e caminhou até mim, forçando minha cabeça a se inclinar um pouco para trás.

— É só fazer isso? — perguntou sem segundas intenções, mas pude sentir aquela insinuação escorrendo pela minha pele e mergulhando entre as minhas pernas. Seu timbre ecoou pelo chão. — Por que está aqui, Emery?

— Já-já falei.

— Está sendo simpática? — ironizou. O calor de seu corpo invadiu minhas defesas, meus dedos coçavam para que eu estendesse a mão e o tocasse. — Sei. — O olhar dele desceu para a minha boca. Queria que ele me beijasse tanto que doía, minha força de vontade evaporava como sempre

STACEY MARIE BROWN

ao seu redor. Mesmo sem sequer nos movermos, nossos lábios estavam a poucos centímetros de distância.

— Mason? — A voz fraca de Grace saiu da casa e entrou na garagem, o capô do carro dele nos bloqueando. Nós dois recuamos, nos afastando um do outro. — Ligação para você... — Ela me viu por cima do GTO. — Oh, Emery, não sabia que estava aqui. Que bom vê-la, querida.

— Estou passeando com os cachorros — dei uma desculpa. — E é muito bom ver a senhora também. Parece bem. Como estão as coisas?

— Estou melhorando.

Notei que ela agora usava um andador.

— Não deveria estar acordada, vovó — disse Mason entre dentes.

— Mason, tenho 89 anos. Se eu não me mexer de vez em quando, receio que os abutres comecem a achar que sou o jantar.

Comecei a rir quando Mason balançou a cabeça.

— Vovó... — Ele esfregou a testa. — Diga que eu ligo depois.

— São os pais... — Ela parou, seu olhar desviava de mim para ele. — É importante. Eles querem marcar uma data.

O comportamento de Mason mudou e ele se fechou completamente.

— Sim, tudo bem. Logo entro.

Grace assentiu e sua atenção voltou-se para mim.

— Bom revê-la. Por favor, apareça mais vezes.

— Muito obrigada. Virei visitá-la quando se sentir melhor.

Ela sorriu, seu olhar passando entre nós dois antes de fechar a porta, parecendo muito mais perceptiva do que deveria ser.

— Bem, é melhor eu ir. — Eu me virei, arrastando os cachorros para longe, fingindo que não senti o olhar dele arranhando minhas costas, beliscando a base da minha espinha.

— Emery? — Seu chamado fez minha cabeça se voltar para ele. A maldade em seu olhar acelerou meu coração. — Você veio até mim.

— E daí? — Minha pulsação aumentou ainda mais, sentindo que tinha caído em na minha própria armadilha.

Seu sorriso arrogante curvou sua boca de lado.

— Agora vale tudo.

— Você está bem? — Marcie me observou do outro lado da mesa da sala de descanso. Nós duas estávamos terminando a sopa e o pão que compramos na esquina. Era um dia frio, chuvoso e ruim, e, quanto mais as horas passavam, menos eu queria estar ali.

Daniel estava me ignorando. Ele estava menos comunicativo desde o Ano Novo. Pelos olhares mortais que jogou em Sean naquela noite, acho que ele presumiu que minha aparência desalinhada mais tarde naquela noite foi por causa dele. Tenho certeza de que Sean pensou que era por causa de Daniel.

A verdade era pior… mas também muito melhor.

Depois de ver Mason ontem, fiquei tensa, como se a qualquer momento ele fosse pular na minha frente, e depois fiquei insuportavelmente desapontada quando ele não fez isso. Quase mandei mensagem quando Addy passou a noite na Sophie ontem. Em vez disso, bebi meia garrafa de vinho, me masturbei com meu vibrador, fingindo que era ele, e ainda me senti insatisfeita, o que me deixou mais irritada.

Aquele garoto estava me enlouquecendo. O que ele quis dizer com "agora vale tudo"? E depois não fez mais nada?

— Emery? Alô? — Marcie estalou os dedos na minha frente. — Droga, garota. Você não sabia? A primeira regra de usar um gostosão para sexo é não se *apaixonar* pelo gostosão.

— Não me apaixonei!

Ela arqueou uma sobrancelha.

— Juro. — Joguei minha colher na mesa. — Estou bem.

Ela soltou uma risada.

— Sabe, pensei que você era só mais uma garota branca chata e comum. — Colocou outra colher na boca. — Você me surpreendeu, o que, no meu conceito, é uma grande honra.

— Obrigada? — Afastei uma mecha de cabelo para trás. — Acho que fiquei espantada.

— E o que vai fazer a respeito?

— Nada. — Levantei-me, jogando as coisas no lixo. — Não posso fazer nada.

— Por quê? Ele não frequenta mais a escola da Addison. É maior de idade.

— Não o suficiente para entrar em um bar.

— Os bares são para ficar bêbado e encontrar alguém para ir para a cama. Você já o tem na sua cama.

— Ainda não posso. Não é porque ele não está mais na escola com a Addison... mas ele *estava*... e ela ainda gosta muito dele.

— Sim, e um dia ela vai aprender que nem todo mundo que ela gosta vai gostar dela também. Duvido que ela tenha lidado com isso antes.

Não, Addison nunca sofreu para ter atenção masculina. Nunca tinha terminado ou teve alguém que não gostasse dela. Talvez seja por isso que Mason era como uma missão para ela.

— *Addison não está apaixonada por mim. Ela ama o ideal que eu represento. De ser quem "consegue" o inacessível Mason James.*

Balancei a cabeça, tentando afastar as palavras dele.

— Não importa. Ela vem antes de tudo. Vai sofrer um dia, mas não serei a causa disso.

— Tudo bem. Entendi. De verdade. — Ela se levantou, jogando as coisas fora. — Mas eu também vejo como está perdendo algo importante para você por uma coisa que nunca seria dela de qualquer jeito. Acho que você está deixando seu medo mantê-la em uma bolha segura.

Eu a ignorei, e fui para o banheiro escovar os dentes.

O dia ficou ainda mais tenso quando tive que ajudar Daniel com um tratamento de canal. Ele foi direto e profissional a ponto de ser estranho. Estava me tratando friamente de propósito.

— Preciso de uma pausa. — Tirei as luvas, saí da sala, aliviada por me afastar do Dr. Ramirez depois de duas horas de estresse.

— Só mais um. — Marcie apontou para a sala mais distante no final do corredor, aquela que apelidamos de caverna por causa da forma como o prédio antigo foi projetado. Era escondido nos fundos, sem janelas.

— Eu te pago para ficar com ele.

— Não. Esse é seu.

— Armou pra mim, né? É o Billy? — Eu o tinha visto na agenda. — Está tentando se livrar dele?

Ela riu, e continuou apontando para a sala.

— Só precisa de um pouco de polimento.

Fiquei irritada, meu humor piorava cada vez mais enquanto eu caminhava em direção à sala. Eu estava furiosa, minha paciência lá no pé. Entrei, peguei o porta-luvas, querendo acabar logo com isso para poder ir para casa.

— Como está ho... — O resto da saudação padrão ficou na língua. Meus pés grudaram no chão.

COMO PARTIR UM CORAÇÃO

Ele estava do outro lado da cadeira dentária, vestindo calça de moletom cinza, jaqueta e boné preto puxado para baixo, ainda um pouco molhado de chuva. Tudo nele me fazia desejá-lo, me convidava a tocá-lo, aumentava o tesão.

— Mason, o que faz aqui?

Sua boca se curvou.

— Estou aqui para a minha consulta. — Ele contornou a cadeira, avançando em mim, seu corpo alinhado ao meu. — Acho que sua amiga, Marcie, disse que eu ganhei um polimento de graça ou algo assim. — Ele sorriu. A insinuação deixou minha pele em brasa, como se fosse um aquecedor.

— Mason, você não pode vir aqui.

— Eu te disse. — Ele se inclinou para mim, a mão subindo pelo pescoço até o queixo. — Agora vale tudo.

Ele atacou minha boca. Feroz e exigente. Chupando e mordiscando meu lábio antes que sua língua reivindicasse minha boca. Ele puxou meu rabo de cavalo para trás, forçando o beijo a se aprofundar.

Tudo em mim pegou fogo. Toda a minha raiva, culpa e fúria se concentravam nele. Como se fosse um escape. Algo em que focar. E eu parti para cima, precisando que ele acabasse comigo. Levasse tudo o que me restava.

Ele se afastou de mim com um gemido, me virou e me empurrou contra a parede. Minha bochecha pressionou nela quando suas mãos se aproximaram e empurraram meu sutiã para cima e seguraram meus seios. Cada nervo ficou tenso, e eu sentia tudo com uma intensidade extra.

— Você vai precisar ficar *bem* quieta, a menos que queira que seu doutor nos ouça. — Mason mordeu meu ouvido ao descer minha calça e calcinha por cima da bunda, enfiando os dedos em mim. — Porra — murmurou, enquanto eu tentava conter meu gemido. Meu corpo nunca desejou tanto algo.

Eu nunca teria pensado em transar no trabalho. *Nunca.* Eu sempre fui comportada. Mas com Mason? Eu não conseguia fazer a coisa certa. Ele me fazia querer quebrar todas as regras, queimar tudo o que me mantinha segura.

— Emery. — Ele respirou contra o meu pescoço. Ele retirou os dedos, substituindo-os com a cabeça do pênis. Ele esfregou minha entrada. Provocando. Atiçando.

As pontas dos dedos curvaram na parede, mordi meus lábios.

— Mason...

Ele entrou em mim, e eu cobri a boca com a mão, engasgando com um gemido ao mesmo tempo em que ele me enchia, me esticava ao redor dele.

— Porra, porra, porra — murmurou na minha orelha, esperando um pouco antes de se afastar e voltar com tudo.

Lascas de tinta entraram por baixo das minhas unhas, e eu pisquei para conter as lágrimas de agonia e êxtase.

Como eu pensei que conseguiria desistir disso? Nada se comparava ao que eu sentia quando ele estava dentro de mim. Era inacreditável. Isso me arrebatava, me enfraquecia e me faz ansiar por ele.

Uma de suas mãos ficou no meu quadril, me segurando para que ele pudesse mergulhar ainda mais fundo, enquanto a outra mão tocava meu clitóris, nosso ritmo acelerou como se nós dois estivéssemos em chamas.

Uma broca da sala ao lado soou no meu tímpano, aumentando a tensão em cada nervo que ele atingia, nos transformando em um frenesi de luxúria. Os dias em que não estávamos juntos contribuíram para o nosso desespero, a maneira viciante que nos fazia querer mais, como se precisássemos compensar cada hora que ficamos separados.

— Jesus, você está tão molhada — ele sussurrou no meu ouvido. — Eles vão me ouvir fodendo você. — Seus dedos me esfregaram com mais força. O som dele me empurrando era alto, mas eu não conseguia parar, e torcia para que o barulho da clínica abafasse o que fazíamos. — Você gosta disso? Saber que seu chefe está na porta ao lado enquanto eu trepo com você? — Eu me aproximei dele, suas palavras sacanas me excitaram mais do que eu esperava.

E ele sentiu a minha reação.

Nunca quis magoar Daniel. Mas nada me preparou para alguém igual a Mason. Não tive escolha de ser a boa pessoa, de ser atenciosa e correta. Mason jogou tudo isso pelos ares e depois me fez virar do avesso.

Ele me empurrou com mais força na divisória, meus mamilos sensíveis se esfregavam na parede texturizada. Pequenos gritos saltaram da minha garganta; eu não conseguia segurá-los.

Mason saiu de dentro de mim e eu gemi, reclamando. Ele me arrastou com ele e se sentou na cadeira odontológica. Subi nele, seu pau brilhava com minha umidade. Agarrei e me sentei nele. Mason deu um empurrão para cima e eu cobri sua boca com a mão para manter seu gemido baixo enquanto eu o cavalgava. Forte.

Observamos o pau dele entrando e saindo de mim.

— Porra — murmurei. Desta vez, foi a mão dele que cobriu meu grito.

COMO PARTIR UM CORAÇÃO

Não podia mais ficar em silêncio, meu prazer tomava conta de mim, me fazendo perder todo o controle enquanto eu me movia mais rápido. Ele me empurrava sem parar, e sua mão livre esfregava meu clitóris.

Meu orgasmo me atingiu com força total. Meus dentes morderam seu dedo, até que senti gosto de sangue, meu corpo brutalmente apertava com força. Ele sacudiu sob mim, enfiando mais duas vezes com vigor antes de gozar dentro de mim, lançando uma corrente de felicidade dentro de mim, me quebrando em um milhão de pedaços e me deixando completamente anestesiada.

Demorei um pouco para me acalmar. Com a respiração ofegante, meu corpo ainda pulsava ao redor dele. Ele estendeu a mão, segurando meu rosto e me beijou, lambendo seu sangue dos meus lábios.

— Jesus, mulher! — Ele gemeu na minha boca. — Isso foi... — E balançou a cabeça.

Eu sentia a mesma coisa. Não havia palavras. Impressionante, incrível, devastador... todas pareciam banais e pequenas. Não tinha como descrever. Até Mason, nunca tinha sentido nada nem parecido.

— Merda. — A realidade do trabalho e a atividade ao meu redor atravessarem a névoa e eu percebi como seria fácil ser pega no flagra. Desci dele, arrumei o sutiã e subi a calça, me recompondo, no caso de alguém aparecer, mas eu duvido que eles se enganariam. Minha pele estava corada e nós dois exalávamos a sexo, o cheiro do ar era de sexo.

— Vou ter que dar a este lugar uma excelente avaliação. — Mason se levantou e se vestindo, seu contorno arrastou meu olhar para baixo. — A assistente odontológica fez coisas incríveis com a minha boca... apesar de que precisei trazer minha própria broca e ainda fiquei sem meu polimento grátis.

Gemi com o trocadilho terrível dele, esfregando a testa.

— *Em...* — Ele estava na minha frente, com as mãos segurando meu rosto. — Não fizemos nada de errado.

— Exceto violar o código de saúde, de trabalho, má conduta sexual, má conduta de paciente e provavelmente quebramos uma dúzia de outras regras, além das normas de decência. — Dei de ombros, sem me sentir tão mal quanto deveria.

— Não me diga que não faria de novo e que não queria tanto quanto eu. — disse encostando em minha bochecha, sua boca se aproximava da minha. — Não gostou pra caralho?

Amei, e esse era o problema. Eu me senti descontrolada. E não me preocupar me assustou demais. Ele estava mudando algo em mim.

Ele me beijou de leve e se afastou. Focou em seu dedo e nas marcas de dentes que cortaram sua pele.

— E eu achando que eram os pacientes que mordiam. — Ele sorriu, colocando o boné que tinha caído durante nosso encontro inesperado. — Te vejo mais tarde. — E saiu.

Olhando para fora, vi sua bunda firme se afastar. Marcie esperou no final do corredor, e eles trocaram um cumprimento com a cabeça, antes de ele sair pela porta dos fundos.

Ela se virou para mim com um olhar malicioso e balançou a cabeça. Tinha um sorriso enorme no rosto.

— Mmm mmm. Eu disse que aquele era todo seu. Não vou negar que estou morrendo de inveja. — Ela olhou para frente e apontou. — É melhor desinfetar aquela sala.

— Marcie. — O nome dela carregava todas as perguntas e preocupações que eu não tinha coragem de dizer em voz alta.

Ela parou e balançou a cabeça.

— Pare de se punir. Sério, chega de culpa. Houve um tempo em que você achava que nunca mais seria feliz, mas aqui está. Não sei como era com seu marido, mas já te vi perto do Mason. O jeito que olha para ele... de verdade, não desista dele.

— Mas Addison...

— Não estou dizendo que precisa exibi-lo agora. Pode ser divertido manter em segredo por um tempo. Veja se vai dar certo antes de acabar com tudo.

— Quer dizer mentir para ela.

— Mentir, não. Só não conte a verdade até descobrir o que você quer. Vai saber se acaba não indo adiante, e você nem precisa se preocupar com isso. — Ela inclinou a cabeça. — Mas, pelo que senti só de estar no mesmo prédio que vocês dois, não há a menor chance.

Eu seria capaz de fazer isso? Parar um pouco e descobrir se havia alguma chance? Dar tempo à Addy para superar esta paixão e seguir em frente com outra pessoa?

Era um jogo arriscado, mas eu sabia que não podia fugir do Mason.

Ele era uma força que eu não era capaz de combater desde a primeira vez que o vi.

COMO PARTIR UM CORAÇÃO

CAPÍTULO 29

EMERY

— Elena, Sophie, e algumas das outras garotas vão comprar vestidos depois da escola hoje. — Addison enfiou a colher na aveia. — Elena quer que todos fiquem na casa dela depois. Tudo bem se eu for?

— Claro. — Eu me servi outra xícara de café. Não que eu precisasse ficar mais agitada ainda… desde que Mason saiu da clínica ontem à noite, parecia que eu era uma viciada, oscilando entre o êxtase e a paranoia, pensando que Addy ia ver a verdade em mim. — Vai convidar alguém ou vai com os amigos?

Addison deu de ombros, olhando para o café da manhã.

— Não sei. Todos irão de casal.

— E o Mateo?

— Mateo? — Ela olhou para mim. — Somos só amigos.

— Por que não pode ir com um amigo? Vocês se dão muito bem. Você se diverte com ele, não é?

— Com certeza. — Sua boca insinuou um sorriso, que eu acho que ela nem percebeu. — Ontem ele imitou aquele cara na TV, e, nossa… ficou igualzinho. Ninguém conseguia parar de rir.

Eu queria sacudi-la, fazê-la acordar e ver o que estava bem na cara dela. Ele era tudo o que ela não sabia que queria. Só quando se é mais velha que percebemos que os melhores partidos são aqueles homens que te fazem rir, que fazem você se sentir bem perto deles.

— Então chame ele.

— Não sei. Acho que Janel, uma das líderes de torcida, deve chamar ele. — Ela se levantou da mesa, colocando o prato na pia. — Posso dormir na casa da Elena? Tem jogo de basquete no sábado. Vamos direto da casa dela.

— Pode sim — concordei.

— Então, e você? — Ela olhou para mim. — O que aconteceu com o Dr. Ramirez? — Ela sorriu para mim. — Ele não parou de te olhar no Ano Novo.

— Somos só amigos — respondi igual a ela, e ganhei um revirar de olhos. Ela começou a sair, depois parou.

— Sabe, acho que o tio Ben não acharia ruim se você namorasse alguém. Sempre sentirei falta dele, mas acho que ele iria querer você feliz. Eu quero que você seja feliz. — Ela se virou e saiu.

Fiquei encarando a janela, meus olhos embaçados, sabendo que o único homem que parecia me fazer feliz era o mesmo que a machucaria.

No entanto, o poder de ficar longe dele parecia ser minha maior fraqueza.

— Tchau! — gritou Addy, a porta batendo antes que eu pudesse responder. Estava de folga do trabalho hoje, mas tinha um turno de algumas horas no abrigo.

Ao sair de casa, tentei fingir que não sabia exatamente onde iria parar mais tarde, independentemente do que a minha consciência gritasse.

Os cachorros me puxaram como se soubessem muito bem para onde eu estava indo. Meus pés tropeçavam para acompanhar seu entusiasmo. Ozzy correu direto para a garagem aberta, pulando até Mason, que estava ao lado de seu carro.

— E aí, garoto. — Mason se inclinou, esfregando as costas e a cabeça dele antes de fazer o mesmo com Stella, Millie e Poppy, que estavam brigando por sua atenção. Os olhos de Mason se desviaram para os meus enquanto ele dava atenção e carinho para todos com um olhar sedutor. — Oi.

— Oi. — Tentei manter o sorriso bobo longe do rosto, mas falhei.

— Sabe que estou te culpando.

— Pelo quê?

— Por ter continuado acordando ontem à noite de pau duro e depois ficar com raiva porque eu estava sozinho na cama. — Ele caminhou até mim e bateu com as pontas das botas no meu tênis. — Tudo culpa sua.

— Engraçado, eu ia te culpar pela mesma coisa.

— Por ficar dura? — Ele sorriu, inclinando-se mais perto.

— Meus mamilos ficaram.

Um gemido emergiu de sua garganta quando sua boca arrebatou a minha. Só o beijo dele já me fazia derreter toda. Ele me empurrou e me pressionou com força na lateral do seu carro, nossas bocas ficando selvagens. Sua língua envolveu a minha, sugando até que eu inteira pulsava de desejo.

COMO PARTIR UM CORAÇÃO

— Calma. — Inclinei-me para trás, as mãos no peito dele. — Parece que pegamos fogo bem depressa.

Ele segurou uma das minhas mãos, colocando-a na ereção que quase rasgava sua calça.

— Eu estou assim desde três minutos depois que saí do estacionamento ontem à noite. — Eu o esfreguei devagar, amando aquela sensação. — Parece que não me canso.

Minha testa encostou na dele, nossa respiração ofegante.

— Não quero que acabe.

— Eu também não — respondi. — Mas... — Com um gemido de dor, eu me afastei dele, respirando o ar frio. — Se vamos fazer isso, precisamos de regras básicas.

— Regras básicas? — Ele cruzou os braços, sorrindo para mim.

— Nada de demonstrações de carinho em público. — Ergui um dedo. — Não pode aparecer em casa quando quiser. Precisamos manter as aparências. Addison não pode descobrir. Pelo menos, não agora. Vamos manter tudo em segredo por um tempo. — Mordi os lábios, ansiosa, com um último pedido que me deixava tensa só de pensar naquilo. — E nada de dormir com outras pessoas enquanto estiver comigo, ainda mais desprotegido.

Ele encostou no carro, tossindo com uma risada.

— Acha que vou dormir com outra pessoa?

— Se achar que quer.

Ele balançou a cabeça com um bufo, seu tom ficou grave.

— Acredite em mim, você é a única em quem quero entrar.

Suas palavras me fizeram respirar fundo.

— Então é isso? — Ele se afastou do carro, acariciando os cachorros de novo antes de parar na minha frente.

— Por enquanto.

— Ótimo. — Ele pegou a coleira de Ozzy e Stella. — Vamos para o parque dos cachorros, ou vai acabar debruçada no capô do meu carro.

Um arrepio me percorreu, meu corpo reagiu na hora com um *sim, por favor.*

Ele me puxou para a rua.

— Mason, o que acabei de dizer?

— Você disse nada de carinho em público, não que não podemos sair juntos na rua. — Ele deu o seu sorriso arrogante. — Tem medo de não conseguir ficar com as mãos longe de mim?

Sim.

— Você entendeu o que eu quis dizer.

— Desculpe, você já estabeleceu as regras. Não é culpa minha se já encontrei uma brecha. — Ele se inclinou, passando o olhar pelo meu corpo com uma piscadela. — E vou distorcer todas as regras e encontrar todos as brechas que puder.

— Eu te odeio.

Sua risada ecoou naquele dia frio e ensolarado, o que me encheu de alegria. Adorava esse som.

Caminhamos um pouco antes de eu perguntar:

— Como o supletivo está indo?

— Vou fazer a prova mês que vem. Estou estudando e fazendo simulados. Quer me dar aulas particulares?

— Desculpa. — respondi. — Eu ia bem na escola, mas não me peça para lembrar de nada agora.

— E com educação sexual? Talvez precise de um pouco mais de reforço.

— Acho que você tiraria nota dez. — Eu sorri tímida para ele. — Posso perguntar onde um jovem de 20 anos aprendeu algumas daquelas coisas? Conheço homens muito mais velhos que não têm a mesma performance.

— Ah, conhece? — Ele virou a cabeça para mim, arqueando a sobrancelha. — Posso perguntar onde você aprendeu algumas daquelas técnicas?

— Você quer dizer com quantos estive antes de você? — Parei para que Millie fizesse xixi.

Seu silêncio sugeriu que era o que ele queria saber.

— Na verdade, não muitos. Dois na faculdade, e depois Ben. — Dei de ombros. — Ben e eu nos conhecemos há muito tempo, namoramos e nos casamos. Nunca gostei de dormir com um monte de gente.

— Por um tempo, eu gostei. — Não havia um pingo de orgulho em sua declaração, parecia mais arrependimento. — Achei que me ajudaria.

— Ajudar em quê?

— A esquecer, a me sentir normal, a ser outra pessoa.

Meu peito apertou de tristeza com suas palavras.

— E por que precisava disso?

— Acho que, na época, senti que a vida não tinha propósito. Estava passando por algumas coisas. Não podia mais jogar, algo que eu amava. Perdi meus supostos amigos. Eu me senti sem rumo. Nos mudamos para cá, e acho

COMO PARTIR UM CORAÇÃO

que era meu jeito de recomeçar. Ser outra pessoa. Me distrair da realidade.

— Conheço essa sensação.

— Eu sei disso. — Seus olhos seguraram os meus com intensidade. — Sabe, você não fala muito dele.

— Ben? — Chegamos ao portão do parque de cachorros, e eu os levei para brincar. Mason soltou Ozzy e Stella, caminhando comigo para o banco. — Acho que, quando cheguei aqui, também queria esquecer, me sentir normal, ser outra pessoa. — Eu repeti a frase dele, enquanto me sentava no banco. — Eu só falava dele na cidade em que morávamos. Mesmo antes de morrer. — Eu me recostei no banco. — Ele era o único assunto que falavam comigo quando me viam. Deixei de ser Emery e me tornei esposa do Ben, depois viúva do Ben. Comecei a esquecer que eu era uma pessoa. Que a morte do Ben não era a minha identidade. Cada vez que eu respirava, tentava viver até o próximo minuto sem me afogar em tristeza.

A garganta de Mason engoliu seco, e ele acenou com a cabeça, como se entendesse.

— Pode parecer egoísta, mas foi bom vir aqui e não falar dele, sabe?

— Entendo — concordou. Ele estava prestando atenção nos cachorros. — E não é egoísta. Você tem o direito de viver sua vida, de não ficar presa só porque isso faz com que eles se sintam mais confortáveis. Ser vista por ser algo além daquela parte de você.

— Posso perguntar o que aconteceu com você?

— *Pode.* — Ele se inclinou conforme Ozzy corria entre suas pernas, lambendo sua mão e ganhando afagos antes de Millie passar correndo, e ele disparar atrás dela.

— Posso. — reclamei, entendendo exatamente o que ele queria dizer. — Mas isso não significa que vai me responder?

Com os braços apoiados nas pernas, ele olhou por cima do ombro para mim.

— Você já tenta encontrar desculpas para me afastar. Não preciso te dar mais motivos.

Olhei para Mason, percebendo quem ele era de verdade, e assumindo minha própria vergonha. Eu estava tentando mantê-lo longe. Tentando mantê-lo como um caso com um jovem inconsequente. Usando a idade dele como desculpa, sem perceber como a gente se dava bem, só para não ter que admitir o quanto eu gostava dele.

Ficamos em silêncio por um tempo antes de ele se levantar.

— É melhor eu ir embora. A vovó pode precisar de mim. E eu preciso estudar. — Ele enfiou as mãos nos bolsos. — Até mais.

Acenei, me sentindo estranhamente sufocada e triste com a saída dele. Queria beijá-lo, fazer planos, que a gente pudesse provocar e brincar um com o outro.

Ele tinha se afastado vários metros quando Ozzy o derrubou. Ele acariciou o peludão e jogou uma vara antes de continuar. Meu coração gritou ansioso, querendo fazer alguma coisa para detê-lo.

— Mason — chamei-o do outro lado do parque, ele se virou para mim. — Addison vai dormir na casa de Elena hoje. Ia pedir pizza.

—Eu faço uma muito melhor. — Ele piscou e saiu do parque. Meus olhos o acompanharam até o último segundo possível.

Eu já sabia que Marcie estava certa.

Estava me apaixonando por ele.

— Pare. Pare. — Ele agarrou meus quadris enquanto ria atrás de mim. Eu olhei para ele por cima do meu ombro. — O que você está fazendo com a coitada da massa?

— O quê? — Fingi inocência. — Você me disse para amassá-la.

— Amassar, não socar até matar a coitada.

— Ela bem que merecia. — Certeza de que tinha mais farinha no meu cabelo do que na pizza. — Ela estava toda grudenta. Precisei puni-la.

— Emery — rangeu. — Você quer jantar?

— Sim. — Estava morrendo de fome.

— Então pare de falar assim — murmurou no meu ouvido, as mãos subindo até meus seios. — Ou você que será punida neste balcão.

Engoli uma resposta, querendo que ele fizesse exatamente isso.

— Tudo bem, então me mostre.

Ele estendeu mãos braços, cobrindo minhas mãos com as dele. Nossos dedos amassaram a massa de um jeito muito mais sexual do que deveria.

— Entendeu?

— Si-sim.

COMO PARTIR UM CORAÇÃO

Ele beijou minha têmpora antes de voltar para o molho que estava fazendo no fogão.

— Você sabe que seria muito mais fácil pedir para entregar. — Achatei a massa, tentando copiar a que ele tinha feito e que já estava na forma.

— Não é tão bom quando você provar. — Ele piscou por cima do ombro.

Dei risada, amando como parecia fácil entre nós. Esta noite, eu queria esquecer a culpa. Esquecer o que era certo ou errado. Sem a influência de Addison, a idade dele, ou sequer de Ben.

Só ele e eu. Nada mais.

Ver o que éramos.

— Você gosta mesmo de cozinhar. — Coloquei a massa na forma e fui até ele.

— Gosto. — Ele colocou as massas para cozinhar um pouco antes de acrescentarmos os recheios. — Me acalma. Além disso, quero saber o que estou colocando no meu corpo. Precisei fazer uma dieta rigorosa por um tempo. Cortar alimentos processados e açúcar. E depois nunca mais comi. Preciso me manter o mais saudável possível. — Ele fez um gesto pelo corpo. — Você viu esta obra-prima.

Sorrindo, eu o abracei pela cintura. — Sim, eu vi. Quero dizer, se gosta de abdominais trincados, braços fortes, aquele V profundo, bunda firme e costas musculosas... tudo bem, eu acho.

— Tudo bem, né? — Ele sorriu, desligando o fogo e virando-se para mim. — Acho que precisa aprender o que é apreciar uma obra de arte. — Ele se inclinou, seus braços me ergueram e ele me jogou por cima do ombro enquanto me carregava para a sala.

— E a pizza? Estou morrendo de fome. — Jogada em seu ombro, dei risada.

— Temos dez minutos. — Ele bateu na minha bunda antes de me jogar no sofá, me fazendo gritar. — Posso fazer muitos estragos em 10 minutos. — Ele tirou minha regata e se encaixou entre minhas pernas, sua boca cobriu a minha. Eu me derreti com o toque dele, esquecendo a pizza.

Quando desarmava minhas defesas, estar com ele era tão confortável. Divertido. Não parava de sorrir, rir ou querer arrancar suas roupas.

Ele brincou e provocou meu corpo com maestria. Ele me fez gozar com tanta força que mordi seu pescoço, tirando sangue, e nem me lembrava mais do jantar ou de qualquer coisa além de nós.

A pizza acabou um pouco queimada, mas ali, sentada com ele, nua, comendo, conversando, assistindo filmes e fazendo sexo fantástico, eu não conseguia me lembrar de me sentir tão feliz.

Antes, eu achava que estava respirando. Que estava feliz. Viva. Esta noite destruiu aquela ideia, e me fez sentir viva de verdade. A luz no final do túnel não tinha a distância que eu imaginava, e, do outro lado, acabei encontrando muito mais do que eu esperava.

Nas primeiras horas, quando sentei em Mason de novo, segurando a cabeceira da cama enquanto o cavalgava, sem tentar ficar quieta ou ser cuidadosa, me assustou considerar uma coisa… e se Ben não tivesse morrido? Eu não estaria aqui com Mason. Estaria com o Ben, achando que estava feliz e contente, sem nunca conhecer nada disso. Como Mason era incrível por dentro e por fora. Ele me fazia sorrir tanto que minhas bochechas doíam. Ele preencheu algo em mim que eu nunca soube que estava faltando.

Fomos atraídos à primeira vista; o destino me trouxe aqui. Para ele.

Não era justo pensar no "e se", porque não houve um momento sequer que eu não desejasse que Ben estivesse vivo. Mas daí a nunca conhecer essa sensação? Conhecer Mason? Eu me senti pior. Se alguém me mostrasse as duas portas e me dissesse para escolher, não saberia mais dizer qual seria minha escolha. Na verdade, sabia. E isso me aterrorizou.

O tipo de conexão que eu tinha com Mason era como se, mesmo que eu não o conhecesse e ainda fosse a feliz sra. Roberts, em algum lugar da minha alma, eu sentiria falta dele.

Era ele em minhas fantasias o tempo todo. O homem com quem sonhei.

COMO PARTIR UM CORAÇÃO

CAPÍTULO 30

MASON

Não conseguia recuperar o fôlego, gozei e quase apaguei enquanto ela me engolia, um gemido gutural ecoando pelo quarto, minhas costas arqueando da cama. Tudo escureceu por um segundo.

— Droga — ofeguei, sentindo o latejar do meu pau e o coração batendo descontrolado juntos, me deixando tonto. Meus músculos ficaram fracos, anestesiados.

— Bom dia para você, também. — Ela se sentou, sorrindo maliciosa para mim, limpando a boca. Eu a acordei com a língua entre suas coxas, fazendo-a gritar em um orgasmo fulminante. Ela queria retribuir a forma como eu a acordava cedo.

Coloquei a mão no coração. Ele batia tão forte no peito que precisei fechar os olhos e tentar relaxar, o mundo ainda girava.

— Acho que finalmente consegui o polimento de graça — murmurei.

Ela suspirou e caiu ao meu lado. Meus olhos se abriram, olhando para ela, admirado. Esta mulher era inacreditável. Uma fantasia viva – e não só porque o sexo era insano, mas por causa dela. Nunca sorri e ri tanto na vida como nas últimas doze horas. Jamais pensei que esse tipo de felicidade existisse para mim.

Era mais fácil quando eu pensava que não existia. Era melhor para todos se não nos víssemos, mas Emery parecia uma droga que eu não conseguia largar, independentemente dos custos.

— Uau. — Seus olhos foram para o meu pescoço onde ela me mordeu ontem à noite, seus dedos roçaram na marca e recuaram. — Ficou muito feio. Desculpa.

— Não precisa pedir desculpas. — Minha mão segurou seu rosto e meu dedo acariciou seu lábio inferior. — Gostei. — Minha boca possuiu a dela, e eu a puxei para mim, mostrando as palavras que eu não conseguia dizer.

Ontem à noite pude sentir a diferença. Ela não me manteve longe. Baixou a guarda, me deixando ver um pouco como seríamos juntos se não houvesse obstáculos. Eu queria isso. Queria mais.

STACEY MARIE BROWN

E isso me fez acordar para a realidade.

Eu não era bobo. O que acabaria com a gente não era a Addison ou a minha idade. E, no fundo, eu sabia que era melhor sofrer agora do que depois, quando estivéssemos mais envolvidos.

— É melhor eu ir. Preciso ver a minha avó. — Eu a beijei de novo antes de me virar, as pernas enroladas nos lençóis, lembrando de tudo o que aconteceu nesta cama. Acho que dormimos umas três horas no máximo. Meu corpo doía e a falta de sono estava me fazendo sentir um pouco mal, mas valeu muito a pena.

— E eu aqui achando que você ia fazer o café da manhã pelado.

— Já tentei isso. Não recomendo. Óleo e manteiga quente dói pra caralho.

— Ah, tudo bem, então, só de avental.

Levantei e procurei minha boxer.

— Que tal eu se eu for até lá rapidinho ver como eles estão e voltar para fazer panquecas de banana, só com a luva. Preciso manter pelo menos uma coisa protegida. — Eu vesti a boxer, rastejando de volta para a cama dela.

— Isso parece… saudável.

— Você vai adorar, prometo. — Rastejei sobre ela, beijando-a e fazendo cócegas.

— Pare! — Ela riu, tentando fugir de mim. — Mason!

Em qualquer tom, eu adorava quando ela dizia meu nome. Confirmava que era a mim que ela queria aqui, a mim que escolheu para estar na sua cama. E, porra, eu podia me acostumar com isso.

Você não pode. Isso é só a curto prazo. Ouvi minha cabeça gritar. *Esse não é um futuro que você pode ter.*

— Eu já volto. — Beijei-a enquanto saia da cama, peguei o jeans, sabendo que, se eu não fosse agora, levaria ao menos mais uma hora antes de sairmos desta cama. Meus avós acordavam cedo e, às oito, já estavam de pé há algum tempo.

Me sentindo culpado por minha ausência, corri para vestir a camisa e sapatos, que estavam espalhados na sala, e saí, esquecendo onde tinha ido parar minha jaqueta. A manhã fria me fez respirar com mais força, e correr pela rua para me aquecer parecia ser um esforço em vão. Pensei na noite passada, em nós dois comendo a pizza queimada só com a roupa de baixo, ainda suados de sexo. O jeito como ficamos sentados até tarde conversando e rindo, nossas mãos sempre se tocando. Depois o fato de termos ficado

COMO PARTIR UM CORAÇÃO

acordados a noite toda transando. Forte, suave, rápido, lento, fizemos de tudo, e a cada vez eu sentia o vínculo entre nós se estreitando, apesar de ambos sabermos que não deveria.

Sabia que estava sorrindo feito bobo quando entrei pela porta da frente.

— Oi, estou em casa. — Entrei, a pele arrepiou com o calor de dentro depois de vir do frio. Eles deixavam a temperatura muito acima de 26°C, o que fez eu me sentir ainda mais corado e suado. — Vovó?

Silêncio.

O medo fez meu estômago embrulhar. Corri para o quarto deles e espiei.

Vazio.

— Vovó? — gritei, correndo do corredor até a sala, onde meus pés brecaram.

Vovó estava sentada no sofá com o gato no colo, mas a cadeira do vovô estava vazia.

— Oi?! — Já fiquei em estado de alerta. — Você não me ouviu? Cadê o vovô?

— Ah. — Ela olhou para cima, assustada, como se somente agora tivesse percebido que eu estava lá. Ambos ouviam mal, mas ela normalmente usava seus aparelhos auditivos. — Mason. — Ela tocou o peito, parecendo tão fraca e frágil ainda. — Você me assustou.

— Cadê o vovô?

— Então, não se preocupe, ele está bem, mas... — Meus ouvidos começaram a zumbir, o pânico começou a tomar conta de mim. — Ele caiu tentando sair da cama esta manhã.

— Caiu?! — exclamei. — Ele está bem? Por que não me ligou?

— Eu liguei.

Tirei o telefone do bolso da frente, aquele que eu esqueci completamente, sem me preocupar com o mundo exterior quando eu estava com Emery. Dez chamadas perdidas apareceram na tela.

— Porra. — Trinquei os dentes, sentindo a cabeça latejar por causa do peso da culpa que recaía sobre mim. — Desculpa. Eu nem olhei... eu deveria ter visto.

— Está tudo bem, Mason.

— Não, não está. — Balancei a cabeça. Depois de tudo o que fizeram por mim, de ficarem ao meu lado, sentados à minha cabeceira por meses, era assim que eu retribuía? — Onde ele está? Ele se machucou?

— Acho que foi mais o orgulho dele — respondeu. — O marido da Caroline, Peter, que é nosso vizinho, o levou ao hospital para dar uma olhada. Mas já ligaram, dizendo que ele está bem, só alguns machucados. Já estão voltando.

Apertei a nuca, esfregando com tanta força que senti a pele queimar, como se estivesse tentando me punir.

— Eu deveria estar aqui.

— Não, Mason. Você não está amarrado a esta casa. Seu avô e eu não esperamos que fique aqui. Vai tirar seu diploma em breve e depois vai para a faculdade.

— Não quero ir para a faculdade. — Fiquei andando na frente dela, extravasando a minha raiva interna.

— Mason, não pode viver sua vida amarrado a nós.

— Por que não? — eu praticamente esbravejei.

— Venha aqui. — Ela deu um tapinha no sofá ao lado dela. Meu corpo estava inquieto, não queria me sentar, mas seu olhar firme me fez sentar ao lado dela. — Meu menininho. — Ela tocou meu rosto, o sofrimento fazendo seus olhos lacrimejarem. — Tantas pessoas o deixaram, seja na morte ou por seu próprio egoísmo. É por isso que você aguenta tanto das pessoas ou as afasta de você. Odeio saber que um dia seu avô e eu também causaremos mais sofrimento e perda para você.

A emoção fechou a minha garganta. Só de pensar nisso, eu me sentia mal.

— Sei que está com medo. — Lágrimas encheram seus olhos. — Mas não perca seu tempo sendo nosso cuidador. Você precisa viver, Mason. Ficar aqui não é vida. Você não quer encontrar alguém, se casar, ter filhos, fazer algo que gosta?

Meu peito ecoou o nome de Emery, sentindo como se já tivesse encontrado, mas era o mesmo que tentar segurar água entre os dedos.

— De que adianta? — Engoli, limpando o suor na testa. — Depois eu serei a causa do sofrimento nos outros.

— Não diga isso.

— Por que não? É verdade. Ninguém em sã consciência vai se envolver na minha vida problemática.

— Tem certeza disso? — Ela inclinou a cabeça e seus olhos foram direto para o meu pescoço. Alguma coisa em seu olhar insinuava que ela sabia mais do que eu imaginava.

— Tenho — afirmei, sentindo o impacto da decisão que eu sabia que

COMO PARTIR UM CORAÇÃO

precisava tomar me atropelando como se fosse um caminhão. Tinha que terminar tudo com Emery agora. Fui burro achando que poderia aproveitar esse tempo sem maiores consequências, como se não fosse afetar os outros. Fui egoísta e cruel. Emery já tinha sofrido demais na vida e merecia felicidade e amor. Segurança.

— Mason?

Eu me levantei do sofá.

— Precisa de alguma coisa?

— Não, mas...

— Ficar aqui não me atrapalha em nada, e já cansei de falar isso.

Ela suspirou. A decepção em seu rosto me destruiu por dentro.

— Ela ligou de novo. — Ela mudou de assunto. — Queria marcar um encontro. Acho que seria muito bom para você também.

Ri com desdenho e fechei os olhos enquanto concordava com a cabeça.

— Claro. — Mais um peso caiu sobre meus ombros, desgastando as costelas. A dor de cabeça passou para as costas, forçando os olhos a se fecharem por um minuto e me senti estremecer um pouco.

A porta se abriu e eu corri para ajudar Peter e meu avô a entrar.

— Estou bem — disse o vovô. Mesmo assim, apoiei o peso dele quase todo em mim e o levei até a cadeira. Seu olho estava preto e roxo, e ele sentiu a dor quando o abaixei devagar. Parecia que todo o seu lado direito estava dolorido.

— Obrigada, Peter. — Grace fez um movimento, querendo se levantar.

— Por favor, não se levante. — Ele foi até ela e segurou a sua mão. — A senhora sabe que não foi nada. Caroline e eu estamos aqui sempre que precisarem de nós.

Peter era um cara legal e era sincero, o que só fez com que eu me sentisse pior, como aquele que não estava aqui para ajudá-los.

— Obrigado. — Apertei a mão dele.

— Está tudo bem. — Ele assentiu. — Ainda bem que eu estava em casa.

Ele não quis me atacar, mas foi outra adaga no meu peito. Outra coisa me dizendo que a bolha em que eu estava vivendo, quando se tratava de Emery, tinha acabado de estourar.

Peter e vovô se despediram e ficamos só nós três na casa.

— Quer alguma coisa? — Fui até o meu avô, com o medo me revirando por dentro ao vê-lo tão frágil e velho.

— Só um pouco de água. Vou tomar uns analgésicos e dormir.

Peguei água para os dois e fiquei ao lado deles como um pai superprotetor.

— Mason, estamos bem. Por favor, pare de ficar em cima de nós. Vá fazer suas coisas. — A vovó me dispensou. — Ele vai dormir em dez minutos com o jogo passando, e eu, provavelmente, cochilo em cinco minutos. — A vovó se aconchegou com o gato, as pálpebras já fechadas. — Por favor.

— Tudo bem, mas vou ficar com meu telefone por perto, e logo volto. — Ainda hesitei, não queria deixá-los, nem fazer o que eu sabia que precisava resolver. Ir até a casa de Emery não era mais algo bom. Não seriam panquecas e sexo.

Seria dedo na ferida.

Segurei minha cabeça, tudo girava e meus músculos tremiam. Meu estômago fez um barulho estranho, senti uma queimação horrível e ânsia de vômito.

Roncos suaves vieram do meu avô. Olhei para os dois e vi os olhos da minha avó se fecharem. Era emoção em cima de emoção. Eu não estava pronto para eles partirem. Para me deixarem. Tinham sido meu porto seguro, e eu estava com medo de como ficaria sem rumo quando morressem. Será que tudo pareceria ainda mais insignificante?

A única coisa que eu sabia era que o que tinha acontecido hoje nunca mais se repetiria. Eles eram minha prioridade. As pessoas que me amaram durante todos os tempos sombrios. Não importava o que minha avó dissesse, eu precisava estar aqui. Emery e eu sabíamos que nosso caso não poderia ir a lugar algum…

Corri até a casa da Emery. Minha pele ficou grudenta de suor e a cabeça latejava por saber que eu não estava voltando para fazer o café da manhã, e sim para terminar tudo.

Era a coisa certa a fazer. Para ela também.

Com a cabeça confusa, o coração martelando, entrei direto na casa dela, lutando para recuperar o fôlego.

— Emery?

— Mason? — A voz de uma garota fez minha cabeça virar na direção do corredor, assustado.

Puta. Merda. Addison. Não era para ela estar em casa.

Ela ficou ali parada, segurando um par de tênis brancos de torcida como se tivesse esquecido deles, a cara era de pura confusão.

— O que você está fazendo aqui? — A atenção de Addison foi para a porta pela qual eu entrei causalmente, depois para as marcas de mordidas no meu pescoço.

COMO PARTIR UM CORAÇÃO

Emery saiu da cozinha e congelou. O pânico fez seus olhos se arregalarem por um segundo, antes que ela olhasse para Addison.

— Oh… pedi para ele olhar a máquina de lavar louça de novo.

Foi tão devagar, ou talvez tenha sido rápido; o tempo parecia ter parado. O olhar de Addison ia e voltava entre nós, até que ela viu a jaqueta pendurada na ponta do sofá perto dela. A que eu tinha esquecido aqui.

Sua atenção permaneceu nela, depois voltou para mim e parou na marca do meu pescoço. Sua respiração começou a acelerar, como se ela estivesse juntando peças, entendendo o que estava bem na cara dela o tempo todo.

Foi como se tivessem jogado mais peso em cima do meu peito. Senti os ouvidos latejarem. Eu me apoiei na parede, tentando permanecer firme. Os ruídos ficaram abafados, tudo estava distante e eu lutava para conseguir respirar. A escuridão tomou conta da minha visão e eu senti que começava a cair. Em algum lugar ao longe, ouvi alguém gritar meu nome, mas depois tudo ficou em silêncio. Escuro.

Não foi o tempo que parou.

Fui eu.

CAPÍTULO 31

EMERY

— Mason! — Gritei quando seu corpo caiu no chão. O medo me dominou, minhas pernas correram sozinhas até ele, tirando Addison da frente. — Mason! — gritei de novo, caindo ao lado dele, virando-o de costas. Pavor puro vindo das profundezes cresceu dentro do meu peito, fazendo meu coração bater de pânico. *Não me deixe. Não me deixe também.* — Mason? — Encostei a orelha o peito dele, tentando ouvir seu coração. Meu corpo tremia tanto que não sabia se era ele ou eu.

— Puta merda. Mason! Ele está bem? Meu Deus! — Addison gritou ao meu lado, agitada.

— Chame a ambulância. Agora! — gritei com ela. Ela assentiu, pegou o telefone e discou. Eu me desliguei, concentrando-me nele.

— Mason, por favor… — Lutei contra as lágrimas, começando a massagem cardíaca. Meu treinamento estava enferrujado, mas me fez focar no procedimento em vez do meu medo.

Addison ficou conversando com a emergência, contando tudo, até que ouvimos as sirenes da ambulância parando na frente da minha casa.

Eles entraram correndo pela minha porta e assumiram o meu lugar.

— Ele está bem? — Addison continuou a chorar.

— Está respirando. — Uma mulher assentiu. Ela e os outros dois paramédicos o colocaram em uma maca. Não hesitei e segui com eles. Não sairia do lado dele.

— Addison, pegue meu carro. Telefone para Grace e Neal. Diga que darei notícias assim que chegarmos.

Addison assentiu enquanto eu entrava na ambulância, sentando-me ao lado de seu corpo inconsciente. Segurei sua mão e engoli as lágrimas que sufocavam a minha garganta.

Não posso perdê-lo. Não posso…

O estado de estar tão consciente de tudo que nada parecia real me tomou como se fosse um pesadelo. Senti o mesmo gosto amargo na língua e a sensação de que meu cérebro não conseguia registrar nada ao meu redor. O pânico, o medo e a dor já me sufocam.

COMO PARTIR UM CORAÇÃO

Meus dedos se entrelaçaram aos dele, apertando-os.

— Por favor, Mason. — Estendi a mão, acariciando seu cabelo, observando o peito subir e descer até chegarmos ao hospital. Parecia um borrão de enfermeiras, médicos e palavras que eu não entendia.

— Senhorita, você não pode entrar lá. — Um enfermeiro me parou enquanto passavam por mim.

— Mas...

— Você terá que ficar aqui. Alguém virá assim que tivermos notícias. — O homem se virou e desapareceu atrás da porta.

Minutos ou anos poderiam ter passado. Fiquei ali, vendo minha vida se repetir. Era um temor que me fechava em uma concha mais uma vez, apesar de que me sentia pior desta vez, porque sabia o que estava do outro lado.

A dormência me manteve naquele lugar até que senti alguém tocar meu braço.

— Tia Emery? — Minha cabeça virou e pisquei para a garota; demorei um segundo para registrar que era Addison. — Venha se sentar.

Eu não queria, mas me sentindo apenas como um zumbi, deixei que ela me levasse até a sala de espera, onde estava uma mulher baixa e frágil.

— Grace. — Eu me assustei com a aparência dela.

— Ela quis vir comigo — explicou Addison.

— A senhora não deveria estar aqui. Ainda está se recuperando. — Eu fui até ela, subitamente encontrando outro foco para pôr minha energia.

— A vida do meu neto é muito mais importante. — Ela segurou a minha mão, uma lágrima escorrendo. — Sinto que a culpa é minha.

— Por quê?

— Mason trabalha tanto para nos agradar e assume tantas responsabilidades. Neal caiu esta manhã quando foi se levantar da cama e teve que ser levado ao médico pelo nosso vizinho. Ele acha que nos decepcionou por não ter voltado para casa ontem à noite. Por não estar lá.

Do outro lado de Grace, vi a cabeça de Addison se virar na minha direção, mas meu olhar não encontrou o dela.

— Nenhum de vocês é culpado.

— Mason assumiu tudo para ele. Age como se não ligasse...

— Mas liga e se preocupa demais. — Não deixei de notar a percepção dela, sabendo onde queria chegar.

Grace olhou para mim com um sorriso discreto em sua boca, o olhar via mais do que eu queria.

STACEY MARIE BROWN

— Sra. Campbell. — Uma enfermeira saiu. Eu me levantei, sentindo uma sensação doentia de *déjà vu*. Nem me lembrava direito de ter dado meu nome no balcão.

— Mason está bem? — Continuei segurando a mão de Grace, Addy segurou a outra.

— Ele está bem. — A enfermeira acenou com a cabeça. — Parece que a falta de sono, estresse, pressão baixa e não ter tomado os remédios hoje fez com que seu coração não batesse direito, e ele não recebeu sangue e ar suficiente no cérebro. E é por isso que ele desmaiou.

— Mas ele está bem? — Eu ouvi o tremor na minha voz, querendo desmoronar no chão e soltar soluços aliviados.

— Ele está descansando, mas pode ir vê-lo. Estamos terminando seus exames. Provavelmente, ele vai poder ir embora logo depois.

— Obrigada — Grace respondeu quando minha voz falhou, de tão forte que eu tentava resistir à emoção que me engolia.

Ajudei Grace a se levantar e seguimos a enfermeira, vagarosamente, mas Addison não se mexeu.

— Você não vem? — perguntei.

Sua boca se fechou e ela negou com a cabeça.

— Não. Vou para casa.

— Tudo bem. — Preocupada, eu a vi pegar a bolsa, assustada por não ter sido a primeira a ver Mason. — Me ligue se precisar de alguma coisa, tá bom?

Sua cabeça assentiu e ela saiu, quase correndo.

Senti meu corpo estremecer como se alguém estivesse o sacudindo, mas assim que entramos em seu quarto, todo o resto desapareceu.

— Mason. — Grace foi direto até ele, beijando sua bochecha. — Você nos assustou tanto.

— Desculpa. — Sua voz era áspera e rouca, seus olhos passaram dela para mim e me capturaram como se eu fosse uma presa. O impulso de correr para ele e fugir dele sacudiu meu corpo. Porque eu entendi – eu era toda dele.

Ele poderia me arruinar.

— Emery… — ele disse meu nome com tanta profundidade que não precisava acrescentar mais nada. A mão dele estava em cima das cobertas, a palma da mão me chamou para perto.

Não resisti. Meus dedos deslizaram nos dele, sem se preocuparem com o que Grace pensaria.

COMO PARTIR UM CORAÇÃO

211

— Acho que te devo uma.

— Você me deve panquecas. — Meu sorriso desapareceu na hora, a emoção fazia meus olhos brilharem. — Não me assuste assim de novo.

Uma expressão sofrida passou por seu rosto e ele acariciou minha mão com os dedos, mas seu olhar não encontrou o meu. Algo no fundo do meu ser se retorceu com a resposta dele.

— Bem, Mason, parece que teve uma manhã animada. — Um homem alto com um jaleco branco entrou, segurando uma prancheta. — Talvez da próxima vez, tente não repetir.

— Claro — ironizou Mason.

— Seus exames parecem bons. O nível de açúcar no sangue estava *muito* baixo quando chegou, mas já estão voltando aos níveis normais.

— Está tudo bem? — perguntou Grace, ainda preocupada.

— Sim, mas acho que deve pegar leve nos próximos dias — falou com Mason. — Nada estressante… e tente diminuir a quantidade de atividades físicas intensas. — O médico olhou para nós de forma perspicaz, vendo claramente a marca de mordida que eu fiz no pescoço dele. Meu rosto ficou vermelho e piorou quando Mason brincou ainda mais.

— Tentaremos.

— Só até termos certeza de que foi um episódio isolado e não por causa do coração em si. Acabou de ganhá-lo. Vamos tentar não quebrá-lo tão cedo.

— O quê? — soltei a mão de Mason. A intuição me deixou de orelha em pé, e eu olhei para ele.

Ele não olhava para mim, mas um nervo pulava em sua mandíbula.

— Mais alguma orientação? — perguntou Mason direto ao médico.

— Não. Você poderá ir embora em uma hora. Por favor, não se esqueça de se alimentar e de tomar o seu medicamento. Não quero vê-lo aqui de novo tão cedo.

— Pode deixar.

— Tudo bem. Procure não se esforçar muito e ligue se sentir mais tonturas ou falta de ar. — O médico assentiu para Grace e para mim, e saiu.

— Vou ligar para o seu avô e avisar que está bem. — Grace se esforçou para se levantar, e saiu bem devagar do quarto, deixando-nos sozinhos de propósito.

— Não queria que descobrisse assim — murmurou.

Não conseguia me mexer, já sentindo o que estava por vir, mas precisava que ele me dissesse. Aquela cicatriz que eu tantas vezes passei os dedos sem nunca querer saber do que se tratava porque, talvez, no fundo eu já soubesse.

Ele engoliu seco e levantou o queixo para mim.

— Nasci com um problema no coração. Talvez por culpa da minha mãe por continuar usando drogas enquanto estava grávida de mim, vai saber. Mas nós não percebemos até mais tarde, quando eu era adolescente. Queria muito jogar futebol, até tinha olheiros de olho em mim. Ignorei todos os sinais e mantive aquilo escondido o máximo que pude. O plano funcionou, até o dia em que não funcionou mais. Passei o ano seguinte entrando e saindo do hospital, à espera de um coração. E sabendo que, mesmo que encontrassem um, mesmo assim não poderia mais jogar. Meus avós nunca saíram do meu lado. Gastaram todas as suas economias com tratamentos e medicamentos. E, quando eu me cansei de ser visto como o garoto com o coração doente na minha antiga escola, eles pegaram sua vida inteira e se mudaram para cá por minha causa. Tudo o que fizeram foi por mim.

Uma lágrima escorregou no meu rosto, entendendo muito mais de seu relacionamento com Grace e Neal e por que sentia que devia tanto a eles. Eu fiquei de coração partido pela criança que teve que passar por tudo isso.

— Por que não me contou?

— Já disse. Você estava procurando qualquer motivo para se afastar de mim. Isso fecharia a porta para sempre. Além de ser jovem demais, ainda doente!. Mas eu deveria ter deixado você se afastar. Você merece muito mais.

— Do que está falando? — Eu me aproximei dele. — Você não está doente, Mason.

— Você não entende — disse, irritado. A emoção começou a tomar conta dele. — Percebeu que eu nunca respondo perguntas sobre o meu futuro?

Franzi a testa, confusa.

— É porque não tenho um.

— Isso não é verdade — gaguejei.

— Sabe quanto tempo alguém vive depois de um transplante de coração? — A raiva faiscou em seus olhos, mas não era comigo. — Sabe? No *máximo*, e isso não é a média, vive trinta anos. A maioria vive muito menos. Terei sorte se tiver mais 25 anos de vida.

Ele estaria na casa dos quarenta.

Senti o estômago queimar e o medo correr em minhas veias.

COMO PARTIR UM CORAÇÃO

— E-e outro transplante de coração?

— Sim. — Riu irônico. — São ainda mais raros. Não dá pra conseguir um coração como se fosse a porra de um *drive-thru*.

— Eu sei. — Tremi, ainda sem aceitar a realidade desta nova revelação. — Mas não pode desistir.

Ele desviou o olhar de mim e se encolheu.

— E tirar a chance de outra pessoa de ter uma vida plena?

— Sim! — gritei, as lágrimas transbordaram. — Por você... sim! Se eu tiver que te dar o meu, eu darei, porra.

Ele me olhou, emocionado.

— Venha aqui. — Estendendo a mão para mim, ele me puxou, suas mãos seguraram meu rosto, consolando meu coração partido. — Não vou fazer você passar por isso. Você merece uma vida melhor. Era para ser só sexo, lembra? Um caso. Você não ia se envolver tanto assim. — Ele encostou sua testa na minha. — Eu estava sendo egoísta. Não conseguia ficar longe de você. Mas você já perdeu tantas coisas. Não te farei passar por isso de novo.

Eu me afastei, balançando a cabeça.

— Você não vai...

— Emery. — Foi uma ordem. — É melhor terminarmos agora do que depois. Nós dois sabíamos que no fundo não ia poder dar em nada.

— Não...

— Sim. É melhor para *as duas*, você e Addison.

Meus olhos se fecharam, e eu me lembrei do lampejo de aflição nos olhos dela mais cedo.

— Acho que ela sabe.

— Ela *acha* que sabe. Mas agora pode ser sincera com ela e dizer que nada está acontecendo.

— Acha que vou me afastar de você assim fácil? — A raiva venceu minha tristeza. — Como todo mundo faz? — O ressentimento me inflamou. — Vá se foder.

Suas sobrancelhas arquearam, espantado com a minha reação.

— Passei pelo inferno e consegui sair. Sempre tentei me manter segura, ser protegida, achando que era a melhor coisa para que nunca mais me machucasse. E pouco importava se eu estava protegida. Porque a vida nunca é totalmente segura. Você me fez ver isso. Percebi que não sou uma mulherzinha delicada que não sabe o que é a verdadeira escuridão. Enfrentei meus demônios e olhei a morte nos olhos. Então não me trate como se eu fosse algo frágil que precisa ser protegido.

— Você é a mulher mais forte que eu conheço, e é por isso que merece ser feliz. Ter uma vida com alguém que vai te amar... ter um relacionamento igual ao dos meus avós.

— Você fala como se fosse morrer amanhã! — Minha voz ecoou pelo quarto, ainda que fosse apenas o eco de suas palavras incorporadas no meu âmago. *Alguém que vai te amar.* Ou seja, ele não ama. Ele estava tentando terminar comigo, dizendo, de forma educada, que estava tudo acabado.

— Talvez eu morra mesmo — retrucou. — É por isso que é melhor acabarmos tudo agora.

Minha cabeça negou, sem aceitar o que ele dizia.

— Você acha que a gente pode ter um 'felizes para sempre' nosso, Emery? Envelhecer juntos? — Os bipes de seu monitor cardíaco aumentaram, seus braços se agitaram. — Acha? — Seus olhos escuros perfuraram os meus, afundando em minha alma a resposta. Uma que eu não tinha. Não sabia qual era o nosso futuro, se ao menos poderíamos ter um, com todos os obstáculos em nosso caminho. Tudo o que eu sabia era que não queria ficar sem ele.

Mas ele notou a minha hesitação. Meu próprio medo do futuro.

— Foi o que pensei. — A voz dele estava distante. — Uma coisa é alguém que você ama morrer de repente. Mas é bem diferente se envolver com alguém que sabe dessa *condição mortal*. Tivemos momentos maravilhosos. Agora acabou. — Ele olhou para a parede. — Adeus.

— O quê? — Atônita, eu o observei sem conseguir aceitar. — Mason...?

— Acabou, Emery. — Sua garganta engoliu seco, e ele continuou sem olhar para mim. A voz dele foi firme. Decisiva.

— Vá se foder, Mason James. Você está fazendo isso porque está com medo, *não por mim.*

— Com medo? — ironizou. — Olho a morte diretamente nos olhos desde que eu era criança. Não tenho medo de morrer.

— Não — disse, morta de raiva, meu coração se partiu em um milhão de pedaços. — Você tem medo de *viver.*

Raiva e orgulho me fizeram marchar direto para a saída, minha visão estava embaçada quando cheguei ao corredor.

— Emery? — A voz suave de Grace soou atrás de mim, eu me virei.

— Oh. — Engoli a emoção que estava prestes a explodir. Eu me sentia

COMO PARTIR UM CORAÇÃO

magoada, brava, sofrendo, meu coração parecia estar sendo arrancado do peito. — Precisa de carona para casa? Addy pegou o carro. Ia chamar um Uber.

Grace se aproximou de mim, segurando a minha mão.

— Não desista dele.

— O-o quê?

— Muitos em sua vida o machucaram. Ele construiu um escudo para manter as pessoas distantes. Ou então ele vai embora antes que possam deixá-lo. — Ela deu um tapinha nas minhas mãos. — Mas vale a pena lutar por ele, e acho que você sabe disso. — Ela caminhou bem devagar pelo corredor, voltando para o quarto de Mason e me deixando dilacerada.

Addison estava sentada à mesa da cozinha quando entrei, com um refrigerante e uma batata frita na sua frente, ambos intocados.

— Oi. — Eu me servi de um copo de água da geladeira. — Você está bem?

Ela não olhou para cima, apenas respondeu que sim com um aceno.

— Sei que deve ter sido assustador. — Sentei-me em frente a ela, meu estômago se revirou ao perceber que ela continuava sem olhar para mim. — Ele está bem. Já deve estar indo para casa.

Ela girou a latinha.

— Addison?

— Sua reação foi... intensa.

— Sim. — Meus nervos estavam à flor da pele. — Acho que me lembrou o que passei com o Ben. Desencadeou muitas lembranças.

— Não. — Ela balançou a cabeça, finalmente olhando para mim. — Não tinha nada a ver com o tio Ben... era cem por cento por causa do Mason.

Minha garganta secou.

— O quê?

Sua mandíbula ficou tensa, seu olhar era penetrante.

— Ele passou a noite aqui?

Minha boca se abriu, as palavras estavam presas na garganta.

— Não *minta* para mim. — A emoção deixou seu rosto vermelho. — Não sou burra. Eu vi o chupão no pescoço dele... o jeito que o tocou na ambulância. Como olhou para ele. — A agonia inundou seus olhos, fazendo meu coração apertar. — O jeito que ele *sempre* olha para você. — Ela retorceu as mãos em punhos, seu olhar se desviou para a jaqueta de Mason ainda no sofá. — A jaqueta dele está aqui porque veio ontem à noite, não foi?

— Addison, você não...

— Não! — Ela se levantou. — Me diz a verdade! Não se atreva a mentir para mim!

— Por favor, deixe-me explicar — implorei, com a voz embargada.

— Ele estava aqui com você ontem à noite, não estava? Foi você quem fez aquele chupão nele, não foi? — gritou, o rosto ficou mais vermelho. — É por isso que ele não estava em casa quando Neal caiu... porque ele estava aqui!

Meus dentes morderam o lábio, minha visão embaçou.

— Me. Diz!

— Sim — respondi, envergonhada.

Seu semblante era de dor e ela balançava a cabeça, tentando negar. Ela sabia, mas ouvir minha confirmação a fez recuar pelo sofrimento.

— Não acredito em você — sussurrou rouca, correndo da sala.

— Addison. — Pulei da cadeira, agarrando o braço dela. — Deixe-me explicar.

— Explicar? — Ela arrancou o braço da minha mão. — Claro, me explique por que Mason ficou *a noite toda*. Como ele conseguiu marcas de mordida no pescoço. — Eu olhei para ela, sem resposta. — Ou talvez possa me dizer há quanto tempo estão fazendo isso nas minhas costas?

— Não foi bem assim.

— Não foi bem assim? — gritou, seu rosto estava quase roxo de raiva. — Você está *transando* com ele!

Vacilei com suas palavras hostis, mas o fato de não negar a fez perder todo o controle.

— Como pôde? — gritou. — Você sabia que eu gostava dele. Por que fez isso comigo?

— Addy...

— Sua *vagabunda*, filha da puta. — Dei um passo para trás, abismada pela crueldade de suas palavras. — Que tipo de pessoa é você? Ele estava no *ensino médio*. Você tem trinta anos! É nojento. Você parece uma daquelas senhoras sem-vergonha e deploráveis! Você pode ser presa por algo assim, não?

Não. Na verdade, aos vinte anos, era ele quem poderia ter problemas

COMO PARTIR UM CORAÇÃO

por sair com ela, já que ainda era menor de idade. Mas eu sabia que nada disso ajudaria.

— Não consigo acreditar em você. — Lágrimas jorraram pelo seu rosto, fazendo meu coração se partir. — Foi só ontem à noite?

As lágrimas também caíram no meu rosto. Fechei os olhos, sofrendo, porque eu não ia mais mentir para ela.

— Puta. Que. Pariu — sussurrou entre um soluço. — Há quanto tempo?

— Addison, não é…

— *QUANTO TEMPO?* — gritou, seus pés e mãos se moviam como se ela estivesse enlouquecendo.

— Antes do Natal. — Eu me preparei, sabendo que minha resposta fusível a deixaria ainda mais irritada, já que estávamos em fevereiro. Não foi um deslize único. Escondemos de todos por um tempo.

Ela sufocou um gemido. A descrença e a traição a faziam balançar seu corpo de um lado para o outro. Eu podia ver sua mente repassando todas as coisas que tinham passado despercebidas, todas as vezes que ele esteve aqui desde então.

— Então, quando ele te mandou mensagem no Natal, não foi por causa da máquina de lavar louça… ou quando apareceu aqui quando chegamos em casa. Pensei que ele tinha vindo por mim, mas não veio, não é? Deus, no Ano Novo, ele desapareceu. Você estava no seu quarto… — Ela piscou, percebendo por que eu estava toda desarrumada. — Ele estava lá com você, não estava?

— Desculpa. Nunca quis…

— Cale a boca — exigiu. — Não se atreva a dizer que não queria me magoar. Porque sabia que eu gostava dele, e ainda assim você dormiu com ele. O tempo todo me fazendo acreditar que eu tinha uma chance. Você mentiu para mim, me fez parecer uma boba.

— Não. Não estava mentindo para você, eu estava mentindo para mim mesma. Tentei negar. Tentamos ficar longe um do outro, mas não conseguimos. Eu sinto muito mesmo. Nunca deveria ter acontecido. Só sei que a última coisa que eu queria era te magoar. Você era minha principal preocupação.

— Até sentir o gosto do pau dele, abrir as pernas e decidir que preferia aquilo?

— Addison! — Eu me aproximei dela. — Sei que está brava comigo, mas *não* me desrespeite — retruquei. — Eu errei…

— Errou? — soltou. — Você dormiu com um garoto do meu colégio!

— Ele tem vinte anos e...

— Não quero ouvir. Não quero ouvir nenhuma desculpa saindo da sua boca. — Ela caminhou até o quarto, pegou um punhado de roupas e as enfiou na bolsa.

— O que está fazendo? — Parei na porta do quarto dela.

— Indo para qualquer lugar que não seja aqui. — Ela passou por mim e foi em direção à porta.

— Addison?

— Imagino o que o tio Ben pensaria se pudesse te ver agora. — Ela balançou a cabeça, exalando nojo de mim. — Eu te odeio tanto.

A porta bateu, reverberando em meus ossos e na minha alma.

Fiquei ali por um minuto antes que um soluço escapasse de mim. Minhas pernas cederam e eu me encostei na parede, chorando até não conseguir respirar.

Deixei meus demônios me puxarem de volta para o inferno.

COMO PARTIR UM CORAÇÃO

CAPÍTULO 32

MASON

— Mason? — A vovó bateu de leve na minha porta. — Está acordado? Acordado? Sim. Funcional? Não.

Não estava funcionando há duas semanas, só fazia o mínimo. Eu me levantava, comia o suficiente para tomar meus remédios, fazia as tarefas em casa, estudava para a prova final, jantava e ia para a cama. E isso se repetia. Não tinha mexido no meu carro e quase nem saía desta casa desde que tive alta do hospital. Eu fazia as coisas como se tudo estivesse bem, mas nada estava.

A atração pelo final da rua só aumentava. A necessidade de ver se ela passava com os cachorros era quase insuportável, mas não olhei uma vez sequer. Evitei as pessoas e ignorei todas as ligações e mensagens de Mateo.

Vovó ficava tentando me tirar da rotina, mas eu não conseguia superar a ideia de que meu tempo estava acabando para tentar encontrar coisas que valessem realmente a pena. Eu não tinha motivação nem sonhos. E afastei de mim a única coisa que me deu qualquer alegria nos últimos tempos.

Ela me mandou uma mensagem:

> Estou com saudades.

Apaguei na hora, sabendo que, se parasse para pensar, correria de volta para ela. Ela vai me agradecer um dia. Ela vai encontrar um homem que poderia amar completamente pelo resto de sua vida.

Isso não aliviou o vazio constante em meu peito, e me via com o olhar perdido ou suspirando o tempo todo. Agitado e exausto, mas nem o sono nem fazer exercícios ajudava.

— Mason? — Ela bateu na porta de novo.

— Sim, estou acordado. — Afastei o cobertor, coloquei os pés no chão e esfreguei a cabeça. A barba ao longo da mandíbula estava mais espessa, o cabelo desarrumado me irritava. — Pode ir buscar nossos remédios? Os seus também estão prontos.

Deveríamos consegui um desconto por estarmos comprando tantos remédios. Todos nós tínhamos nossas caixas de medicamento,

220   **STACEY MARIE BROWN**

mostrando qual tomar e em que dia. Eu ia tomar imunossupressores pelo resto da vida, para que meu corpo não decidisse de repente que meu coração era um corpo estranho e o atacasse.

— Claro — grunhi, me levantando e esticando os músculos tensos. — Vou tomar um banho rápido.

— Tudo bem. Fiz alguns ovos. Você precisa comer logo.

Ela estava no meu pé desde o susto no hospital. Eu entendia. Sei que aterrorizei os dois. Eles não esperaram, com medo, por dez meses para eu encontrar um coração e depois ficaram ao lado da minha cama enquanto me recuperava para eu estragar tudo agora.

No chuveiro, a água desceu na minha pele. Meu pau estava duro, mas bater punheta não me trouxe alívio. Ele só queria ela. Nas poucas vezes em que me aventurei a sair de casa, eu fui parar no parque dos cachorros, como um perseguidor maluco esperando encontrá-la por "coincidência". Outras mulheres, mulheres bonitas, tentaram conversar quando eu estava lá, dando em cima de mim descaradamente. E tudo o que eu sentia era exaustão e tédio.

Elas não eram Emery.

Ela parecia ser a única que me dava vida. Foi assim desde o momento em que a vi. E parecia ainda mais cruel ter provado e saber que eu provavelmente nunca a sentiria de novo.

Vestido, coloquei meu boné e fui para a cozinha, os ovos já me esperavam com a caixa de remédios ao lado.

— Obrigado. — Sentei-me no balcão, engoli os ovos e tomei meus remédios. Vovô sentou-se em sua cadeira assistindo programas de guerra no History Channel enquanto a vovó fazia palavras cruzadas, com Claudia dormindo ao lado dela. Familiar. Entediante. Previsível.

A ansiedade me dominou. Eu sabia que nunca chegaria ao estágio em que a vida com minha esposa se tornaria monótona. Ainda que, na idade deles, aquilo fosse aceitável. Eles aproveitaram a vida.

Aos vinte anos, eu já estava vivendo aquela rotina tediosa e sem graça. Ela gritava para a parte em mim que queria escapar. Viajar. Explorar cada canto do mundo. Viver a vida ao máximo. Estudar culinária na Itália, provar cerveja na Bélgica, descer de tirolesa na Nova Zelândia.

Em vez disso, me levantei, enfiei a carteira no bolso de trás, acenei para meus avós e saí. Meu GTO roncou pela rua e entrou no estacionamento da farmácia. Meus dedos apertaram o volante. Vi um SUV familiar algumas vagas mais à frente. Olhei para o prédio no final da rua cheia de comércio.

COMO PARTIR UM CORAÇÃO

A clínica dentária.

Meu pau endureceu instantaneamente ao se lembrar da minha última visita lá. Como eu me afundei nela, fodendo-a contra a parede, antes de ela sentar em mim na cadeira, e como nossos orgasmos nos dilaceraram. Tinha sido arriscado, descontrolado e tão gostoso e sexy.

— Merda — explodi, e apoiei minha cabeça no encosto do carro. Esfreguei o rosto. *Esquece isso, babaca.* Saí do carro, tentando fugir das memórias. Abaixei a cabeça, entrei na loja, coloquei-me na parede mais distante onde ficava a farmácia, querendo entrar e sair rápido. Virando no fim do corredor, uma baixinha esbarrou em mim.

Olhos castanho-claros se arregalaram quando deu um passo para trás, assustada.

— Mason.

Senti dificuldade para respirar, morrendo de medo.

Addison.

— Oi. — Engoli, mantendo o rosto impassivo. Quase nem pensei nela nos últimos dias, exceto que vê-la me lembrava de Emery, o que me fazia voltar ao dia em que tudo acabou. Ela estava lá quando desmaiei e chamou uma ambulância.

Seu espanto mudou como um interruptor, e ela ficou indiferente.

— Fico feliz em ver que está bem.

— Sim, obrigado. — Eu me mexi, desconfortável. — Ia passar lá e agradecer a vocês, mas… — Mas eu perderia a cabeça vendo sua tia de novo. — Está muito corrido.

— Bem. — A mandíbula estremeceu. — Não estou mais lá.

— O quê?

— Estou na casa da Elena. Não que fosse vir atrás de mim, de qualquer maneira.

Ah, merda.

Ela engoliu seco, e olhou para baixo. Foi então que notei a cesta cheia de maquiagem e de alguns itens de higiene, como se não estivesse em casa há algum tempo.

— A propósito, eu já sei. — Sua voz estava tensa, não disfarçava mais a mágoa e raiva. — Então, não precisa ficar longe por minha causa.

— Não sei o que você acha…

— Não — disse entre dentes, seus olhos se encheram de raiva e tristeza. — Não me venha com essa merda. Sei que estão transando desde o Natal.

Minha mandíbula se fechou, rangendo os dentes de trás.

— Não consigo acreditar! — O cabelo loiro dela balançou quando sua cabeça se agitou. — Ela é minha tia! — exclamou, olhando em volta para ver se tinha chamado atenção. — É *nojento*. — Seus olhos lacrimejaram, colocando ainda mais peso no meu peito.

— Addison...

— Eu gostava de você — suspirou. — De verdade. Você sabia.

Sim, mas não me impediu. Emery era muito mais poderosa do que a paixão de Addison por mim. Eu sei que isso fazia de mim um verdadeiro babaca, mas duvido que eu faria qualquer coisa diferente.

— Eu me senti tão idiota. O tempo todo... — Um soluço escapou dela. — Como vocês foram capazes? — A voz dela ficou embargada, uma lágrima escorreu pelo rosto. — Valeu a pena? Foder minha tia valeu a pena?

Com certeza. Mas não era o que ela queria ouvir, então fiquei calado.

Seus olhos observaram minhas feições e viram a resposta. Seu rosto desmoronou, meu silêncio falava alto.

— Meu Deus. — Ela piscou sem parar e colocou a mão na altura do estômago.

— Sinto muito — murmurei. — Você provavelmente não vai acreditar em mim, mas saiba que Emery lutou contra isso por muito tempo por sua causa. Foi culpa minha. Não a deixei em paz.

Addy balançou a cabeça, tentando não permitir que minhas palavras fizessem sentido.

— Ela ainda sabia das consequências. Ela tem *30* anos, Mason.

Eu me senti muito mais da idade de Emery do que da dela.

— Vocês não precisam mais fingir ou se esconder de mim.

— Não nos falamos desde o dia no hospital. — E isso dói muito.

— O quê? — Addison estreitou os olhos, cética.

— Achamos que seria melhor.

Na verdade, eu achei. Queria o melhor para Emery. Ainda queria.

— Não a odeie. Ela te ama. Acredite, nunca quis te magoar. Nem eu. — Enfiei as mãos no bolso. — E me desculpe por não sentir o que você queria que eu sentisse, mas nunca te enganei, Addison. Nunca prometi ou disse nada diferente. Você transformou isso em algo que queria, mas peço desculpas se minhas ações ao vir à sua casa fizeram você acreditar que eu tinha algum sentimento. Não era minha intenção. — Eu me mexi desconfortável de novo, sentindo a dor oca que sentia desde que forcei Emery a se afastar. — Não consegui ficar longe.

COMO PARTIR UM CORAÇÃO

O queixo de Addison tremeu, ouvindo minha declaração, a honestidade que eu não conseguia esconder nem para mim mesmo.

— Por que está demorando tanto? — Uma garota se aproximou de nós. — Ah, Mason. — Seu tom mudou por completo, um sorriso tímido curvaram seus lábios.

— Elena.— eu a cumprimentei, observando seu olhar subir e descer pelo meu corpo. Elena queria ser a garota que todo cara queria. Ela mostrou sutilmente todos os sinais de que trairia a amiga num piscar de olhos se eu lhe desse alguma dica de que estava interessado.

— Sentimos sua falta na escola. Fiquei *tão* triste ao saber que você não ia voltar — ronronou. — Principalmente a Addison aqui.

Meus olhos deslizaram para Addison, seu rosto estava virado para baixo, tentando esconder o tamanho da sua tristeza. Ainda assim, seu olhar encontrou o meu brevemente antes de desviar novamente. Sabia naquele momento que Addison não havia contado nada a Elena a respeito de mim e Emery.

— Por acaso você tem um smoking? Addy precisa de um par para o baile de hoje à noite.

— Addison tem muitos caras esperando que ela os convide. — Conhecia um em particular.

— E a festa na minha casa depois? Vai ser uma loucura. Addison está no meu quarto de hóspedes. Então... — Ela olhou para mim com um sorriso tímido. Embora estivesse tentando me arrumar para a amiga, estava claro que se eu desse em cima de Elena, ela ficaria comigo em um piscar de olhos.

— Desculpa. — Limpei a garganta, dando um passo para trás. — Divirtam-se. — Fiz sinal para a farmácia. — Até mais. — Passei por elas, caminhando alguns metros quando olhei para trás. Elena já estava se afastando e Addison continuava parada no mesmo lugar.

— Addison? Ela olhou para mim.

Lambi os lábios.

— Volte para casa. Ela não merece isso. Já passou por muita coisa... e você sabe que isso está acabando com ela. Ela te ama mais do que tudo.

— E eu não passei por muita coisa?

— Não foi o que eu disse. Acho que está te machucando também. — Ela parecia infeliz. — Não pode odiá-la por pegar algo que nunca foi seu.

— Tentei pegar leve, mas ela ainda se encolheu com a minha franqueza. —

Além disso, Elena é uma megera invejosa. Deve ser cansativo ficar perto dela o tempo todo.

Uma risada bufante escapou de Addy, um vislumbre de um sorriso me dizendo que ela também sabia.

Inclinei a cabeça antes de me virar, presumindo que eu tinha encerrado esse impasse entre tia e sobrinha, e já poderia sair de suas vidas.

A vida parecia querer me torturar. Saí da loja e fui para o carro. Voltei minha atenção para as pessoas que andavam na calçada. Fiquei sem ar. Como um disco arranhado, tudo parou.

Emery e Marcie saíram da clínica bem agasalhadas para enfrentar a brisa fria, enquanto conversavam. Não conseguia me mexer. Qualquer razão sólida para ficar longe dela se dissolveu na lama ao redor dos meus pés. Parecia que tinha acordado de um coma.

Seu longo cabelo escuro estava em um rabo de cavalo, as bochechas rosadas de frio, parecendo exausta, mas estava insanamente bonita.

Como se Emery pudesse me sentir, seu olhar disparou para o meu, e seus sapatos derraparam até parar na calçada congelada. Marcie demorou alguns segundos para perceber o que estava acontecendo, mas ela não passava de um borrão para mim. Tudo o que vi foi Emery.

A gente se olhou, paralisados, perdidos em emoções e coisas não ditas pairando entre nós. Eu não queria nada mais do que ir até lá e beijá-la. Dizer a ela para esquecer qualquer besteira que eu tivesse dito no hospital.

O olhar de Emery se fixou em algo além de mim, e seu rosto empalideceu.

Senti o corpo gelar, segui seu olhar, já sabendo quem estava atrás de mim.

Addison parou do lado de fora da loja, seu olhar se alternava entre nós. Nós três estávamos congelados em um impasse silencioso, com tanto a dizer, mas todos calados.

— Addy, vamos — reclamou Elena, do carro, desviando a atenção de Addison por um segundo. Quando ela olhou para trás, sua expressão refletia sofrimento e raiva. Ela se virou e correu para o carro de Elena, entrando e indo embora.

Eu já sabia quando olhei para Emery que qualquer pedacinho que eu tinha dela havia desaparecido, e tinha sido substituído por culpa e tristeza.

Arrependimento.

Com a garganta fechada, testemunhei exatamente o que eu temia. A tristeza tomou conta do rosto de Emery, os olhos estavam cheios de lágrimas. Ela se virou e correu para a clínica, precisando se afastar de mim.

COMO PARTIR UM CORAÇÃO

Marcie fechou a boca, com pena. Vi seu olhar brando de empatia antes que ela fosse atrás da amiga, deixando o único idiota que ainda estava aqui parado: eu.

Sozinho, eu me sentia como se tivessem aberto meu peito e retirado o coração. *Outra vez.*

CAPÍTULO 33

EMERY

Dr. Ramirez me mandou para casa depois de me ver chorando na sala de descanso. Seus olhos estavam cheios de preocupação quando disse para eu relaxar e ligar se precisasse de alguma coisa, o que só aumentou minha tristeza. Ele me convidou para sair alguns dias antes, e, mais uma vez, eu tive que dizer a ele que eu só queria sua amizade. Mas ele ainda parecia ter esperanças. Esperança de que eu acordasse um belo dia e o visse como mais do que um amigo. Que me apaixonasse por ele.

Mesmo sem Mason, Daniel e eu nunca ficaríamos juntos. Daniel merecia alguém muito melhor do que eu. Ele precisava de alguém que sentisse frio na barriga toda vez que ele aparecesse. Que não visse a hora de vê-lo, que não queria ficar com mais ninguém além dele.

Estar em casa sozinha, vasculhando as redes sociais de Addison e vê-la se preparando com suas amigas para o baile só me deixou ainda mais desesperada.

Que bagunça eu fiz. Addison me odiava, Harper estava brava comigo e nem eu mesma conseguia me olhar. Mas o que realmente doía era que a única pessoa com quem eu queria falar sobre tudo isso tinha se afastado de mim.

Vê-lo hoje foi como enfrentar um tornado. Desmanchou a minha fachada e o sorriso falso. Cada emoção que eu tinha escondido, focando em passar pelas últimas duas semanas, apareceu. Senti um nó na garganta. A necessidade de ir até ele, de me afundar em seus braços, era dolorosa. Deveria ser mais fácil agora. Eu não deveria achar que tudo girava ao seu redor só porque eu o vi.

Na terceira taça de vinho, minha vontade enfraqueceu, e o coração pesou, enquanto eu olhava as fotos recém-publicadas de Addison. Ela parecia estar se divertindo no baile. Continuei passando pelas postagens, sabendo o que estava procurando em segredo. Meu coração parou quando acabei em algumas fotos que ela tinha de Mason. Quase todas foram tiradas aqui no nosso quintal. Parei na primeira que ela tinha dele e suspirei. Eu me lembrava claramente daquele dia. A primeira noite que ele veio depois do jogo. Era estranho pensar que logo depois dessa foto, ele tinha entrado na cozinha de propósito para me ver, trazendo pratos sujos para a pia. Como foi naquela noite que tudo começou.

Ele me abalou desde que o conheci, mas se eu soubesse o que estava por vir, será que eu teria feito diferente? Eu teria parado?

Um som subiu na minha garganta, fazendo com que eu me curvasse e me afundasse ainda mais no sofá, sentindo mais desolação porque eu sabia que não teria parado. Só de pensar em nunca mais estar com ele fez meu sangue ferver de pânico, havia uma ansiedade em mim que me fazia estremecer angustiada.

Queria ligar para ele. Ir até a sua casa ou abrir a porta e encontrá-lo na minha varanda.

Já passava da meia-noite, mas meus dedos discaram um número no meu telefone. A escuridão em que vivia por tanto tempo estava me pressionando, querendo me afundar.

— Alô?

— Harper… — Minha voz estremeceu, segurando as lágrimas.

Minha irmã ficou em silêncio por um minuto. Podia sentir sua raiva por mim. Liguei para ela quando Addison saiu de casa, sabendo que precisava avisá-la. Desabei e contei tudo para a minha irmã, o que acabou em outra surra na minha consciência. Eu merecia, mas isso não parecia mudar meus sentimentos.

— Desculpa — sussurrei, rouca. — Eu sei que você também me odeia. Eu só… — Sinto-me perdida. Nada me mantinha no prumo. Sentia falta da minha família.

— Eu não te odeio, Emery. — Harper suspirou. — Estou decepcionada? Sim. Sendo protetora com a minha garotinha porque ela está sofrendo? Cem por cento. Brava com você? Um pouco. Eu queria ir até aí buscá-la? Com certeza.— Addison implorou para ela não vir. Harper percebeu que estava muito perto do fim do ano letivo e que estava feliz e bem acomodada o suficiente para levá-la embora agora. — Mas eu não te odeio. Jamais poderia te *odiar*.

Apertando o telefone no ouvido, deixei cair a cabeça nos joelhos, sufocando um soluço.

— Eu me odeio.

— *Em*. — Harper soltou outro longo suspiro. — Não concordo com o que você fez. Minha cabeça ainda não consegue entender, mas vocês dois são, *tecnicamente*, adultos. — O golpe atingiu o alvo. Precisei de todas as forças para não defendê-lo, dizer a ela como ele tinha a cabeça mais madura em comparação com a sua idade. — Odeio que você tenha mentido para nós duas, mas então Kevin me lembrou que eu tinha mantido nosso relacionamento em segredo por um longo tempo porque eu não queria te machucar. Ele me fez ver mais do seu ponto de vista. Você passou por muita coisa. E eu estava com medo de que nunca pudesse superar o luto por Ben. Queria que o mesmo garoto que te ajudou a superar sua perda, não fosse o mesmo por quem a minha filha estava apaixonada. No entanto, quando te vi no Natal, reparei numa grande mudança. Você reluzia… achei que podia ser o Daniel. Ou, talvez, era quem eu esperava que fosse.

— Também gostaria que não fosse Mason… — A emoção ficou presa na minha garganta porque, no fundo, não desejava isso de verdade. Odiava pensar em não ser ele, não beijá-lo, não ver seu sorriso, ouvir sua risada, senti-lo dentro de mim. Era por isso que a culpa continuava me consumindo em um *looping* interminável.

— Não sou cega nem estou morta. Addison me mostrou fotos dele. A beleza dele é *fora do comum*. Com certeza, consegui entender sua atração. Deu para ver que ele era muito velho para ela só de olhar — declarou Harper. — Se você o tivesse conhecido de outra forma, sem conexão com Addison, eu entenderia que você o usasse para levantar seu ego.

— Não é assim. — Rangi os dentes. — Não estraguei meu relacionamento com minha sobrinha para encher a minha bola. E eu nunca o usaria. Nossa, você não sabe o que ele passou na vida. O que ele perdeu e tudo que lutou. Ele é mais velho do que qualquer um dos homens que conheci que tem o dobro da idade dele.

Harper ficou em silêncio, e senti um aperto por dentro.

— Meu Deus… — ela suspirou.

— O quê?

— Não posso acreditar nisso. — Ela riu, em tom frio. — Você está apaixonada por ele.

— Não, não estou.

— Puta merda! — Ela me ignorou. — Claro, está tão óbvio agora.

— Não estou! — Minhas defesas se ergueram parecendo espinhos de porco-espinho, odiando a ela e a Marcie por me acusarem disso. — Eu *gosto* dele. Ele é um cara incrível. Nós nos divertimos. — Nossa, e como. — Mas eu não o amo. — Pude ouvir o tom na minha voz mudar.

COMO PARTIR UM CORAÇÃO

229

— *Em*, você tem razão. Você não magoaria Addison por algo que não significasse nada. Não importa se o cara fosse um gostosão, você não teria feito nada se fosse atração puramente física. Eu te conheço.

Fiquei sem palavras. Sem resposta, sem contra-argumentos.

— Addison é tudo para você — afirmou. — Você nunca a machucaria só para transar.

— Talvez o sexo fosse muito bom — retruquei, sentindo como a afirmação era frágil e feia. O sexo era fenomenal, mas não foi o que me segurou e me deixou disposta a arriscar tudo.

Foi ele.

— Continue dizendo isso a si mesma — zombou.

O som da porta se abrindo me fez pular, e eu fiquei boquiaberta com a surpresa.

Addison, ainda de vestido, com as malas na mão, entrou pela porta.

Harper me ouviu ofegar.

— O quê?

— Addison está aqui — murmurei, meus olhos piscavam mais rápido.

Harper soltou um ruído aliviado, a voz cheia de emoção.

— Graças a Deus. — suspirou. — Ligue mais tarde, está bem?

— Tudo bem. — Desliguei e me levantei do sofá, encarando minha sobrinha. — Addison…

— Ainda não te perdoei — soltou.

Minha cabeça balançou.

— Tudo bem.

— E eu estou aqui porque se eu passasse mais um dia na casa da Elena, seria presa por assassinato.

— Provavelmente iria para o reformatório. Você ainda não é maior de idade.

Pude ver Addy tentando conter um comentário engraçado. Em vez disso, ela balançou a cabeça, irritada.

— Ainda não acredito no que fez. — Os olhos dela lacrimejaram. — Ainda dói olhar para você.

— Eu sei.

Ela pegou as malas e entrou em seu quarto. Eu a segui em silêncio.

Ela jogou as coisas na cama e tirou os sapatos, ainda de costas para mim.

— Eu beijei Mateo esta noite.

— Oh — respondi, não estava preparada para a mudança de assunto. — Isso é bom, né?

— Não. — Ela se virou, os olhos furiosos. — Porque ele estava no baile com a Janel. Ela gosta dele… *muito*. Mas vê-los juntos… se beijando. Senti vontade de vomitar. — As mãos de Addison se fecharam em punhos.

— Ele e eu estávamos conversando na festa da Elena, e eu o beijei. — Ela ergueu os braços. — Ele é o Mateo! Ele é meu *amigo*, mas de repente, olhei para ele e pensei, droga, ele é gostoso. Como eu nunca reparei? E percebi que não queria que ele ficasse com ela. — Addison recostou-se na cama, uma lágrima escorregando no rosto. — Eu fui embora… porque Janel é minha amiga, e se ela descobrir… vai me odiar. E, de repente, percebi que não era melhor do que você.

Ai.

— Addison, eu menti para você porque não queria magoá-la, mas também estava mentindo para mim mesma, porque não queria admitir o que sentia.

— Ela foi bem franca comigo se não tinha problema em convidá-lo, e eu disse que sim, que éramos apenas amigos.

— Ah.

— Foi estranho. Eu os vi rindo e se divertindo mas quando os vi se beijando… algo mudou, e percebi que queria que ele estivesse rindo comigo. *Nós dois* estávamos sempre juntos. Ela não.

— Sinto que Janel vai ficar magoada, mas ela tem que saber que Mateo está completamente apaixonado por você.

— Você acha?

— Eu tenho certeza. — Eu me encostei no batente da porta. — E você por ele. Às vezes, é preciso achar que perdemos alguém para acordar.

Seu olhar se ergueu para o meu.

— É como se sentiu com Mason? — Ouvindo-a dizer o nome dele, imediatamente me fez querer erguer minhas defesas. Negar. Mas o único jeito de me acertar com a Addison era se eu fosse completamente honesta com ela.

— Sim. — Engoli. — Embora ache que já sabia muito antes.

— Eu também.

— Falando do Mateo ou de mim?

— Dos dois. — Ela relaxou. — Olhando para trás, percebo como era óbvio agora. Vocês dois estavam atraídos um pelo outro desde o início. Quantas vezes eu o vi olhando para você. Perto de você. Vindo aqui o tempo todo, ainda mais quando eu não estava. Os olhares ou sorrisos que compartilhavam quando achavam que eu não estava olhando. Não conseguiram ficar longe um do outro. Quero dizer, mesmo a primeira vez que te apresentei a ele, ele olhou só para *você*. — Ela balançou a cabeça, a dor transparecendo em seu rosto. — O *jeito* que ele olhou para você. Estava tão óbvio. Era como eu queria que ele olhasse para mim. Deveria ter percebido. Mas acho que sabia, só não queria admitir. Me sinto tão boba agora.

— Você não é boba. — Não se culpe. É tudo culpa minha. Fiz escolhas erradas. Escondi a verdade de você.

— É culpa dele também.

Cruzei os braços, acenando com a cabeça ao admitir.

— Eu quero saber uma coisa. — Ela apertou os lábios. — Faria de novo?

— Magoar você? Não — respondi, firme.

— Não foi isso que eu quis dizer. — Ela se mexeu na cama. — Se eu não estivesse no meio dessa situação. Você ainda estaria com Mason se não fosse por mim?

Fiquei sem resposta, de novo. Eu não mentiria, embora a verdade ainda parecesse muito forte para dizer em voz alta.

Addison não precisava da minha confirmação. Minha expressão deve ter sido suficiente.

— Foi o que pensei. — Ela enxugou os olhos.

— Eu nunca quis te machucar. — Lutei contra as minhas próprias lágrimas.

— Eu sei. — Ela usou a palma da mão para limpar os olhos de novo. — E eu me sinto tão hipócrita sentada aqui depois de beijar Mateo mesmo sabendo que ele estava com Janel e ainda estando tão magoada por causa do Mason.

— Você tem todo o direito de estar. — Eu mal conseguia falar. — Eu te traí. E eu sinto muito.

Ficamos em silêncio por um longo tempo, Addison olhava para a parede, absorvendo tudo.

— Grace me contou do transplante de coração. Que quase o perderam.

— Ah. — Descruzei e cruzei os braços. Nunca tive a oportunidade de contar a ela, apesar de imaginar que sabia de alguma coisa. — Vou deixar você dormir um pouco. — Comecei a sair. — Estou feliz que esteja em casa. — Peguei a maçaneta, prestes a fechar a porta.

— Se vale de alguma coisa, quando o vi mais cedo hoje, ele parecia péssimo. — Ela precisou de muita força para conseguir dizer isso. — Acho que Mason gosta de você. Na verdade, acho que ele está apaixonado por você.

Tudo o que pude fazer foi acenar para ela antes de fechar a porta. Fui para o meu quarto e chorei.

A semana passou, caindo na rotina. Addison e eu não estávamos como antes, nem de perto. Em alguns momentos, sua raiva aflorava; em outros, a dor. Mas todos os dias eu fazia o que podia para melhorar as coisas entre nós. Ela começou a falar mais comigo a respeito de Mateo. Eles não se falavam desde a noite em que ela fugiu depois que se beijaram, e eu sabia que sentia falta dele. Acho que ela não percebeu o quanto ele fazia parte da vida dela. Não era Sophie ou Elena quem era sua melhor amiga, era Mateo.

Um assunto que evitávamos era Mason, embora aquilo estivesse sempre entre nós fosse nas palavras que não dizia ou em meus pensamentos.

Não importava o quanto eu forçasse um sorriso e tentasse fingir que estava tudo bem, parecia que só piorava. Eu não conseguia superar esse vazio que sentia no meu coração. Mesmo quando eu estava brincando com os gatos ou passeando com os cachorros, aquele vazio estava sempre ali – desgastado e pesado de tristeza.

Hoje estava um dia frio, mas ensolarado, e eu estava levando a turma para o parque dos cachorros. Millie tinha sido adotada, então eu estava com Ozzy, Poppy e Stella, todos cheios de energia e prontos para brincar.

Honestamente, eu não saberia dizer se estava ciente ou se era apenas meu subconsciente, mas acabei perto da casa dele. Meus pés me levaram de volta à fonte da minha dor como se ele pudesse consertá-la.

A garagem estava aberta quando passei. Mantendo a cabeça erguida, fingi que o coração não estava sangrando e a alma não estava gritando por ele.

Ozzy soltou um latido feliz, escapando da minha mão, seu corpo peludo saiu em disparada.

— Ozzy! — gritei quando se afastou de mim, indo direto para a garagem de Mason.

Merda.

Stella e Poppy foram atrás dele, me puxando. Entrando na garagem, meu olhar parou nele. Estava agachado, esfregando a cabeça de Ozzy, cumprimentando o restante dos cachorros enquanto pulavam e o lambiam.

— Oi, pessoal. — Acariciava cada um, com um sorriso espalhado no rosto. Seu olhar se virou para mim.

Minha respiração falhou, meus pulmões lutavam para respirar.

— Oi. — Ele deu mais tapinhas neles antes de se levantar.

— Desculpa — soltei, gesticulando para Ozzy, que estava sentado na frente de Mason, olhando para ele como se fosse um deus. — Ele escapou... não queria...

— Me ver? — terminou de dizer.

— Não, quero dizer sim. — Respirei fundo. — Quero dizer, acho que tem um fã. — Apontei para o cachorro com a cabeça. — Ele parece gostar de você.

— É o único. — Mason estava a uns 30cm de distância, mas tinha o poder de me fazer senti-lo sem sequer me tocar. Seu físico tomou conta de cada molécula.

Olhando para o meu tênis, cerrei os dentes, o corpo tremia com a intensidade que estava ao nosso redor.

Mason deu um passo para trás, as mãos nos quadris.

— Mateo me disse que Addison voltou para casa.

— Sim — concordei, ainda incapaz de olhar para ele. — As coisas não estão bem, mas espero que com o tempo melhorem.

— Fico feliz — respondeu, ambos sendo educados e desconfortáveis. — Espero que tudo dê certo para você. — Ele esfregou a cabeça de Ozzy, dando mais um passo para trás. — Divirtam-se no parque.

Ele estava me dispensando. Era uma despedida.

Ele me deu a oportunidade, uma saída clara para esse constrangimento. Mas eu não me mexi. Ele se virou, foi para a bancada e não me deixou falar.

— Mason? — Minha expressão e voz estavam cheias de tormento.

Ele se virou, esperando que eu dissesse qualquer coisa, mas não conseguia falar nada. O que eu realmente queria dizer estava preso na garganta e não conseguia sair.

— O quê? — perguntou, baixinho.

Nada saiu.

— O quê? — ele exclamou mais alto, deixando de lado a delicadeza. — Caramba. — Ele se cansou, a mão passando pelo cabelo. — O que você quer de mim? Estou tentando ser respeitoso. Tentando ficar longe de você. Fazer a coisa certa.

— Ficar longe de mim? — exclamei. — Foi você quem terminou tudo.

Ele soltou uma risada cruel.

— Como se você não fosse fazer isso, no futuro. Não me diga que não me mandaria outra porcaria de mensagem, dizendo que acabou, *de novo*, depois que Addison descobrisse.

Na hora, não percebi como foi ruim da minha parte ter feito isso com ele depois do Natal. O quanto aquilo o tinha machucado. Porque agora eu podia ver como eu reagiria se ele me mandasse uma mensagem dizendo que acabou.

— Desculpa.

— Pelo quê exatamente, Emery? — Ele estendeu os braços. Ozzy pareceu sentir sua agitação, subindo em sua perna.

— Por tudo. E por nada… não sei.

— Esse é o problema. — Ele colocou as mãos nos quadris, a frustração pulsando nele. — Você está tão focada em tentar fazer o que acha certo, pensando que está protegendo Addison, que acabou ferrando com todos nós.

O golpe de seu comentário me acertou em cheio, fazendo com que eu revidasse.

— Não fiz isso sozinha. Fiquei do seu lado no hospital. Sabia o que todos iriam pensar. Percebi que Addison estava desconfiada, mas não fui embora! *Você* me forçou a sair.

— Você estava procurando um jeito de acabar tudo.

— Eu pensei a mesma coisa de você.

— O que isso quer dizer? — Ele apertou a nuca, parecendo que queria socar a parede.

— Eu não sei. — Mexi nas coleiras, não conseguia me impedir de falar o que eu queria. — Só sei que sinto sua falta. — Minha voz tremeu, ficando baixa — Não consigo comer, não consigo dormir… não consigo *respirar… sem você.*

Mason congelou, os músculos rígidos. Demorou um pouco até que ele soltasse um suspiro.

— Também me sinto assim.

Não foi uma grande confissão de amor. Só nos enrolou ainda mais no desconhecido, no espaço que diferenciava amantes, amigos e estranhos.

Ozzy choramingou, circulando ao redor de Mason, chamando a minha atenção para a aflição do cachorro, e me fazendo lembrar de um Golden Retriever com quem trabalhei quando estava no ensino médio. Ela podia sentir o cheiro quando o açúcar no sangue de alguém estava baixo, porque vinha da casa de um diabético. Ela fez a mesma coisa que Ozzy estava fazendo.

— Você já comeu?

— O quê? — Mason olhou em volta como se um de nós tivesse enlouquecido.

— O faro dos cachorros é poderoso. Eles podem sentir coisas como por exemplo se seu nível de açúcar no sangue está baixo.

Ele esfregou a testa, olhando para Ozzy, acariciando seu pelo para acalmá-lo.

— Não tenho tido fome, ultimamente.

Em um segundo, tomei uma decisão, sem querer pensar demais.

— Tem um trailer de lanche ao lado do parque. — mordi os lábios, nervosa. — Se quiser ir com a gente…

Ele meio que zombou e bufou, a cabeça balançando, perplexo com a mudança da conversa.

— Ele adora o de almôndega. — Apontei para Ozzy, que estava sentado perto dele, choramingando baixinho.

— Bem. — Mason sorriu para o cachorro, pegando sua coleira. — Acho que precisamos pegar um sanduíche para o Ozzy.

Não tinha ideia do que estava fazendo, se era inteligente ou não, mas ao lado dele… parecia que eu podia, finalmente, respirar.

Meu coração voltou a bater.

CAPÍTULO 34

EMERY

Com alguns dias de folga do trabalho, a maior parte da semana eu acabei na garagem de Mason, com ou sem cachorros, sentada em um banquinho, vendo-o trabalhar.

Não tínhamos falado sobre a nossa briga. Nós dois sabíamos que ainda estávamos em um impasse. Agíamos como se tudo que houvesse entre nós fosse amizade, enquanto meus hormônios diziam o contrário. Observava de perto como seu corpo se inclinava sobre o motor, exibindo a bunda redonda, a forma como seus músculos se flexionavam ao apertar uma peça, a camiseta agarrada no peito. Era difícil pensar em algo além de querer atacá-lo.

— Ah, esqueci de te dizer. — Ele terminou de apertar alguma coisa no motor e se virou para mim, um sorriso aparecendo no rosto enquanto ele se recostava no carro.

— O quê?

— Passei na prova. Estou formado oficialmente.

— Mason, que maravilhoso. Parabéns!

Ele cruzou os braços, seu sorriso ficou mais acanhado.

— Tirei 700.

— O quê? — Fiquei de queixo caído. Foi extraordinário. A nota máxima era 800. — Puta merda! Que incrível! — Sem pensar, desci do banquinho e pulei nele, dando um abraço de parabéns. Assim que ele me envolveu em seus braços, senti no fundo da minha alma. Era como voltar para casa.

Ele enfiou o rosto no meu pescoço, inalando profundamente. Senti sua respiração esquentando a minha pele, incendiando minhas veias. A gente se abraçou por um longo tempo antes de eu me abaixar. A apenas um centímetro de distância, seus olhos caíram na minha boca, nossas respirações se misturaram e nossos peitos se moviam em sincronia.

— Sério, estou muito orgulhosa de você — eu disse, baixinho.

— Obrigado. — Colocou uma mecha de cabelo atrás da orelha com um dedo; seus olhos buscavam algo nos meus. Como um simples toque

COMO PARTIR UM CORAÇÃO

poderia me fazer tremer? Mason tinha um poder sobre mim que eu não conseguia explicar. Eu vivi tanto tempo querendo segurança, escolhendo segurança em vez do que poderia me fazer feliz de verdade.

E ele me fazia feliz.

Desistindo de lutar contra o que havia entre nós, inclinei-me para frente, e rocei minha boca na dele. Ele deixou que eu me movesse antes que seus lábios respondessem, reivindicando os meus, inteiros. Nosso beijo foi lento e profundo, cheio de paixão e emoção. Parecia diferente de qualquer um dos anteriores. Não houve nenhuma pressa, nenhuma contagem de tempo.

Como se tivéssemos um futuro.

Sua língua abriu meus lábios, aprofundando o beijo, como se chegasse na minha alma e me declarasse como sendo sua, gravando o nome dele em todas as minhas fibras.

— Mason? — A voz de Grace cantarolou até nós, a cabeça espiando a garagem. — Ah, desculpa.

Tentei me soltar, mas Mason não deixou. Ele me segurou tão perto que não havia como confundir a intimidade entre nós. Sua atenção permaneceu faminta na minha boca por mais um segundo antes que suspirasse e, vagarosamente, afastasse seus braços de mim.

— O que a senhora precisa, vovó?

— Só queria dizer que eles estão chegando — informou, depois sorriu para mim. — Oi, querida.

— Oi, Grace — Eu fiquei nervosa ainda em choque com a perplexidade dela ao ver Mason e eu juntos. Não percebeu quem eu era? Ou achou que eu era outra garota?

— Merda. — Mason franziu a testa. — Esqueci.

— Esqueceu? — respondeu Grace.

— Estava com a cabeça em outro lugar. — Ele sorriu e olhou para mim como se eu fosse o motivo.

— Bem, fiz um pouco de suco. — Grace se atrapalhou para voltar até a porta. — Bom te ver, Emery. — Ela sorriu carinhosa para mim, seu foco nítido e claro, sem confundir quem eu era, antes de fechar a porta.

Ainda tentando absorver a reação supernormal de Grace quando viu a gente se beijando, não prestei atenção no Lexus prata parando na frente da casa.

— Desculpe, nem me lembrei disso.

— Do quê?

— Você não precisa ficar — continuou ele, sua atenção indo para o carro. — Sério, eu fugiria enquanto pode. Vai ser bem intenso. — Sua boca roçou minha testa, dando um beijo leve. Seu humor ficou sombrio. Ele se virou para a calçada, os ombros ficaram tensos e ele girava a cabeça de um lado ao outro, como se estivesse se preparando para uma guerra. Uma guerra emocional. Imediatamente, senti vontade de protegê-lo. Protegê-lo do que estava por vir.

Ele saiu da garagem, indo em direção aos visitantes que saíam do carro. Caminhei atrás dele, segurando a sua mão, dando apoio. Meu instinto me dizia que ele precisava de mim ao seu lado. Vi um casal mais velho se aproximar, atentos a Mason.

— Oi, você deve ser Mason? — A mulher foi a primeira a falar.

Meu mundo virou de cabeça para baixo.

Meu cérebro vacilou, sem compreender o que eu estava vendo. A mulher se virou para me olhar toda educada, mas levou um susto ao ver minha mão entrelaçada à de Mason, aumentando sua surpresa e confusão.

— Em-Emery?

O marido se aproximou dela, as sobrancelhas grossas e grisalhas franzidas.

— Emery? Não estou entendendo. — Ele balançou a cabeça, confuso. — O que está fazendo aqui?

Dei um passo para trás. *Não. Não podia ser verdade.* O chão desabou e me engoliu como se fosse areia movediça. Eu não conseguia respirar. Como era possível? Por que estavam aqui?

Alisa e John Roberts estavam bem na minha frente. Sem pertencer a este mundo, sem se encaixar aqui com Mason. Meu passado e presente colidiram e se chocaram, me estilhaçando.

Meus pulmões entraram em colapso, dificultando a respiração e desacelerando o tempo.

Mason olhou para nós.

— Como vocês se conhecem?

A boca de Alisa se fechou, o corpo estava rígido.

— Emery é nossa nora. — Seus olhos passaram por nós dois, sua voz estava tensa. — Ela era casada com nosso filho, Ben.

— Ben? — A ficha de Mason caiu e ele ficou tão imóvel que eu não conseguia sequer vê-lo respirar. Ele virou a cabeça para mim como se quisesse que Alisa estivesse errada, implorando para que eu a desmentisse. — Seu nome de casada era Roberts? P-pensei que fosse Campbell?

COMO PARTIR UM CORAÇÃO

239

— Voltei a usar meu nome de solteira — sussurrei. Mesmo focando apenas em Mason, pude sentir o olhar penetrante de Alisa em nós, captando todos os detalhes.

— Deixou de usar o sobrenome do meu filho? — Alisa apertou a bolsa com força. — O nosso sobrenome?

Acusando. Condenando. Amargurada.

— Emery? — John olhou sem qualquer noção. — Ainda não entendo por que está aqui. — Porque o destino era perverso e doentio. — Pensamos que, quando se mudou e deu todas as coisas dele, não queria mais fazer parte da vida dele.

Não conseguia respirar. Comecei a ver bolinhas brancas, e senti que estava prestes a ser engolida pelo vazio. Os olhos de Mason eram a única coisa que me mantinha consciente e, ao mesmo tempo, era o que me afogava.

— Como sabia do Mason? Só Alisa e eu tínhamos a documentação. — John ainda estava confuso.

— Por favor — eu falei tão baixinho que parecia apenas uma vibração, minha atenção ainda estava em Mason, e eu sentia minha garganta queimar. — Por favor, não — implorei mentalmente para que não fosse verdade.

Dei mais um passo, querendo fugir antes que pudessem confirmar, queria escapar da verdade, viver na inocência de alguns momentos atrás. Não enfrentar esta certeza insuportável.

— Como sabia que Mason tinha recebido o coração de Ben? — John me encarou.

Suas palavras quebraram meu último resquício de esperança. Parecia que eu estava me afogando. Tudo ficou borrado, o tempo não fazia mais sentido. Meu corpo e mente se separaram, me levando de volta ao dia em que Ben morreu. Para o desespero que pensei ter finalmente superado.

Aquilo voltou com tudo da maneira mais cruel e horrível. Punindo-me por seguir em frente. Por ousar ser feliz.

Um soluço subiu pela garganta. Minha cabeça e corpo entraram em modo de defesa, me afastando do que estava acontecendo. O sofrimento. Eu me virei e corri, enquanto ouvia chamarem meu nome. Não conseguia parar. Sentia o destino rastejando da sepultura e me puxando para baixo, sufocando-me com o batimento do coração do meu marido, me enlouquecendo, como se eu pudesse ouvi-lo bater embaixo das tábuas do caixão.

Me assombrando. Me atormentando.

Ben estava morto, mas seu coração continuou a viver… e me reencontrou.

— Emery! — Meu nome soou mais alto atrás de mim, minhas pernas não eram velozes o suficiente, lágrimas ardiam em meus olhos. Cheguei à minha porta, empurrando com força, fazendo Addison pular do sofá, seus olhos se arregalando ao ver meu estado e depois ver a pessoa que estava atrás de mim.

— Emery, espere! — Mason segurou a porta antes que ela pudesse se fechar na cara dele, me alcançando.

— Não! — gritei, girando para encará-lo, mesmo não conseguindo olhar nos olhos dele. — Vá! Alisa e John estão esperando por você.

— Alisa e John? — A voz de Addy atingiu meu ouvido, confusa ao ouvir os nomes dos pais de Ben, mas não fui capaz de prestar atenção nela, minhas pernas mal conseguiam me segurar.

— Eles que se fodam! — rosnou Mason. — Que merda está acontecendo?

— O que está acontecendo? — Uma risada descontrolada me escapou. — O destino quer mesmo me ferrar porque, por um instante, encontrei a felicidade de novo. Estou sendo punida por seguir com a minha vida. Por estar com você! — A ansiedade aumentava o ritmo da minha respiração. — Você sabia do Ben? Foi alguma piada de mal gosto?

— Acha que planejei isso? — Seus braços se agitaram no ar. Ele estava tão nervoso quanto eu. — Que, de algum jeito, consegui com que se mudasse para cá para que eu seduzisse a viúva? Que porra, Emery? — gritou ele. — Pelo contrário, eu é que deveria fazer essa pergunta a você. Talvez tenha sido você que veio atrás de mim. Está trepando comigo para se aproximar dele de novo?

— Vá se foder! — Empurrei o peito dele, e, por um segundo, senti o coração dele batendo na minha palma. O coração que voltou para me destruir. Arranquei as mãos com um grito.

— Só sabia que o sobrenome dele era Roberts. Nada mais. Não queria saber mais nada. Deixei para eles se queriam me conhecer ou não. Pensei que não queriam, até que entraram em contato comigo há alguns meses. — Ele se aproximou, a raiva deixava seus músculos tensos. — Eu não sabia nada a seu respeito. Você se apresentou como Campbell. Como diabos eu iria saber?

— Saia, Mason. — Eu senti vômito se acumulando no fundo da minha garganta. — Não posso fazer isso.

— Teimosa! — Seus pés me fizeram tropeçar para trás na parede. —

COMO PARTIR UM CORAÇÃO

241

A decisão nem sempre vai ser sua. Não acha que isso está me assustando, também? Que não me sinto apavorado e destruído? — berrou.

— Ei! — gritou Addison, tentando se meter entre nós, mas nenhum de nós prestou atenção nela.

— Que tudo o que eu achava que eu sentia, que você sentia, era verdadeiro? Que a única coisa que pode te interessar em mim é esse órgão no meu peito? Como se vocês se encontrassem de novo, como uma história de romance doentia, e eu, na verdade, não tenho a menor importância. — Ele bateu a mão no coração. — Tudo o que te atraía era isso.

— Do que você está falando? — Addison recuou, seus olhos se arregalando entre nós. — Do que ele está falando? — Ela olhou para mim, juntando a agonia no meu rosto com o que ele acabara de dizer. — Não, nem pensar. — Ela ficou boquiaberta olhando o peito do Mason. — Não é verdade, é? — Ela implorou para mim, mas não pude salvá-la da dor que já estava me afundando. — Foi você quem ficou com o *coração* do meu tio Ben?

Ouvindo-a dizer em voz alta, minhas pernas bambearam, a proximidade dele me despedaçava.

— Vá... — implorei, soluçando.

— Não — ele surtou.

— Mason, vá! — Addison puxou o braço dele, afastando-o de mim.

— Não! — Ele tentou se aproximar de mim de novo. Meu corpo se dobrava sobre si mesmo. Eu não conseguia mais controlar a tristeza

— Não vê que está piorando as coisas? — Ela se colocou entre nós, empurrando-o para trás. — Por favor, Mason.

A agonia tomava conta de seu rosto, e um som de tristeza subia por sua garganta.

— Emery...

— Saia! — mandou Addy. — Você está a machucando mais.

Seus olhos se fecharam por um instante, ele se encolheu com a dor que o destruía. Um som de pura agonia saiu de sua garganta. Ele se virou e saiu, batendo a porta com um estrondo.

Eu me dobrei no chão, completamente coberta de dor.

Os braços de Addison me abraçaram e me seguraram com força enquanto minha vida se desmoronava de novo, me lembrando de...

Como partir um coração.

CAPÍTULO 35

EMERY

Mais uma vez, vivi parada no tempo, onde nada fazia sentido, e o tempo não tinha significado para mim. Mesmo quando os raios de sol chegaram ao meu quarto, tudo o que senti era escuridão. Pareceu quase pior do que a morte de Ben, porque eu não estava apenas revivendo isso, mas estava em um novo inferno. Outro nível de tristeza e perda.

Dia ou noite, era tudo igual para mim. Nem notei quando minha irmã apareceu, tentando me fazer comer ou conversar. Sabia que Addison devia ter ligado para ela, provavelmente por estar assustada e confusa, o que deixava tudo muito pior, porque eu não podia confortá-la. Mesmo durante meus tempos sombrios após a morte de Ben, dei apoio à minha sobrinha, sabendo o quanto ela também estava sofrendo.

Desta vez, algo parecia quebrado. Qualquer crença básica que eu tinha em mim antes, desapareceu.

Questionei cada momento que passei com Mason. Será que, inconscientemente, eu sabia? Seria essa a razão da minha atração por ele? Alguma coisa que eu me senti foi verdadeira? Ou foi uma piada cruel do universo?

Toda vez que Mason estava dentro de mim, com seu coração batendo descontroladamente contra o meu... era o coração *do meu marido*. Era como se eu estivesse dividindo a cama com meu marido e com meu amante ao mesmo tempo. Minha cabeça não conseguia aceitar. Não conseguiria enfrentar esse novo nível de culpa, e me vi pedindo desculpas para Ben, como se eu devesse ser punida por seguir em frente.

Por seguir minha vida com Mason.

— Trouxe o jantar. — Harper entrou no meu quarto de novo, com uma bandeja nas mãos.

Mas eu não me mexi.

Ela deu um suspiro pesado, e colocou a bandeja na minha mesa de cabeceira.

— Você precisa comer alguma coisa. — Senti o peso do corpo dela afundando o colchão. — Emery, eu sei que isso é muita coisa para lidar, mas vai superar.

Parecia exatamente o oposto, a dor me cegava para qualquer coisa além do sofrimento, onde coisas simples como respirar eram um fardo.

— O trabalho e o abrigo ligaram. Eu disse que você estava muito doente.

O silêncio era minha única resposta.

Ela suspirou de novo.

— Não consigo imaginar o que você está passando. O que deve estar sentindo. — Ela acariciou meu ombro. — Sei que isso deve ter trazido de volta muita dor e culpa. Como se já não bastasse o que passou antes. Mas talvez esteja vendo tudo errado. — Harper fez uma pausa. — Talvez isso não seja algum tipo de punição. E se foi o jeito que Ben encontrou para te guiar à felicidade? Ao seu futuro?

Fechei os olhos com força.

— Você pode fingir o quanto quiser — Harper afirmou em tom calmo. — Mas você o *ama*.

Apertei os olhos com mais força, lutando contra a emoção que se agitava dentro de mim.

— E isso te aterroriza. Seria aterrorizante para qualquer um que já perdeu alguém antes. No fundo, você está apavorada com medo de passar por todo aquele sofrimento de novo.

Porque eu passaria. Mason poderia ter anos pela frente, mas ainda era um tempo limitado. Eu me envolveria sabendo que o perderia. Perderia Ben *e* Mason de uma vez.

— Mason pode ter o coração do Ben, mas ele *não* é o Ben. Portanto, não deixe que a lembrança de um acabe com seu futuro com o outro. Talvez se mudar para cá tenha sido por uma razão. Quem sabe, contra todas as probabilidades, Mason *seja* a razão. Ele não foi feito para te destruir, mas para te curar. — A mão dela apertou meu braço. — Nunca te vi tão feliz. Você *reluzia*, Emery. Portanto, foda-se o que todos pensam, incluindo eu, e mais ainda Alisa e John. Eles não têm direito de dar palpite na sua vida. E quero acreditar que Ben gostaria que fosse feliz, não que se odiasse por viver sua vida.

Ela afastou a mão e ficou um longo silêncio entre nós.

— Pense numa coisa. Se não fossem Alisa e John saindo do carro, só um casal qualquer, você estaria com ele agora, mesmo sabendo que teria pouco tempo de vida? Porque sua resposta está aí. É aí que está o seu coração. — A cama rangeu quando ela se levantou. — Da próxima vez, venho com um balde de água e sabonete. Está na hora de ser um pouco firme, mesmo te amando. — Ela fechou a porta ao sair, me deixando pensativa.

Sabia onde eu estaria agora se não fosse por John e Alisa. Sabia o que meu coração queria, o que não mudava a realidade.

Agora, tinha receio de que toda vez que visse Mason, tudo o que eu veria seria Ben.

CAPÍTULO 36

MASON

Será que é possível detestar seus próprios batimentos cardíacos?

A mesma coisa que me mantinha vivo era aquela que eu tinha vontade de arrancar do peito, só para que eu pudesse voltar a respirar. Para deixar de sentir cada batida como se estivesse zombando de mim. Era a vida dele que eu estava vivendo, não a minha; era como se eu estivesse sentado atrás do motorista. Odiava e estava em dívida com um homem que me deu a vida, mas depois, de um jeito ou de outro, a tirou de mim.

Porque ele sempre teria Emery.

No dia em que recebemos a ligação dizendo que acharam um coração compatível, lembro de a vovó chorar enquanto meu avô tentava esconder a emoção, mas eu o ouvi no quarto mais tarde, soluçando de alívio.

Eu estava mais feliz por eles do que por mim, porque meus avós tinham perdido seu único filho. Perder o único neto teria acabado com eles.

Havia uma mistura de medo e expectativa surreal quando acordei com o órgão de outra pessoa bombeando no meu peito, me mantendo vivo quando aquele homem não estava mais.

Um homem que tinha uma vida, uma família, uma *esposa*...

Senti a bile na garganta, e eu me inclinei sobre o motor do meu carro, tentando me manter são. Por três semanas, fiquei aqui, fingindo estar ocupado em restaurar o GTO. Consertar as coisas sempre mantinha minha cabeça ocupada, mas não processei quase nada do que estava fazendo. Eu me mexia sem pensar, sem me importar com o objeto com o qual gastei tanto tempo. Tudo parecia inútil, e eu não conseguia me recompor.

Minhas emoções eram um monstro completamente diferente. Oscilava entre a dormência e a tremedeira de tão puto que eu estava. Eu extravasei no meu saco de pancadas até quebrá-lo da corrente. Furioso com o destino, com Emery, com Ben, comigo e com Alisa e John, por quererem me encontrar. Por aparecer bem quando eu a tinha de volta.

Foram só alguns minutos antes de saírem do carro, mas eu a tive. Em meus braços, escolhendo a mim. Agora, jamais saberia se era eu ou não, ou se a única coisa que ela via quando olhava para mim era Ben. A vida que eles poderiam ter tido juntos se ele estivesse vivo, e não comigo.

Pensar nisso me fez girar os ombros, andando pela garagem, indo em direção ao saco que eu havia pendurado de volta, precisando de um escape. Meus dedos estalaram no saco, e minhas mãos sentiram a dor. Eu senti a adrenalina, uma indicação de que eu ainda estava ali, que eu estava vivo.

Com o canto do olho, vi um carro passar em direção à avenida principal. Nem precisei olhar para saber quem era, fiquei nervoso por reconhecer quem era. Mil conexões me ligavam a ela; a cada movimento dela eu sentia uma vibração. Foi assim desde o primeiro dia. Antes, eu gostava disso, mas agora sentia só dúvida e ressentimento.

E se a parte que a sentia, que se conectava com ela, nunca tivesse sido minha... mas seu marido?

Eu bufava enquanto batia com mais força, o suor escorria pelas minhas costas, encharcando a camiseta.

— Não quero saber quem você está imaginando que o saco seja. — Uma voz veio por trás de mim, me fazendo parar. Minha cabeça virou de uma vez e vi uma garota parada na entrada da garagem.

Ofeguei, demorando um pouco para ter certeza de que não estava alucinando.

— Addison — murmurei o nome dela, soando quase como uma pergunta.

Addison cruzou os braços, os lábios franzidos, olhando para o chão. Não me mexi nem falei, só observei com alguma curiosidade. Doía vê-la. Ela era Emery para mim, a conexão que me trouxe para suas vidas. Elas eram parecidas o suficiente para enfiar a faca mais fundo em mim.

Seu sapato cutucou a rachadura no chão, e ela respirou fundo.

— Nunca pensei que viria aqui. — Um pedaço de tristeza estremeceu sua voz. Ela lambeu os lábios, limpou a garganta e entrou na garagem.

Certo.

Eu a segui até onde ela parou na bancada, seus dedos traçando algumas das minhas ferramentas, pegando uma.

— O que esse negócio faz?

— Alicate de abraçadeira — E que merda estava acontecendo aqui?

— Nem vou fazer piadas do que você poderia fazer com isso. — bufou, soltando a ferramenta.

— Addison? — Desta vez a pergunta ou aviso foi clara. — Não está aqui para falar de ferramentas.

COMO PARTIR UM CORAÇÃO

Seu torso inteiro se moveu quando respirou fundo.

— Não, não estou. — Ela se afastou da bancada e caminhou, nervosa, até a cadeira, apesar de não ter se sentado. — Estou aqui por causa da minha tia.

Meus ombros se endireitaram, colocando uma barreira ao meu redor, preparado para falar de igual para igual com ela.

Ela se empoleirou na beira do banquinho, cruzando os braços de novo.

— Não sei se algum dia aceitarei bem o que vocês fizeram. — Seus cílios batiam mais rápido. — Ainda dói.

— Eu sei — falei. — Desculpa.

— Deus, isso me faz sentir ainda mais patética. — Ela colocou uma mecha de cabelo loiro atrás da orelha, sem olhar para mim.

Queria repetir as desculpas, mas eu as engoli.

— Mas sim, gostei muito de você... — Ela mordeu o lábio. — Ou, talvez, eu achei que gostava — murmurou. — Porque, por mais que doa, percebi, ao ver minha tia nas últimas semanas, que eu nem cheguei perto de sofrer de verdade.

Fiquei em silêncio absoluto, deixando-a falar.

— Demorou um pouco para superar meu próprio choque. É difícil te ver agora. Apesar de achar que me recuperei da minha paixão por você. — Ela riu, depois fez uma careta, em uma tentativa frustrada de ser engraçada. —Tipo, tentar beijar meu tio ou algo assim.

— Engraçado.

Sua expressão ficou sombria.

— Você não entende... meu tio Ben...— A voz falhou pela emoção que fechava sua garganta. — Ele era tudo para mim. Meu pai é um verdadeiro lixo na maior parte do tempo. O tio Ben era o pai que eu nunca tive. E quando ele morreu? Foi horrível. — Ela balançou a cabeça, tentando controlar as lágrimas dos olhos. — Sinceramente, não sabia se minha tia seria feliz de novo.

Abaixei o olhar, odiando sentir tanta inveja desse homem que eu não conhecia, mas do qual nunca poderia escapar.

— Quer dizer... — Ela esperou que eu olhasse para ela. — Não até você aparecer.

Sua fala me fez encostar na bancada.

— Ela riu, sorriu, era a pessoa que eu lembrava. E ela ressuscitou. Por sua causa. — Ela se mexeu como se fosse difícil dizer tudo isso em voz alta. — E talvez, desde o início, eu sabia lá no fundo, que existia algo entre vocês dois. Quer dizer, eu olho para trás agora e penso… oiiiiii? Como eu não enxerguei? Era tão óbvio. A tensão sexual… fui tão boba. — Ela esfregou a têmpora com uma risada seca. Seu olhar voltou para mim depois de alguns segundos, ela tinha uma expressão fechada. — O que eu estou dizendo é que eu posso não estar totalmente bem com vocês dois juntos, mas acho que, no futuro, não vou achar ruim.

— No futuro? — Não entendi. — Do que está falando? Não existe futuro para a sua tia e para mim. Acabou.

— Por quê? — Ela se afastou da cadeira, ficando na defensiva e me deixando confuso.

— Por quê? — eu repeti. — Como assim, por quê? Você não viu a coisa toda com o coração do marido morto? — A raiva voltou me atacar.

Addison estremeceu, mas ficou mais forte.

— E daí?

— E daí? — Eu parecia um papagaio do caralho. — Não é algo que qualquer um de nós pode superar com facilidade. Não é como se ela gostasse de abacaxi na pizza e eu não.

— Ela gosta de pizza de marguerita. Ela odeia abacaxi na pizza.

— Você está perdendo o foco, Addison — rosnei.

— Estou? — Ela inclinou a cabeça. — Talvez seja você quem está. Não estou dizendo que não é bizarro e meio assustador.

— Viu!

— Mas… — Ela ergueu a mão. — E se era o destino?

— Não acredito nessa porcaria.

— Normalmente eu também não, mas, meu Deus, Mason! De todas as pessoas do mundo, *você* receber o coração do meu tio? E, por acaso, nos mudamos não só para a mesma cidade que você, mas para a *mesma* rua em que mora? E eu fico apaixonada por você e te apresento para a minha tia? — Ela balançou a cabeça, descrente. — Quais são as chances? O único, dentre todos os homens que ela poderia ter escolhido… foi por *você* que ela se apaixonou.

— O quê? — Eu me assustei, sentindo como se tivesse levado um soco, ficando completamente sem ar. — Não, ela não se apaixonou.

— Acha que eu estaria aqui se não fosse verdade? Jesus, Mason, precisei reunir toda a minha força para vir aqui — retrucou. — Eu a vi passar pela perda, ficar paralisada pela dor e sofrimento. Mas isso é muito pior.

COMO PARTIR UM CORAÇÃO

— Pior?

— Pelo menos com o tio Ben, dava para ver os sentimentos. Mesmo que ela colocasse aquele sorriso falso ou fingisse dar risada, ainda existia algo dentro dela tentando sobreviver. — Addison ofegou. — Agora, não tem nada. Ela vai para o trabalho, para o abrigo e para casa. Os animais nem sequer a fazem feliz. Seus olhos estão vazios. Ela está lá, mas não está viva.

Merda, parecia eu. Duas vidas destruídas por um único coração.

— Sinto muito, mas não sou a pessoa certa para ajudar.

— Por que não? — reclamou. — Eu sei que está apaixonado por ela também.

Não conseguia pensar em uma resposta, nem como refutar, porque era verdade. Mas isso não mudava nada.

— Diga-me que estou errada.

— Você não entende! — eu praticamente berrei. — Estávamos lutando em uma batalha que já estava perdida. Tudo está contra nós. Até mesmo o tempo. Mas agora? — Balancei a cabeça. — Não consigo acreditar que, quando ela olhar para mim, não estará vendo a ele. — Bati com a mão no coração. — Que nunca foi a mim que ela quis e que, de alguma forma, sempre foi por causa dele. Ela encontrou o caminho de volta para ele porque *ELE* é o amor de sua vida, não *EU*.

Lágrimas caíram no rosto de Addison e ela abaixou a cabeça.

Guardei a minha raiva, baixando a voz.

— Não posso viver minha vida na sombra de outra pessoa.

Addison fungou e limpou os olhos com as mãos, me fazendo sentir ainda mais babaca.

— Desculpa — murmurei.

Ela respirou fundo, dando um passo para trás.

— Você está errado, sabe. — Sua voz era praticamente um sussurro.

— Por quê?

— Você não estaria vivendo na sombra *dele*. — Ela engoliu em seco. — Ele estaria vivendo na *sua*. Acho que sempre foi você com que ela deveria ter ficado. Você era o futuro dela. O amor da vida dela. Foi meu tio que deu a vocês a chance de viver isso. — Addison começou a se afastar. — Portanto, não se atreva a desperdiçar essa chance. — Ela saiu da garagem, desaparecendo na rua.

Dias ou minutos se passaram; eu não sabia. Meus sentimentos estavam espalhados pelo chão, minha alma estava destroçada, e a cabeça girava com as declarações de Addison.

Ouvia a pulsação nos ouvidos, como se meu coração estivesse tentando se comunicar comigo. Minha palma deslizou sobre o lado esquerdo do peito, sentindo sua batida. Pelos exames, o cirurgião estava nervoso; meu sistema imunológico não aceitaria o corpo estranho, rejeitando o coração e me colocando de volta na estaca zero – o que todos sabíamos que seria o meu fim.

Meu corpo se adaptou a ele mais rápido do que pensavam, e ele assumiu meu corpo como tivesse sido feito para ele.

Talvez tivesse mesmo.

Talvez, em vez de ser meu inimigo, Ben Roberts fosse meu aliado. O homem que me deu a chance de um futuro que ele não poderia mais ter, me forçando a terminar aquela história.

Uma vida amando a mesma mulher.

CAPÍTULO 37

EMERY

— Estou começando uma intervenção.

Parei de encarar a mesa e olhei para cima. Marcie se sentou do meu lado com uma caneca de macarrão com queijo soltando fumaça na mão.

— Acho que precisa de mais de uma pessoa para fazer uma intervenção — respondi, cutucando meu almoço que estava intocado na minha frente.

— Garota, toda a clínica se juntaria a mim. E tenho certeza de que se eu chamasse sua irmã, ela já estaria aqui.

Provavelmente é verdade.

— Harper demoraria pelo menos quatro horas para chegar. Eu já teria fugido até lá.

Marcie me lançou um olhar fulminante enquanto começava a comer seu macarrão.

— Ela já voltou para casa?

— Faz uma semana. Ela tem um emprego e uma vida a esperando. — Tive que empurrá-la dentro do carro, forçando-a a ir embora. Eu menti e disse que estava bem. Fui trabalhar, paguei minhas contas e me vesti sozinha. Como uma adulta totalmente funcional.

Mais ou menos.

A sociedade enaltece as pessoas por "serem fortes", por sorrirem mesmo quando estão passando por um momento devastador, por manterem a cabeça erguida e serem superiores em períodos difíceis. Era só para que essa sociedade não se sentisse desconfortável ao ter que reconhecer a existência do sofrimento de outra pessoa, assumir a responsabilidade e sentir essa dor. Vivemos em um mundo onde alguém pergunta como você está, mas, na realidade, não quer saber, ainda mais se você disser a verdade. A pressão para estar "bem" triplicava o peso sobre seus ombros para manter todos os demais confortáveis quando você não se sentia forte ou corajoso. Você queria estar em casa debaixo dos cobertores, esperando que o sono pudesse te entorpecer mais um pouco. O problema é que eu estava dormente o tempo todo. Chorei e gritei de raiva. Não tinha mais nada dentro de mim.

Meu estado indiferente irritou Alisa de novo quando ela ligou ontem à noite.

— Eu sei que você estava saindo com aquele *garoto* — disse no meu ouvido, brava. — Que tipo de pessoa é você? Como pôde fazer isso? Ele é uma criança, Emery! Nem imagino o que Ben pensaria. Ele ficaria com nojo.

Ainda bem que Ben nunca saberá.

— Alisa… — Ouvi John ao fundo, com um tom de aviso em sua voz.

— Não, John. Isso é inaceitável — gritou ela ao telefone. — Você foi casada com nosso filho. E pouco depois de sua morte está pulando na cama não só de uma criança, mas do garoto que tem o coração de Ben? Como vive consigo mesma?

Pouco depois? Chorei e lamentei a morte de Ben por mais de três anos e, honestamente, sem Mason, provavelmente ainda estaria fazendo isso. Seria castigada se não seguisse com a minha vida e punida se seguisse em frente.

— Eu disse ao Ben que você não era a garota certa para ele, que estava abaixo dele, mas ele não me ouviu. Ele estava decidido a se casar com você.

— Alisa! — gritou John, mais alto, mas ela não prestou atenção.

— Talvez seja bom que ele tenha ido. Assim não precisa ver a putinha manipuladora que você é — gritou antes de desligar na minha cara.

John me ligou dez minutos depois para se desculpar, dizendo que ela estava sofrendo e descontrolada. Eles ainda me queriam em suas vidas, o que era uma mentira.

Nem John queria a lembrança constante da viúva de seu filho, ainda mais agora que sabiam que eu estava com outro. Eu não era mais a pessoa que podia se sentar com eles e relembrar por horas de Ben. Minha vida com ele ficou congelada no tempo.

— Emery? — Marcie acenou com a mão na minha cara, me despertando da minha apatia e da minha luta interna. — Devo agendar uma *limpeza* para o Mason, para vocês se resolverem? — Ela tentou brincar, mas, quando estremeci, seu rosto se suavizou. — Desculpa.

— Não se desculpe. — Esfreguei a dor no peito. distraída. — Preciso superar, né? Talvez eu devesse sair com Daniel. — Ele estava insinuando algo de novo; deve ter sentido minha vulnerabilidade.

— Vou te matar. — Marcie espetou o garfo no macarrão. — Primeiro porque você gosta dele apenas como amigo e ele gosta muito de você, então não faça isso. Ele não merece. — Ela bateu com o dedo na mesa. — E segundo porque eu vi você com Mason. Mulher, estou te dizendo… ele é o

COMO PARTIR UM CORAÇÃO

253

que o resto de nós procura a vida toda. Não desista tão fácil assim.

— Fácil? — gaguejei, um raio de fúria me atingiu tão rápido que precisei agarrar a mesa. — Você acha que alguma coisa tem sido fácil?

— Não, você lutou muito por isso, principalmente contra si mesma. É por isso que não entendo. Depois de tudo, você vai desistir agora?

— Ele tem o coração do meu marido! — gritei. — Como posso superar isso?

— É, essa é uma merda típica de novela. Ou de filme de terror, talvez. — Ela pegou seu garfo e o lambeu. — O marido morto assume o corpo de seu novo amante, fingindo ser seu novo namorado enquanto ele a persegue e a mata... chamado O Coração Assombrado, ou... — fez tom de suspense —, O Coração Assassino. Não, muito na cara.

— Marcie. — Cobri o rosto com a mão, minha boca se contorcendo com uma risada. — Você é maluca!

— É por isso que você me ama. — Ela comeu o macarrão.

— Não é engraçado.

— Talvez não, mas, se existe alguém que precisa rir, é você. — Marcie apontou o garfo na minha direção. — Vamos sair para beber hoje à noite.

Era a noite do coquetel da clínica.

— Não. — Balancei a cabeça.

— Na verdade, você não tem escolha. — Ela se levantou, jogando seu lixo fora. — Só por uma hora, pelo menos. Depois você pode correr para casa e se esconder debaixo do cobertor.

— Marcie.

— Vou te buscar se for preciso, Emery. — Ela me olhou como se dissesse para não desafiá-la. — Duas horas, só isso.

— Você disse uma!

— Quanto mais você teimar comigo, mais vai continuar subindo — ameaçou, como se eu fosse uma criança prestes a levar uma surra. — Vejo você às seis e meia.

— Sim — bufei, me sentindo uma adolescente melancólica.

Quando você se sente morta por dentro, a última coisa que quer é estar perto de pessoas alegres. Aquilo refletia algo que você não tinha.

Felicidade.

O *happy hour* estava a todo vapor quando entrei. Foi preciso muito encorajamento e ameaças descaradas da Marcie para eu finalmente me vestir e sair.

— Só mais cinquenta e nove minutos — murmurei assim que ela me empurrou para dentro do bar.

— Você tem 119 minutos restantes — declarou. — Lembre-se, subiu para duas horas.

— Eu te odeio.

— Tudo bem. — Ela enganchou o braço no meu, indo direto para o balcão. — Duas margaritas — pediu ao *barman*.

A música estava alta e o bar lotado, todos sentiam que a primavera estava oficialmente no ar. Meu olhar passou pelo lugar, avistando a maioria das pessoas com quem eu trabalhava. Daniel estava conversando com a nova contratada, uma garota gentil chamada Molly, que trabalhava na recepção. Eu a vi rir de algo que ele disse, a mão dela tocando o braço dele. Ele riu, inclinando-se para mais perto. A linguagem corporal deles, virados um para o outro, era de como se ninguém mais existisse. Não tinha ideia se estavam apenas sendo simpáticos ou se algo poderia estar começando, mas não havia dúvida de que ela era quem Daniel merecia. Alguém que não enxergava ninguém além dele.

— Toma. — Marcie me entregou uma bebida, dando uma olhada no bar inteiro. — Acho que você pode ser o meu cupido. Ohhh, ele é gostoso. Ele e o amigo estão olhando para cá.

— E o novinho, Tim?

— Ah, nós terminamos. Foi divertido, mas seguiu seu curso. — Ela deu de ombros, já acenando para os novos pretendentes. — Nada demais. Nada. Demais.

Sem mágoa ou tristeza. Sem saudades ou aquela dor tão profunda que te fazia não conseguia mais respirar. Sem ficar encolhida em posição fetal olhando fixo para as paredes por dias. Sentindo-se destruída por dentro e vazia.

Só acabou. Simples assim. Justo. Sem ressentimentos.

Era o que Mason e eu deveríamos ser. O que combinamos, mas nunca fomos.

Sentia muito a falta dele. Eu me sentia sem rumo. Entediada e deprimida. Nada tinha significado. Nada parecia certo. Meu peito doía constantemente, dificultando a respiração.

Foi como perder um pedaço da alma.

COMO PARTIR UM CORAÇÃO

A perda de Ben foi horrível, mas perder Mason...

— Meu Deus — sussurrei, finalmente entendendo.

— Oh, estão vindo pra cá! — murmurou Marcie para mim, ajeitando o cabelo.

Os dois homens bonitos assentiram para nós, vindo em nossa direção. Um pânico estranho subiu pela minha espinha, me incitando a correr. Eu não tinha o menor interesse neles. Nadica de nada.

Tudo o que eu queria era *ele*. Tudo o que eu *sempre* quis foi ele.

Mason James.

— Não posso ficar aqui. — Suspirei, assimilando a realidade que começou a bater em mim como se fossem ondas, me despertando do meu torpor, como se eu tivesse acabado de acordar de um coma.

— O que foi? — Marcie se virou para mim. — O que aconteceu?

— Não quero conhecer mais ninguém.

— Está tudo bem. Você não precisa fazer isso hoje à noite.

— Não. — Balancei a cabeça, meus olhos ardendo. — Você não entendeu. Eu não *vejo* o Ben. — Eu sabia que aquilo tinha soado estranho, minha cabeça estava confusa. — Eu vejo a *ele*. É *ele* que eu quero. — Sua risada, seu sorriso, sua voz, sua alma. Eu estava divagando. — Estou apaixonado pelo Mason. — A necessidade de estar com ele rugiu por mim como se estivesse me chamando.

— Sim. — Ela sorriu. — Você está descobrindo isso só agora?

Enfiei minha bebida na mão dela.

— Eu tenho que ir.

— Ah, garota, finalmente! — Com as mãos cheias, ela sacudiu a cabeça para mim. — Vá pegar o seu homem!

Passei pelos homens que vinham na nossa direção e saí correndo do bar em direção ao meu carro. Cada farol parecia estar contra mim, um pânico me fez estremecer conforme ficava cada vez mais desesperada para chegar até ele. Parecia que tinha se passado horas antes de eu derrapar com meu carro na frente da casa dele e descer correndo. Senti um frio na barriga quando vi que a porta da garagem estava aberta.

Ele estava aqui.

Entrei na garagem, nervosa por vê-lo de novo. Seu corpo alto e largo estava inclinado sobre o carro. O cabelo escuro bagunçado. Merda, ele era tão gostoso. Tudo nele me fez reviver; eu finalmente conseguia respirar.

— Mason?

Ele deu um pulo e olhou para mim.

— Emery? — Ele se levantou, a garganta engoliu seco. — O que você está fazendo aqui?

— Eu saí esta noite. — Eu me aproximei mais. A ansiedade dominava minha voz enquanto sentia um frio enorme na barriga. — Uns homens chegaram em nós. E eu percebi que não eu queria estar lá. Não queria conhecer ninguém.

Ele desceu o capô e se afastou de mim.

— Obrigada por me avisar.

— O que quero dizer é… — Eu estava estragando tudo. — Só conseguia pensar em você.

Seus ombros ficaram rígidos, a cabeça curvada.

— Tudo o que eu quero é você.

Ele respirou fundo, sua voz baixa e grossa.

— Não posso continuar fazendo isso com você. — Ele se virou devagar para me encarar. — Diga-me, o que mudou de um mês pra cá? Quando eu estava implorando para você falar comigo? Você me expulsou. Não queria nada comigo.

— Jesus, Mason, eu precisava processar tudo. — Dei mais um passo. — Descobrir que você tem o coração do Ben não é fácil de aceitar. Ainda estou me debatendo por isso.

— E acha que não é difícil para mim? — gritou. — Que isso não me destruiu? Que a pior coisa naquele dia foi descobrir que a esposa do meu doador era a mesma mulher com quem eu dormia? E saber que, quando olhava para mim, você não me viu mais.

Mordendo o lábio, abaixei a cabeça.

— Não sabia como lidar com isso. Desculpa.

— Não vou viver na sombra dele — rosnou, ficando cada vez mais irritado. — Saber que toda vez que olha para mim, você vê a ele. Que você quer a ele. Vai me matar muito mais, saber que a mulher por quem estou *tão apaixonado* deseja em segredo que eu fosse outra pessoa. — Ele descarregou sua fúria em mim. — Não me contentarei em ser o segundo melhor na sua vida.

— Segundo melhor? — exclamei, minha cabeça balançou, descrente. — Nossa, você não entendeu! — Fui até ele. — Eu amava muito o Ben. Nunca pensei que pudesse amar outra pessoa de novo. — Meu corpo tremeu com a vida e com a verdade que eu estava prestes a dizer. — Então

COMO PARTIR UM CORAÇÃO

257

eu te conheci, e você acabou com tudo o que eu conhecia. Você me forçou a sair da minha segurança e do conforto e me fez ver e sentir coisas que nunca senti antes. Tudo estava contra nós, e, ainda assim, não pude resistir a você. Nunca me sinto mais viva do que quando estou com você. Pelo contrário, você já me tinha mesmo no passado. Sonhei com você antes de nos conhecermos. De alguma forma, você sempre esteve lá, lançando uma sombra sobre *ele*. Assim que você me olhou do outro lado do campo, lá no fundo, eu soube. *Sempre* foi você. — Minha voz oscilou com a emoção. — Quando olho para você, só vejo o homem por quem estou apaixonada.

Ele respirou fundo, o peito subia e descia, ofegante. Ele permaneceu em silêncio por um longo tempo.

— Mason?

— É mais uma razão para eu não poder fazer isso com você.

— Fazer o quê comigo?

— Ir embora.

— Vai a algum lugar? — rebati, ficando mais irritada.

— Sabe o que eu quero dizer.

— Não, eu não sei. Explique para mim. — Agarrei o braço dele. — Porque tudo o que esta noite me mostrou foi que não quero estar com mais ninguém.

— Quer ficar com alguém que sabe que vai morrer? — Suas palavras estavam cobertas de fúria, e ele esticou os braços, desafiando-me a olhar para ele, de verdade. — Tudo o que vou lhe causar é tristeza e sofrimento de novo.

— Sim! — gritei. — Porque eu prefiro viver uma vida curta com você, vivê-la ao máximo, do que viver uma vida longa sentindo como se parte de mim estivesse faltando. Só deixando o tempo passar até eu morrer — gritei. — Além disso, você não sabe o que vai acontecer no futuro. Eu poderia morrer primeiro.

— Não diga isso.

— Por que não? Você não sabe. Posso sofrer um acidente amanhã. Veja o Ben. Ele era saudável, deveria viver por muito tempo, mas não viveu. Você está se precipitando e nem sabemos o que vai acontecer. Você poderia encontrar outro coração. Pode haver tecnologias que ainda não conhecemos. — Lágrimas se formaram em meus olhos. — E quero acreditar que ele te salvou de propósito, e que nada disso foi em vão. E esta vida, com você, é onde eu deveria estar. — Eu fiz sinal para nós. — Quero estar ao seu lado durante todos os altos e baixos. Quero viver minha vida com você. Meu futuro com você. — Respirei fundo. — Eu te amo — murmurei com a voz embargada. — Estou completamente apaixonada por você desde que nos conhecemos.

258   STACEY MARIE BROWN

Por um momento, ele me observou, seu nariz dilatou e seu olhar era sombrio e inquieto. Um rosnado vibrou em sua garganta.

Foi meu único aviso.

Ele se moveu em um piscar de olhos, segurando minha nuca, sua boca cobriu a minha e ele me agarrou como se ele fosse me derrubar. Um desejo ardente e quente correu entre minhas coxas. Sua boca estava desesperada e firme, transbordando dor, amor, tristeza e desejo.

— Também estou tão apaixonado por você — murmurou na minha boca antes de reivindicá-la de novo. Descontando nossas emoções um no outro, com urgência, implacáveis por sentir a vida bombeando em nossas veias. Sua língua empurrou mais fundo na minha boca, forçando um gemido da minha garganta. Ele me pegou e me jogou na bancada, colocando-se entre minhas pernas, a boca devorando a minha.

— Porra. Senti sua falta — murmurou, mordendo meu lábio, puxando e chupando, fazendo minha boceta latejar de desejo.

— Eu também senti sua falta. — Eu o puxei para mais perto enquanto ele beijava minhas lágrimas.

Tirando a minha camisa por cima da cabeça, ele soltou meu sutiã, expondo meus seios para ele. Com a luz da garagem acesa, qualquer um podia nos ver, dando-nos aquela dose extra de desejo puro.

— Porra — resmungou, colocando um dos meus seios na boca. Minhas costas arquearam quando sua língua sacudiu, seus dentes raspando o mamilo.

Todo o meu corpo pulsava de desejo. O tempo que passamos separados só aumentava o meu desespero. Rasguei a camisa dele, arrancando-a. Ele fez uma pausa enquanto eu seguia a cicatriz com os dedos. — Esta cicatriz é minha. — Inclinei-me, beijando a pele sobressaltada. — Você foi marcado para *mim*.

Seu peito arfou quando recapturou meus lábios, me consumindo. Ele tomou tudo o que restava da minha alma, possuindo o resto de mim.

— Preciso de você agora. — Ele agarrou minha mão, me puxando da bancada e me levou em direção à casa.

— Mason. — Eu tropecei atrás dele, um braço cobrindo o peito nu. — O que você está fazendo? E seus avós?

— Eles estão dormindo e são surdos feito porta. — Ele me levou pelo corredor, chutando a porta do seu quarto, fechando-a assim que entramos. Ele me olhou com olhos famintos. — Tire a roupa — exigiu.

O calor inundou minha pele enquanto seu olhar faminto me observava tirar a calça jeans e deslizar a calcinha, ficando sem nada.

COMO PARTIR UM CORAÇÃO

259

Ele me agarrou, me puxando para ele, seus lábios tomando os meus.

— Eu quero ficar com você sem pressa. Lamber cada centímetro do seu corpo.

— Você pode fazer isso depois. — Fiquei na ponta dos pés, minha boca roçando a dele. — Agora, preciso que me coma, Mason. Me mostre que é meu.

Um barulho gutural rasgou de sua garganta. Ele me jogou na sua cama, tirando os jeans e a boxer. Enquanto ele subia em cima de mim, suas mãos abriram minhas pernas, e a boca mergulhou entre elas, me lambendo e depois subindo pelo meu corpo.

— Não desejei nada além dessa boceta. — Ele arrastou seu pau entre as minhas dobras.

Um gemido alto me fez enrolar nele, minhas veias estavam em chamas.

— Mason.

— Não vou ser gentil.

— Não quero que seja, nunca. — Eu queria que fosse selvagem e devasso, profundo e apaixonado.

Eu quis a nós.

Sua ereção esfregou minha entrada, fazendo-me gritar.

— Por favor. — Eu me arqueei para ele, os músculos tremendo de desejo.

— Jesus, estou sentindo como está molhada. O quanto você me quer. — Ele grunhiu enquanto entrava em mim. Nós dois gritamos, seu pau me esticando, meus dedos cravando nos lençóis conforme ele empurrava mais fundo.

Eu jamais me cansaria do jeito que ele me fazia sentir, como nossos corpos se moviam juntos, quanto prazer ele poderia me dar. Fiquei obcecada. Viciada.

— Merda! — Ele recuou, metendo em mim de novo, minha cabeça batendo na cabeceira. — Emery? — Seus dentes rangeram, e pude senti-lo tentando se conter.

— Eu quero tudo. Destrua-me. Me faça sua.

Ele rosnou, saindo de mim e me virando. Agarrando meus quadris, ele entrou em mim de novo.

Meu grito ficou preso na garganta quando ele assumiu o controle, descontando toda a raiva e sofrimento em mim. Me golpeando com muita força. Lágrimas escorreram dos meus olhos enquanto a dor e o prazer me consumiam, controlando minha voz e mente.

Ele puxou meu cabelo, fazendo minha boceta apertá-lo. Ele murmurou, me puxando para cima.

— Senta. — Ele enfiou um travesseiro entre as minhas pernas. — Quero você no meu travesseiro. Pingando e o deixando ensopado.

Droga, a boca suja dele me excitava. Um grito soou de mim, felicidade absoluta tomando conta do meu corpo enquanto meu clitóris esfregava no tecido, seu pau me cravando tão fundo que minhas unhas fincaram na madeira.

Sua mão envolveu meu pescoço, empurrando mais fundo, apertando os dedos só o suficiente para que meu corpo inteiro incendiasse.

Perdi todo o controle, não tentei mais ficar quieta, meus olhos revirando.

— Mason… — gritei. — Minha nossa!

Ele saiu de novo, me virando de costas.

— Eu preciso ver você gozar. Saber que é minha. — Ele segurou meus pulsos com uma mão, puxando-os acima da minha cabeça enquanto afundava em mim com requintes de tortura, centímetro por centímetro.

— Mason — rosnei, meus músculos tremendo, meu quadril se erguendo, tentando levá-lo mais fundo em mim.

— Olhe para mim, Emery. Veja meu pau afundar na sua boceta. Me veja te fodendo.

O fogo estalou em mim quando ele rebolou os quadris, o som dele entrando em mim ecoando nas paredes. Um gemido profundo murmurou na minha garganta enquanto ele possuía meu corpo. Mais e mais forte, ele entrou mais e mais fundo.

— Porra! — Algo estalou em nós dois, descontrolado. Ele meteu em mim, esticando meu corpo, fazendo-me sentir cada golpe. — Isso é meu. Para sempre. — Ele se recostou nos calcanhares, agarrando meus quadris, me puxando e me fazendo chorar. Comecei a ter espasmos ao redor dele.

— Goze para mim, porra.

Meu corpo explodiu, minha visão escureceu, faíscas dançaram por trás das pálpebras. Eu sei que gritei, meu corpo quase convulsionando quando meu orgasmo me engoliu.

— Pooorraa! — Ele afundou com loucura, espalhando mais tremores por mim, antes que um berro alto rasgasse dele, liberando seu gozo quente dentro de mim.

Seu corpo caiu sobre o meu, o peso sólido e incrível em cima de mim, seu pau ainda se contraindo. Nossas respirações ofegantes, tentando reivindicar o ar do quarto.

Demorou vários momentos para recuperarmos a consciência.

— Isso foi… inacreditável. — Seus lábios percorreram meu pescoço e ele me beijou atrás da orelha. — Isto é o que eu quero. Agora e para sempre.

COMO PARTIR UM CORAÇÃO

— Talvez a gente precise sair da cama de vez em quando. Ainda mais por causa das panquecas que ainda precisa fazer para mim.

Ele bufou, os dentes roçando minha pele.

— Quis dizer que quero você. Nós. Viver a vida como quisermos, e sem ligar para o que os outros pensam. Porque irão julgar. Vão tentar nos separar.

Principalmente, por minha causa. Eu seria a vilã. A prostituta. A loba. Eles irão me chamar de tudo quanto é nome, dizendo que nossa relação era errada. Julgando-nos pelos seus valores e não pela verdade da nossa história. Sem entender o que passamos, que o destino nos levou um ao outro.

Ele valia cada insulto, cada obstáculo, cada luta que eu enfrentaria.

Segurei seu rosto, inclinando-o para olhar em seus olhos.

— Não ligo. Vale a pena lutar por você.

Beijando-me, ele saiu de mim e me puxou para ele.

— Tem certeza de que dá conta de lidar com todos sabendo que está transando com um garoto de 20 anos? Porque meus avós podem ser surdos, mas tenho certeza de que todo o bairro nos ouviu, e planejo fazer você gritar o máximo que conseguir. Bem alto.

Pode apostar que sim. Depois de tudo o que passamos, eu aguentaria qualquer coisa, sabendo que estava indo para a cama com ele todas as noites.

— Que se fodam. — Aconcheguei a cabeça em seu peito.

— Vai precisar de um quarto inteiro, então.

Dei risada. Meus dedos desenharam sua cicatriz, e eu senti que finalmente encontrei a paz.

Um lar.

Tínhamos muitos obstáculos pela frente, mas nada parecia intransponível enquanto seu coração continuasse a bater e ele estivesse ao meu lado.

Lutaríamos ferozmente pelo resto.

Vivi tanto tempo na minha bolha. Escolhendo a segurança porque tinha medo de sofrer. E, no final, sofri mesmo assim. Não existia segurança na vida. Com Mason, eu não queria temer nada. Queria viver a vida do nosso jeito, não como deveria viver.

Com minha orelha pressionada no seu peito, ouvi as batidas do seu coração.

O coração que me destruiu.

O coração que ajudou a me curar.

Dois homens.

Um coração.

E um amor que se encontrou, contra todas as probabilidades.

EPÍLOGO

EMERY

Seis anos depois

A brisa morna da primavera balançou meu cabelo, fazendo-o tocar de leve no meu rosto enquanto eu me ajoelhava na grama. Meus olhos embaçaram quando coloquei as flores no túmulo. Meus dedos roçaram a gravura na pedra, traçando o nome James.

Não vou chorar. Não vou chorar.

A morte me tirou tantas pessoas que eu amava. Todos os dias, eu tentava viver pela memória deles, pelo que tinham me dado e me ensinado enquanto estavam aqui. A vida acaba, mas o amor não. Ele continua vivo.

— Ma-ma! — Meu filho de 1 ano e 2 meses cambaleou, ainda lutando para manter os passos firmes, as mãos agitando as flores que quis segurar. Cabelos escuros, olhos quase negros e uma covinha, Benjamin Neal James era a imagem cuspida e escarrada do pai, lembrando-me todos os dias do presente que me foi dado.

O nascimento do meu filho coincidiu com a morte, como se a vida tivesse que se equilibrar; tomar e dar com alegria e tristeza.

— Coloque aqui. — Apontei para a lápide.

Ben foi até o túmulo, beijando o nome na pedra com um estalo alto, fazendo meu coração derreter completamente.

— Que bonito. — Minha garganta sufocou com as lágrimas.

Ainda agarrado às flores, ele se sentou na minha perna, sacudindo-as e fazendo-as soltar o pólen em mim. Eu o abracei com mais força, beijando sua cabeça, tentando manter a tristeza longe.

Perdi muito, mas, ao mesmo tempo, ganhei tanto...

Ben se soltou do meu abraço. Ele nunca queria ficar parado por muito tempo, então pulava e balançava as flores.

— Papa! — Ele saiu correndo, atraindo os olhos de todo o cemitério, e eu olhei para a pessoa se aproximando. Alegria e desejo instantâneos se misturaram dentro do meu corpo, despertando meu coração para a vida de uma forma como só ele era capaz de fazer.

— Ei, rapazinho. — Mason pegou Ben no colo, beijando sua bochecha gordinha. Com um sorriso malicioso, ele caminhou até mim, curvando-se. — Oi, gostosa. — Ele me beijou, a felicidade borbulhou nas minhas veias.

Meu marido era um completo PGPF – pai gostoso para foder. Aos vinte e seis, Mason era sexy demais, e ficava cada vez mais gostoso. Chamava a atenção de todos por quem passava, mas, quando estava com Ben junto, eu podia ouvir ovários explodindo ao meu redor, incluindo o meu.

Nunca quis ter filhos – ou talvez não quisesse com o Ben. Porque com Mason, jamais tive qualquer dúvida, mesmo quando ele ficou com medo de ter um, aterrorizado com a ideia de deixar o filho como o pai o havia deixado. Mas, assim que engravidei, Mason não poderia ter ficado mais entusiasmado. Todos os dias, ele fazia de tudo para que nosso filho soubesse o quanto era amado. Ficava com ele durante os dias, já que seu trabalho era mais flexível, enquanto eu trabalhava, para que ele pudesse passar o máximo de tempo possível com Ben.

— Vai dar isso para a vovó e o vovô? — Mason apontou para as flores bagunçadas, os talos dobrados nas mãos do meu filho. Mason o colocou no chão, e Ben correu para os túmulos, dando as flores a Grace e Neal – quer dizer... o que restava delas.

Neal tinha falecido há mais de três anos, pouco depois do meu casamento com Mason. E Grace faleceu alguns dias depois que Ben nasceu. Como se ela tivesse esperado para conhecê-lo antes de partir.

Mason entrelaçou os dedos nos meus e me ajudou a levantar. Sua boca chamava pela minha de novo. Seis anos juntos e parecia que só ficávamos ainda mais excitados um pelo outro. Do jeito que sua boca me beijava, eu sabia que, assim que Ben cochilasse mais tarde, Mason estaria entre as minhas coxas, me fazendo gozar tão forte que eu desmaiaria.

Vivíamos todos os dias como se fosse o último.

Por muitos anos, viajamos sempre que pudemos. Tirolesa na Nova Zelândia, safári na África. Ele estudou culinária na Itália e nós experimentamos vinte e duas cervejarias na Bélgica em seu aniversário de vinte e dois anos. Ele me pediu em casamento na Capadócia, Turquia, no meu trigésimo terceiro aniversário.

Planejamos continuar viajando. Ben já tinha passaporte e estávamos ansiosos para ir à praia no México, daqui a um mês.

— Feliz aniversário, vovó. — Mason se agachou ao lado da lápide de Grace. Ben se aconchegou entre as suas pernas, ambas as mãos tocando o nome de Grace. — Sinto tanta falta de vocês dois.

— Bobó! — Ben tentou imitar o pai. — Bobô!

Mason piscou tentando afastar a tristeza, beijou a cabeça de Ben e se levantou.

— Pronto para ir ao parque, rapazinho?

— Paque! Paque! — Ben pulou sem parar.

Mason envolveu um braço por meus ombros, me puxando para ele, sua bochecha roçava o topo da minha cabeça conforme voltávamos para o carro, Ben cambaleava não muito longe na nossa frente.

Mason exalou fundo.

— O quê? — Girei meus dedos com os dele no meu ombro, sentindo suas emoções como se fossem minhas.

— Tem dias que fico espantado. — Ele apertou minha mão. — Nossa vida. De como tenho sorte. E com que facilidade eu poderia não ter tido nada disso.

Foi por isso que escolhemos o nome Ben, em homenagem ao meu primeiro marido. Ele era a razão pela qual nosso filho existia. Que Mason viveu para ser pai.

— Você imaginou que, quando nos vimos no jogo, quando eu fui na sua casa naquela noite, chegaríamos até aqui?

— Por mais estranho que seja, sim. — Eu encostei a cabeça nele. — Como eu disse, sempre foi você.

— Não tinha uma fantasia sua que você me via nela?

— Sim. — Dei risada. — Uma em que não via a hora de que eu te fodesse debruçada na pia.

— Já fizemos isso muitas vezes. — Ele deu um sorrisinho. — Também contra a máquina de lavar, na secadora, no meu carro, no jardim, na mesa, na rede, na espreguiçadeira…

— Não se esqueça do armário do bar.

— Nunca esquecerei dessa vez. — Ele se inclinou, beijando meu nariz. — Acho que precisamos revisitar nosso armário especial.

— Addison virá na sexta para tomar conta de Ben. — Levantei as sobrancelhas.

— Podemos ir ao bar, ver se ainda conseguimos refazer aquela cena. E você vestir um vestido justo igual o daquela noite? — Ele me beijou. — Merda, fiquei duro agora. Quem quer ter uma ereção quando se vai a um parquinho…

Bufei e sacodi a cabeça.

— Quando é a hora da soneca? Pode ser agora?

COMO PARTIR UM CORAÇÃO

— Ah, bem que eu queria que fosse. — Meu corpo estava tenso, pronto para senti-lo afundar em mim, para tê-lo arqueando meu corpo de prazer.

Latidos preencheram o ar, fazendo Ben gritar e correr mais rápido para o nosso SUV.

— Ozzy! Ozzy! — gritou Ben, a mistura de Labrador e Bernese balançou o rabo do banco de trás, esperando sua pessoa favorita, que infelizmente não era eu. Mason era a pessoa do Ozzy, depois Ben, depois eu.

Adotei Ozzy quando percebi que a casa para a qual ele estava destinado era minha. Ainda mais quando Mason se mudou e percebi que ele sentia o que acontecia com Mason. Quando a sua taxa de açúcar estava muito baixa ou tinha algo de errado, Ozzy ficava na frente dele com a pata na sua coxa, antes que Mason sequer soubesse que tinha algo errado. Eles se tornaram inseparáveis. Ele ia com Mason em todas as corridas ou até mesmo às compras. Onde Mason estava, Ozzy queria estar. E, quando Ben nasceu, foi amor à primeira vista para os dois.

Ozzy foi quem me fez finalmente decidir trabalhar com animais. Desde que o pastor alemão ficou com a menina com síndrome de Down – Anita e eu ouvimos que continuavam juntos –, senti essa vontade de encontrar pares assim. Fiquei no abrigo por um bom tempo, assumindo um cargo remunerado depois de deixar meu emprego de assistente odontológica. Logo fui para outra empresa, que cuidava especificamente de animais de assistência. Foi uma loucura, e eu viajava muito pelo país como uma casamenteira para pessoas com necessidades especiais e seus futuros melhores amigos. Alguns dias eram difíceis, e não eram só alegria, mas era tão gratificante! Era ainda melhor do que o sonho que tinha quando adolescente.

— Vamos ao parque. — Mason esfregou a cabeça de Ozzy pela janela aberta, pegando Ben no colo. Ozzy lambeu o rosto de Ben até que ele começou a gritar de tanto rir. Mason acabou se juntando a eles, rindo.

Eu amava o som dos meus homens rindo. A alegria deles. Eu queria engarrafá-las e guardá-las para os dias tristes, porque eu sabia que algum dia seria assim. Um dia em que sua risada seria arrancada de mim, me deixando sem ar. Meu coração.

Eu focava no agora.

— Ei, Mateo quer saber o que trazer neste sábado. — Mason guardou o celular no bolso e colocou Ben no seu assento de carro.

Era o meu trigésimo sétimo aniversário este fim de semana. Mason estava me levando em um encontro especial na sexta-feira, enquanto

Addison e, provavelmente, Mateo estavam vindo para cuidar de Ben a noite. Depois ia ter uma festa no sábado.

— Peça para ele ligar para Harper ou Marcie. Ambas me disseram para ficar fora disso. — Levantei as mãos. — Elas me ameaçaram, dizendo que mandariam o Kevin me prender se eu fizesse qualquer coisa. — Minha irmã e Kevin tinham um filho, William, que estava com quatro anos agora. Kevin, ano após ano, tentou fazer minha irmã se casar com ele, mas ela não quis. Depois de Joe, acho que ela não sentia mais que precisava ter aquele pedaço de papel e estava muito bem com a vida que tinham. Eles moravam juntos, tinham um filho e eram praticamente casados, mas Harper estava feliz por deixar a última parte de lado, e eu a apoiei.

Addison estava seguindo os passos de Harper, sem pressa de se casar. Durante uma pausa na faculdade, Addison voltou para ficar comigo e Mason, onde se encontrou com alguns dos velhos amigos. Um deles era o Mateo. Eles passaram a noite toda conversando e não se separaram mais pelo resto das férias. Todos nós podíamos ver que estavam totalmente apaixonados. Estavam juntos há quase cinco anos, e Mateo queria se casar, mas Addison queria esperar até terminar a faculdade. Seguindo meus passos na odontologia, ela estava terminando uma pós na área. Estava se especializando, o que demorou mais tempo. Ela agora estava trabalhando na clínica do dr. Ramirez com a Marcie. Ela e Mateo dividiam um pequeno apartamento do outro lado da cidade, perto de Marcie. Marcie e seu novinho, Tim. Seis meses depois de terminarem as coisas, eles se reencontraram. Ambos descobriram que não tinham esquecido um ao outro como acreditaram. Eles estavam casados há cinco anos. Um enlouquecia o outro, e eles brigavam apaixonadamente, mas se amavam com ainda mais entusiasmo. Acho que os vizinhos deles reclamavam mais do que os nossos.

— Kevin não se importaria se eu pegasse as algemas emprestadas, não é? — Mason piscou para mim, acomodando Ben e Ozzy antes de fechar a porta e vir na minha direção. — Podia mantê-la muito ocupada enquanto eles se preparam.

— Você vai ter que fazer isso. — Deslizei os braços em seus ombros, inclinando a testa em seu queixo, sentindo sua boca na minha pele. Essa festa me deu uma sensação ruim de *déjà vu*, e eu já havia dito a Mason que ele não iria a lugar algum. Nada de correr, nada de buscar gelo ou cerveja. Era uma bobagem, mas, da última vez que dei uma festa no quintal, meu marido nunca mais voltou para casa.

COMO PARTIR UM CORAÇÃO

Um instante sem Mason me mandou para um lugar sombrio, trazendo de volta todo o trauma.

A perda não tinha lógica. Ela ia e vinha. Entrava sorrateiramente em você, puxando-o como uma onda. Às vezes, era uma tristeza que ainda nem tinha vivenciado, mas eu podia sentir a nuvem escura pairar, se aproximando.

— Ei. — Ele afastou meu cabelo para trás, as sobrancelhas franzidas. — Eu estou bem aqui. Fique comigo aqui e agora — murmurou nosso mantra. Eu disse o mesmo para ele quando vi as sombras escurecerem seu rosto e seus olhos se distanciarem.

Nunca poderia pedir para não me deixar. Para estar sempre ao meu lado. Essa era uma promessa que ele não podia cumprir; ninguém podia, na verdade.

— Posso te prometer o aqui e agora. — Ele segurou meu rosto, sabendo o que eu estava pensando.

Pisquei para ele.

— Eu amo você.

— Eu também te amo. — Ele me beijou com carinho. — Agora, vamos para o parque, cansar nosso filho e cachorro, e depois ir para casa e transar até nossos vizinhos chamarem a polícia de novo.

Meu rosto enrubesceu. Era verdade. Foi embaraçoso, apesar de nunca ter nos impedido de nada.

— Fodam-se todos, certo? — Ele piscou para mim e me puxou para o carro.

— O quarto vai ficar lotado. — Pisquei de volta.

Sua risada encheu o ar, seus olhos brilharam cheios de amor.

Meu coração encapsulou aquele momento único, guardando-o para sempre.

O que quer que estivesse em nosso futuro, eu sempre saberia que tinha amado os dois homens que carregavam aquele coração. Mas apenas um tinha minha alma.

MASON

44 anos de idade

A morte não me assustava mais. Era o que eu perderia. Não ver mais o sorriso da minha esposa, a risada dela, meu filho se formando no ensino médio, minha filha tirando a carteira de motorista – embora isso me assustasse demais. Olivia Grace era melhor motorista que o irmão. Passei muitas horas no banco do passageiro ensinando-a, mas ainda me assustava com a ideia de que tivesse idade suficiente para estar ao volante.

Entendi como era deixar alguém que você ama tanto no mundo e não ter controle sobre o que poderia acontecer com eles. Eles poderiam se machucar, e você não pode fazer nada para evitar. Meus filhos me fizeram entender muito mais os meus avós, e ver que tudo o que fizeram por mim não foi um sacrifício para eles. Era amor. Passei tantos anos acreditando que devia a eles, e que eu precisava fazê-los felizes para que não se arrependessem de ter desistido de todo o dinheiro que tinham e se aposentarem para me dar um novo coração.

Agora, eu entendi. É o que se faz quando amamos alguma coisa mais do que a vida.

Quando a vovó me pediu para encontrar algo que me desse alegria e focasse nisso, nunca imaginou que seria me casar com Emery e criar nossos filhos, quatro cães resgatados, três gatos, galinhas e um coelho. Eu trabalhava meio período como marido de aluguel e revendia carros que eu consertava, o que me deixava em uma situação confortável, mas era ser o pai que ficava em casa enquanto Emery trabalhava que acabou sendo nossa alegria.

Olhando para trás, não me arrependi de nada. Exceto, talvez, de não transar mais vezes com a minha esposa. E nós transamos *muito*.

— Mason. — A voz de Emery me tirou dos meus pensamentos. A mão dela segurou a minha, e pude vê-la lutando contra as lágrimas. Droga, ela estava ainda mais bonita do que no dia em que nos conhecemos. E eu estava ainda mais apaixonado por ela. Ainda não conseguia tirar as mãos dela. — Estou bem aqui. Fique comigo aqui e agora.

Acenei, tentando conter as lágrimas. Os bipes do meu coração fraco ecoaram no quarto do hospital parecendo um duelo de pingue-pongue.

E ambos os lados estavam perdendo.

COMO PARTIR UM CORAÇÃO

Por vinte e oito anos, Benjamin Roberts me deu vida. Eu tinha uma família por causa dele, tinha uma esposa… *sua esposa*, mas olha… ficou tudo em família.

Emery sempre caía na risada quando eu contava essa piada para estranhos. O choque em seus rostos, imaginando em que tipo de doideira estávamos envolvidos. Ela brincava, seu senso de humor era tão ácido e distorcido quanto o meu.

— Bem, sr. Roberts, vivemos uma vida e tanto. — Dei um tapinha no peito, encobrindo a dor que sentia. Eu não me senti tão triste nem quando meu próprio coração foi tirado.

— Você não é engraçado. — Emery engoliu seco.

— Sou sim. É por isso que você me ama.

— Eu te amo por causa do seu pau.

Bufei e balancei a cabeça, achando graça daquilo. A exaustão me fez deitar de novo no travesseiro.

— Ótimo, porque ainda funciona.

— Mason. — Seu aperto na minha mão aumentou, a garganta embargada de emoção, seu olhar notando as enfermeiras e os médicos andando do lado de fora do quarto.

O coração de Ben estava parando. Fui até onde dava com ele, vivi para valer. Mas agora acabou.

Reparei que nos últimos dois anos comecei a ficar cansado com mais frequência. Estava sem fôlego e não conseguia correr e nem subir escadas. Tentei fingir que não estava acontecendo, mas todos sabíamos que estava.

Nosso novo cachorro, Pepper, um *Labradoodle*, foi treinado para sentir problemas cardíacos. Essa maldita coisa nunca mais me deixou em paz. Eu a amava, não me entenda mal, mas merda, sentia falta do Ozzy. No dia em que tivemos que sacrificá-lo aos dezessete anos, meu coração se despedaçou. Ele era meu melhor amigo. Era da família, e eu sentia falta dele todos os dias desde então.

O aperto de Emery esmagou meus ossos quando o médico entrou no quarto, seu corpo endureceu.

— Sra. James. — Ele assentiu para ela, e veio falar comigo. — Como se sente, Mason?

— Morrendo.

— Mason — disse Emery, irritada, seu corpo tremia.

— Não perca o senso de humor comigo — implorei. Eu precisava rir ou eu surtaria. — Não agora.

Ela baixou a cabeça, concordando. Eu estava pedindo muito, mas precisava do sorriso dela. Precisava da mulher que tinha sido meu porto seguro nos últimos 25 anos.

— Mason, está tudo pronto. O anestesiologista chegará em breve para prepará-lo. — O médico deu um tapinha no meu ombro. — Você é jovem e saudável, e não prevejo nenhuma complicação.

— A menos que meu corpo o rejeite — disse entre dentes.

O fato de eu ter tido a oportunidade de fazer um segundo transplante de coração foi um milagre. Minha idade e saúde contribuíram muito para isso, e foi pura sorte encontrar outro compatível. Não eram muitos os que recebiam um transplante de coração aos dezesseis anos, e eu ainda era considerado jovem para estar recebendo um aos quarenta e quatro anos, ainda mais um segundo.

Eu estava assustado.

Ben Roberts se tornou não apenas meu aliado, mas meu companheiro constante. Meu relacionamento com um homem que nunca conheci estava intrinsecamente ligado à minha alma. Ele fazia parte de nossas vidas, era a razão de tudo o que eu tinha e de ter tido tudo o que eu tive.

Uma parte de mim queria acreditar que eu deveria ter o coração dele para sempre. Porque erámos compatíveis, porque meu corpo aceitou com facilidade… mas agora eles o estavam levando embora. Eu me senti perdido. Apavorado. Triste. Como se eu estivesse perdendo um amigo.

Eu estava com medo de que, desta vez, meu corpo não iria querer este coração desconhecido. Um estranho que não tinha ligação conosco ou com a minha vida. Uma parte irracional ainda mais profunda em mim estava aterrorizada que, sem o coração de Ben, perderia meu vínculo com Emery. Que foi ele que nos uniu.

Desde o dia em que nos conhecemos, algo que nenhum de nós poderia explicar sempre esteve entre nós. Uma força que não podíamos combater. Um laço que nos uniu. Sempre pensei que Ben poderia ter desempenhado um papel nisso. Ele também amou minha esposa. Tínhamos isso em comum. Um vínculo.

E daí se ia ser tirado de mim?

— Certo, te vejo quando acordar, Mason. — O médico pareceu otimista, ao notar a enfermeira chegar com uma bandeja com seringas cheias de anestesia. Ele falou com minha esposa quando saiu, mas eu não consegui ouvir nada além dos meus batimentos cardíacos.

COMO PARTIR UM CORAÇÃO

A última vez que eu os ouviria.

— Emery? — Pavor deixou a minha voz tensa quando a enfermeira se aproximou, limpando meu braço, inserindo a agulha na veia e trazendo o soro para mais perto.

— As crianças estão na sala de espera. Estaremos ao seu lado assim que acordar — disse com a voz trêmula.

— Você ainda vai me amar, né? — Não consegui esconder a insegurança. — Não será mais o coração *dele*.

— Me escuta. — Ela se inclinou e passou a mão pela minha barba. — Não me importa de quem é o órgão que você tem no peito. Contanto que esteja batendo, mantendo *você* ao meu lado. Não é o coração que eu amo. É a sua alma. É você inteiro. E você é dono do meu coração, Mason James. Desde o dia em que te vi. Ben não tem nada a ver com isso. Sempre foi você. — Uma lágrima caiu em seu rosto. — Então, por favor, volte para mim, tá? — sussurrou, rouca. — Volte para nós.

Meus olhos começaram a fechar, a anestesia fazendo efeito. Eu me esforcei para conseguir olhar mais uma vez para ela. Nunca fizemos promessas um para o outro, sabendo o que o meu futuro me reservava, mas eu me ouvi murmurar:

— Prometo. — Antes de tudo escurecer.

Cumpriria minha promessa, porque não importava de quem era o coração no meu peito.

Ele batia só por ela.

Obrigada a todos os meus leitores. Sua opinião é muito importante para mim e ajuda os outros a decidirem se querem comprar meu livro. Se gostou deste livro, por favor, deixe um comentário no site onde o comprou. Significaria muito para mim. Obrigada.

SOBRE A AUTORA

A autora best-sellers do *USA Today*, Stacey Marie Brown, é amante de *bad boys* fictícios e heroínas sarcásticas que mandam ver. Também gosta de livros, viagens, séries, caminhadas, escrever, design e arco e flecha. Stacey tem a sorte de viver e viajar pelo mundo.

Ela cresceu no norte da Califórnia, onde corria pela fazenda de sua família, criando animais, cavalgando, brincando de lanterna no escuro e transformando fardos de feno em fortalezas bem legais.

Quando ela não está escrevendo, faz caminhadas, passa tempo com amigos e viaja. Ela também se voluntaria para ajudar animais e é amante da natureza. Acha que todos os animais, pessoas e o meio ambiente devem ser tratados com bondade.

AGRADECIMENTOS

O amor por esta série foi muito além de qualquer coisa que eu esperava. Muito obrigada a todos por viverem a Série Terras Selvagens tanto quanto eu adorei escrevê-la.

Kiki & Colleen no Next Step P.R., obrigada por todo o seu trabalho árduo! Amo muito vocês.

Mo, obrigado por torná-lo legível e por seus comentários hilariantes!

JayAheer, quanta beleza. Estou apaixonada pelo seu trabalho!

Judi Fennell em www.formatting4U.com, sempre rápida e sempre perfeita!

A todos os leitores que me apoiaram, minha gratidão é por tudo que fazem e o quanto ajudam os autores independentes só pelo amor à leitura.

A todos os autores independentes que me inspiram, desafiam, apoiam e me incentivam a ser melhor: amo vocês!

E para todos que escolheram um livro independente para ler e deram uma chance a um autor desconhecido.

OBRIGADA!

A The Gift Box é uma editora brasileira, com publicações de autores nacionais e estrangeiros, que surgiu no mercado em janeiro de 2018. Nossos livros estão sempre entre os mais vendidos da Amazon e já receberam diversos destaques em blogs literários e na própria Amazon.

Somos uma empresa jovem, cheia de energia e paixão pela literatura de romance e queremos incentivar cada vez mais a leitura e o crescimento de nossos autores e parceiros.

Acompanhe a The Gift Box nas redes sociais para ficar por dentro de todas as novidades.

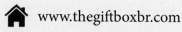 www.thegiftboxbr.com

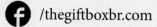 /thegiftboxbr.com

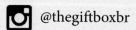 @thegiftboxbr

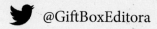 @GiftBoxEditora

Impressão e acabamento